Douglas Adams

Das Restaurant am Ende des Universums

Aus dem Englischen von Benjamin Schwarz

Rogner & Bernhard

Die Originalausgabe erschien unter dem Titel
The Restaurant at the End of the Universe
bei Pan Books Ltd., London

Satz: Bauer & Bökeler, Filmsatz GmbH, Denkendorf
Druck und Bindung: Freiburger Graphische Betriebe, Freiburg
ISBN 3 8077 0192 3

16,80

»Das hier, meine Damen und Herren, ist das absolute Ende, die letzte eisige Trostlosigkeit, in der der ganze majestätische Schwung der Schöpfung versinkt. Dieses, meine Damen und Herren, ist das sprichwörtliche ›Allerletzte‹.« Seine Stimme wurde noch leiser. In der Stille hätte keine Fliege sich zu räuspern gewagt.
»Danach ist nichts mehr. Leere. Ende. Vergessen. Das absolute Nichts.«
Doch . . .

KEINE PANIK

Ehe Arthur Dent zwei Millionen Jahre vor seiner eigenen Geburt und der Zerstörung der Erde (die einer Hyperraum-Umgehungsstraße weichen mußte, das heißt: wird weichen müssen) auf unserem noch jungfräulichen Planeten das große Problem mit der Frage nach dem Universum, dem Leben und allem übrigen löst, fühlen er und seine Freunde, die tausend unmögliche Dinge erleben, erlebt haben und noch erleben werden, erst mal einem Slogan auf den Zahn:
Wenn du heute morgen schon sechs unmögliche Dinge getan hast, warum dann nicht als siebentes zum Frühstück ins Milliways

Das Restaurant am Ende des Universums

Für Jane und James
mit vielem Dank
an Geoffrey Perkins dafür, daß er das Unwahrscheinliche schaffte
an Paddy Kingsland, Lisa Brown und Alick Hale Munro, die ihm dabei halfen
an John Lloyd für seine Hilfe am ursprünglichen Milliways-Manuskript
an Simon Brett, der die ganze Sache ins Rollen brachte

Und mit einem ganz besonderen Dank an Jacqui Graham für unendlich viel Geduld, Güte und Essen in der Not

Es gibt eine Theorie, die besagt, wenn jemals irgendwer genau rausfindet, wozu das Universum da ist und warum es da ist, dann verschwindet es auf der Stelle und wird durch etwas noch Bizarreres und Unbegreiflicheres ersetzt.

Es gibt eine andere Theorie, nach der das schon passiert ist.

0

Bisher passierte folgendes:

Am Anfang wurde das Universum erschaffen.

Das machte viele Leute sehr wütend und wurde allenthalben als Schritt in die falsche Richtung angesehen.

Viele Völker glauben, es wurde von sowas Ähnlichem wie einem Gott erschaffen, allerdings meinen die Jatravartiden auf Viltwodl VI, daß ein Wesen namens Großer Grüner Arkelanfall das ganze Universum einfach ausgeniest hat.

Die Jatravartiden, die in ständiger Furcht vor einer Zeit leben, die sie »Die Ankunft des Großen Weißen Taschentuchs« nennen, sind kleine blaue Geschöpfe mit jeweils mehr als fünfzig Armen, und sie sind dehalb so einzigartig, weil sie die einzige Rasse der Weltgeschichte sind, die das Deospray noch vor dem Rad erfand.

Die Lehre vom Großen Grünen Arkelanfall hat aber außerhalb von Viltwodl VI nicht sehr viele Anhänger, und so wird, da das Universum nun mal so verwirrend ist, ständig nach anderen Erklärungen gesucht.

So baute sich zum Beispiel ein Volk hyperintelligenter, pandimensionaler Wesen einst einen riesenhaften Supercomputer namens Deep Thought, der ein für allemal die Antwort auf die große Frage nach dem Leben, dem Universum und allem übrigen herausfinden sollte.

Siebeneinhalb Millionen Jahre lang überlegte und rechnete Deep Thought, und schließlich verkündete er, die Antwort laute schlicht und einfach Zweiundvierzig – und so mußte ein neuer, noch größerer Computer gebaut werden, der rausfinden sollte, wie denn nun die *Frage* eigentlich laute.

Und dieser Computer, der Die Erde hieß, war so groß, daß er oft fälschlich für einen Planeten gehalten wurde – besonders von den merkwürdigen affenartigen Wesen, die auf seiner Oberfläche herumrasten und absolut keinen Schimmer davon hatten, daß sie lediglich der Bestandteil eines gigantischen Computerprogramms waren.

Und das ist wirklich komisch, denn ohne diese ziemlich simple und naheliegende Erkenntnis ergab nichts, aber auch gar nichts, was sich auf der Erde ereignete, auch nur das geringste bißchen Sinn.

Leider aber wurde die Erde kurz vor dem entscheidenden Augenblick, als das Computerprogramm fast durchgelaufen war, völlig unerwartet von den Vogonen zerstört, um – so behaupteten sie – einer neuen Hyperraum-Umgehungsstraße Platz zu machen, und alle Hoffnungen, jemals dem Sinn des Lebens auf die Spur zu kommen, gingen so für immer verloren.

Oder so könnte es scheinen.

Zwei der merkwürdigen affenartigen Wesen überlebten.

Arthur Dent entkam in allerletzter Minute, weil sich plötzlich rausstellte, daß ein alter Freund von ihm, Ford Prefect, von einem kleinen Planeten irgendwo in der Nähe der Beteigeuze stammte, und nicht aus Guildford, wie er bis dahin immer behauptet hatte. Und was noch zweckmäßiger war: Ford wußte, wie man von fliegenden Untertassen per Anhalter mitgenommen wird.

Tricia McMillan – Trillian genannt – war von dem Planeten sechs Monate zuvor mit Zaphod Beeblebrox, dem Präsidenten der Galaxis, durchgebrannt.

Zwei Überlebende.

Sie sind alles, was von dem größten Experiment übriggeblieben ist, das jemals durchgeführt wurde, um hinter die Große Frage und die Große Antwort des Lebens, des Universums und alles übrigen zu kommen.

Und weniger als eine halbe Million Meilen von dem Ort entfernt, wo ihr Sternenschiff gerade träge durch die pechrabenschwarze Dunkelheit des Raumes treibt, bewegt sich ein Vogonen-Raumschiff langsam auf sie zu.

2

Wie alle Vogonen-Raumschiffe sah es so aus, als wäre es nicht entworfen, sondern eher tiefgefroren worden. Die ekligen gelben Beulen und Gebilde, die in schiechen Winkeln daraus hervorragten, hätten die meisten anderen Raumschiffe entstellt, aber in diesem Fall war das leider nicht möglich. Häßlicheres ist zwar schon am Himmel erblickt worden, aber nicht von zuverlässigen Augenzeugen.

Um wirklich etwas viel Häßlicheres als ein Vogonen-Raumschiff zu sehen, müßte man sich schon ins Innere begeben und einen Blick auf einen Vogonen werfen. Wenn man klug ist, ist das aber genau das, was man lieber bleiben läßt, denn der Durchschnittsvogone denkt nicht zweimal nach, bevor er etwas so sinnlos Niederträchtiges mit einem macht, daß man sich wünscht, man wäre nie geboren worden – oder (wenn man ein helleres Köpfchen hat) der Vogone wäre nie geboren worden.

Aber wahrscheinlich würde der Durchschnittsvogone auch nicht bloß *einmal* nachdenken. Sie sind einfältige, dickköpfige, schneckenhirnige Geschöpfe, und Denken ist nun wirklich etwas, wofür sie nicht geschaffen sind. Eine anatomische Analyse der Vogonen zeigt, daß ihr Gehirn ursprünglich mal eine furchtbar deformierte, an die verkehrte Stelle gerutschte, verfettete Leber war. Das Netteste, was man von ihnen sagen kann, ist, daß sie wissen, was ihnen Spaß macht, und zu dem, was ihnen im allgemeinen Spaß macht, zählt, Leuten wehzutun und sooft wie möglich sehr wütend zu werden.

Was ihnen gar keinen Spaß macht, das ist, eine Aufgabe halbfertig liegenzulassen – und schon gar nicht diesem einen Vogonen, und schon gar nicht – aus mehrerlei Gründen – diese eine Aufgabe.

Dieser Vogone war Kommandant Prostetnik Vogon Jeltz vom Galaktischen Hyperraum-Planungsrat, und er war es auch, der die

Aufgabe gehabt hatte, den sogenannten »Planeten« Erde zu zerstören.

Er warf seinen monströsen Leib auf seinem unbequemen, schleimigen Sitz herum und starrte auf den Monitor, auf dem das Sternenschiff »Herz aus Gold« gerade systematisch unter die Lupe genommen wurde.

Es bedeutete ihm wenig, daß die »Herz aus Gold« mit ihrem Unendlichen Unwahrscheinlichkeitsdrive das schönste und modernste Raumschiff war, das man je gebaut hatte. Ästhetik und Technik waren für ihn Bücher mit sieben Siegeln, und wenn's nach ihm gegangen wäre, verbrannte und vergrabene Bücher obendrein.

Es bedeutete ihm sogar noch weniger, daß Zaphod Beeblebrox an Bord war. Zaphod Beeblebrox war jetzt Ex-Präsident der Galaxis, und obwohl im Augenblick jeder Polizist in der Galaxis hinter ihm, wie auch hinter dem Raumschiff her war, das er gestohlen hatte, interessierte das den Vogonen nicht.

Er hatte Wichtigeres zu tun.

Es heißt, die Vogonen stehen nicht über ein bißchen Bestechung und Korruption, genausowenig wie das Meer über den Wolken steht, und das stimmte in dem Fall wirklich. Wenn er die Wörter »ehrlich« oder »moralisch einwandfrei« hörte, griff er zu seinem Wörterbuch, und wenn er das Klimpern von großen Mengen Bargeld hört, griff er zum Gesetzbuch und schmiß es in die Ecke.

Als er so unerbittlich die Zerstörung der Erde und alles dessen, was sich darauf befand, betrieb, bewegte er sich ein bißchen außerhalb seines beruflichen Auftrags und auch ein bißchen darüber hinaus. Es gab sogar Zweifel, ob die besagte Umgehungsstraße wirklich gebaut werden sollte, aber darüber war man dann hinweggegangen.

Er stieß ein widerliches Zufriedenheitsgrunzen aus.

»Computer«, krächzte er, »verbinde mich mit meinem Gehirn-Wartungsexperten«.

Binnen weniger Sekunden erschien das Gesicht Gag Halfrunts auf der Mattscheibe und lächelte das Lächeln eines Mannes, der weiß, daß er zehn Lichtjahre von dem Vogonengesicht entfernt ist, in das er blickt. Irgendwo war auch ein winziges Fünkchen Ironie in das Lächeln gemischt. Obwohl der Vogone ihn beharrlich »mein persönlicher Gehirn-Wartungsexperte« nannte, gab's da gar nicht viel Gehirn zu warten, und in Wirklichkeit war es Gag Halfrunt, der den Vogonen angestellt hatte. Er zahlte ihm eine Wahnsinnssumme dafür, daß er ihn ein bißchen sehr dreckige Arbeit machen ließ. Als einer der prominentesten und erfolgreichsten Psychiater der Galaxis waren er und eine Gruppe von Kollegen durchaus bereit, Wahnsinnssummen auszugeben, wenn es so aussah, als stünde die ganze Zukunft der Psychiatrie auf dem Spiel.

»Tja«, sagte er, »grüße Sie, mein Vogonen-Kommandant Prostetnik, und wie fühlen wir uns heute?«

Der Kommandant erzählte ihm, er hätte in den letzten paar Stunden bei Disziplinarmaßnahmen fast die Hälfte seiner Besatzung umgebracht.

Halfrunts Lächeln zuckte nicht eine Sekunde.

»Naja«, sagte er, »ich denke, das ist für einen Vogonen ein vollkommen normales Verhalten, nicht? Die natürliche und gesunde Ableitung aller aggressiven Neigungen in Handlungen sinnloser Gewalt.«

»Das«, knurrte der Vogone, »sagen Sie immer.«

»Nun ja«, sagte Halfrunt, »ich denke, das ist für einen Psychiater ein vollkommen normales Verhalten. Gut. Wir sind heute offenbar beide psychisch sehr gut aufeinander eingepegelt. Nun erzählen Sie mir, was gibt' Neues vom Einsatz?«

»Wir haben das Schiff gesichtet.«

»Wunderbar«, sagte Halfrunt, »wunderbar! Und die Besatzung?«

»Der Erdling ist dabei.«

»Großartig! Und . . .?«

»Ein Weibchen vom selben Planeten. Sie sind die letzten.«

»Gut, gut«, strahlte Halfrunt. »Wer noch?

»Dieser Prefect.«

»Ja?«

»Und Zaphod Beeblebrox.«

Eine Sekunde lang kam Halfrunts Lächeln ins Flackern.

»Ah ja?« sagte er. »Das hatte ich erwartet. Das ist sehr bedauerlich.«

»Ein persönlicher Freund?« erkundigte sich der Vogone, der diese Formulierung mal irgendwo gehört hatte und auf die Idee kam, sie mal auszuprobieren.

»Oh nein«, sagte Halfrunt, »in meinem Beruf, wissen Sie, macht man sich keine persönlichen Freunde.«

»Ach«, grunzte der Vogone, »berufliche Unbestechlichkeit.«

»Nein«, sagte Halfrunt heiter, »dafür haben wir einfach keinen Draht.«

Er machte eine Pause. Sein Mund lächelte weiter, aber seine Augen blickten ein kleines bißchen sauer.

»Aber Beeblebrox, nicht wahr«, sagte er, »er ist einer meiner einträglichsten Kunden. Er hat persönliche Probleme, von denen können Analytiker bloß träumen.«

Er spielte mit diesem Gedanken eine Weile herum, dann ließ er ihn widerstrebend fallen.

»Sind Sie«, fragte er, »noch immer bereit für Ihre Aufgabe?«

»Ja.«

»Gut.Zerstören Sie das Schiff sofort.«

»Und was ist mit Beeblebrox?«

»Naja«, sagte Halfrunt munter, »Zaphod ist halt auch bloß irgendso 'n Typ, nicht?«

Er verschwand vom Bildschirm.

Der Vogonen-Kommandant drückte auf einen Übertragungsknopf, der ihn mit den Überresten seiner Mannschaft verband.

»Angreifen«, sagte er.

Genau in diesem Augenblick war Zaphod Beeblebrox in seiner Kabine und fluchte wie ein Rohrspatz. Vor zwei Stunden hatte er gesagt, sie wollten im Restaurant am Ende des Universums schnell ein kleines Häppchen zu sich nehmen, worauf er mit dem Schiffscomputer einen Mordskrach hatte, in seine Kabine gestürmt war und geschrien hatte, dann werde er eben die Unwahrscheinlichkeitsfaktoren mit dem Bleistift ausrechnen.

Der Unwahrscheinlichkeitsdrive machte die »Herz aus Gold« zum mächtigsten und unberechenbarsten Raumschiff des Universums. Es gab nichts, was es nicht konnte, vorausgesetzt, man wußte genau, wie unwahrscheinlich es war, daß das, was man von ihm verlangte, je einträte.

Er hatte es sich geklaut, als er es als Präsident eigentlich hatte taufen sollen. Er wußte nicht genau, warum er es gestohlen hatte, außer daß es ihm gefiel.

Er wußte nicht, warum er Präsident der Galaxis geworden war, außer daß es anscheinend eine ziemlich lustige Sache war.

Er wußte, daß es bessere Gründe als diese gab, daß sie aber in einer dunklen, verschlossenen Gegend seiner beiden Gehirne verborgen lagen. Er wünschte, die dunkle, verschlossene Gegend seiner beiden Hirne verschwände, denn manchmal tauchten diese Gründe für kurze Augenblicke auf, brachten die hellen, fröhlichen Gegenden seines Bewußtseins auf seltsame Gedanken und versuchten, ihn von dem abzulenken, was er als die wichtigste Aufgabe seines Lebens ansah, nämlich daß es ihm phantastisch gut ginge.

Im Augenblick ging es ihm nicht phantastisch gut. Ihm waren Geduld und Bleistifte ausgegangen, und er hatte großen Hunger.

»Himmeldonnerwetter!« brüllte er.

In genau demselben Moment war Ford Prefect mitten in der Luft. Nicht, weil mit dem künstlichen Schwerefeld des Raumschiffs irgendwas nicht gestimmt hätte, sondern weil er die Treppe runtersprang, die zu den Privatkabinen führte. Das war auf einen Satz sehr tief zu springen, und er landete ungeschickt, stolperte, fing sich wieder, raste den Gang hinunter, wobei er ein paar Miniatur-Dienst-Roboter umschmiß, schlingerte um die Ecke, riß Zaphods Tür auf und sprudelte raus, was er auf dem Herzen hatte.

»Vogonen«, sagte er.

Kurze Zeit davor hatte sich Arthur Dent von seiner Kabine aus auf die Suche nach einer Tasse Tee begeben. Auf diese Suche ging er nicht mit besonders großem Optimismus, weil er wußte, daß die einzige Quelle für heiße Getränke auf dem ganzen Schiff eine von der Sirius-Kybernetik-Corporation produzierte total ahnungslose Maschine war. Sie hieß Nutri-Matic-Getränke-Synthesizer, und er war ihr früher schon mal begegnet.

Sie behauptete, das breitestmögliche Getränkeangebot produzieren zu können, individuell abgestimmt auf den Geschmack und den Stoffwechsel jedes x-beliebigen Benutzers. Wenn man ihr aber auf den Zahn fühlte, produzierte sie beharrlich nichts anderes als eine Plastiktasse, die mit einer Flüssigkeit gefüllt war, die fast (nicht aber absolut) nichts mit Tee zu tun hatte.

Er versuchte, das Ding zur Räson zu bringen.

»Tee«, sagte er.

»Greif zu und genieße«, erwiderte die Maschine und lieferte ihm eine zweite Tase mit der widerlichen Flüssigkeit.

Er warf sie weg.

»Greif zu und genieße«, wiederholte die Maschine und produzierte eine dritte Tasse von dem Zeug.

»Greif zu und genieße« ist der Slogan der ungeheuer erfolgreichen Beschwerdeabteilung der Sirius-Kybernetik-Corporation, die heute alle größeren zusammenhängenden Landmassen von drei mittelgroßen Planeten einnimmt und der einzige Zweig der Corporation ist, der in den letzten Jahren konsequent Gewinne ausgewiesen hat.

Der Slogan steht – oder vielmehr stand – in fünf Kilometer hohen Leuchtbuchstaben in der Nähe des Raumflughafens der Beschwerdeabteilung auf dem Planeten Eadrax. Unglücklicherweise war das Gewicht der Buchstaben so groß, daß kurz, nachdem sie aufgestellt worden waren, der Boden unter ihnen nachgab und sie fast zur Hälfte ihrer Länge durch die Büros vieler junger, begabter – nun leider verstorbener – Beschwerdebeamter nach unten stürzten.

Die noch herausragende obere Hälfte der Buchstaben ergibt in der dortigen Landessprache den Satz »Steck deinen Kopf in ein

Schwein« und ist nicht mehr beleuchtet, außer zu besonderen Anlässen.

Arthur warf die sechste Tasse mit der Flüssigkeit weg.

»Hör mal zu, du Maschine«, sagte er, »du behauptest, du kannst jedes existierende Getränk künstlich herstellen, warum lieferst du mir denn dann ständig denselben untrinkbaren Dreck?«

»Deine Ernährungs- und Genußfreudigkeitswerte«, gurgelte die Maschine, »greif zu und genieße.«

»Es schmeckt grauenhaft!«

»Wenn du das Erlebnis dieses Getränks genossen hast«, fuhr die Maschine fort, »warum teilst du es nicht mit deinen Freunden?«

»Weil«, sagte Arthur bissig, »ich sie behalten will. Willst du nicht mal versuchen zu begreifen, was ich dir sage? Dieses Getränk . . .«

»Dieses Getränk«, sagte die Maschine sanft, »wurde auf deine persönlichen Ernährungs- und Genußerfordernisse hin individuell komponiert.«

»Aha«, sagte Arthur, »ich bin also ein auf Diät gesetzter Masochist, oder?«

»Greif zu und genieße.«

»Ach, halt's Maul.«

»Wäre das dann alles?«

Arthur beschloß, es aufzugeben.

»Ja«, sagte er.

Dann beschloß er, er sollte verdammt sein, wenn er es aufgäbe.

»Nein«, sagte er, »schau mal, es ist ganz, ganz einfach . . . ich möchte nichts anderes . . . als eine Tasse Tee. Und du wirst mir eine machen. Sei still und hör mir zu.«

Und er setzte sich. Er erzählte der Nutri-Matic von Indien, er erzählte ihr von China, er erzählte ihr von Ceylon. Er erzählte ihr von den breiten Bättern, die in der Sonne trocknen. Er erzählte ihr von silbernen Teekannen. Er erzählte ihr von Sommernachmittagen draußen auf dem Rasen. Er erzählte ihr, daß man die Milch vor dem Tee eingießt, damit sie nicht heiß wird. Er erzählte ihr sogar (kurz) von der Geschichte der Ostindischen Kompanie.

»Das ist es also, ja?« sagte die Nutri-Matic, als er fertig war.
»Ja«, sagte Arthur, »genau das möchte ich.«
»Du möchtest den Geschmack von in Wasser gekochten getrockneten Blättern?«
»Äh ja. Mit Milch.«
»Die aus einer Kuh gespritzt kommt?«
»Naja, sozusagen, ich glaube . . .«
»Dazu brauche ich aber etwas Hilfe«, sagte die Maschine kurz angebunden. Das ganze muntere Gurgeln war aus ihrer Stimme verschwunden, nun hatte sie nur noch die Pflicht im Sinn.
»Tja, kann ich irgendwas machen?« fragte Arthur.
»Du hast schon genug getan«, informierte ihn die Nutri-Matic.
Sie fragte den Schiffscomputer um Rat.
»Hallo, Freundin!« sagte der Schiffscomputer.
Die Nutri-Matic erklärte dem Schiffscomputer den Tee. Der Computer stutzte, koppelte Logik-Schaltkreise an die Nutri-Matic, und beide versanken in grimmigem Schweigen.
Arthur guckte und wartete eine Zeitlang, aber nichts geschah.
Er knuffte die Maschine, aber noch immer geschah nichts.
Nach einer Weile gab er es auf und spazierte hinauf in die Kommandozentrale.

In den leeren Einöden des Raums hing das Sternenschiff »Herz aus Gold« reglos da. Um es herum leuchteten die Billionen Nadelstiche der Galaxis. Auf es zu kroch eine häßliche gelbe Beule – das Vogonenschiff.

3

»Hat vielleicht jemand von euch einen Teekessel?« fragte Arthur, als er in die Kommandozentrale spaziert kam, und wunderte sich im selben Augenblick, warum Trillian den Computer anschrie, er solle mit ihr reden, Ford ihm Püffe versetzte und Zaphod ihn trat, und auch, warum auf dem Bildschirm so eine häßliche gelbe Beule zu sehen war.

Er stellte die leere Tasse ab, die er in der Hand hatte, und ging zu ihnen hinüber.

»Hallo?« sagte er.

In dem Moment sprang Zaphod mit einem Satz zu den polierten Marmorflächen, in denen sich die Instrumente befanden, die den konventionellen Photon-Drive kontrollierten. Sie materialisierten sich unter seinen Händen, und er schaltete auf Handsteuerung um. Er schob, er zog, er drückte und fluchte. Der Photon-Drive gab ein schwaches Zittern von sich und setzte wieder aus.

»Ist was?« fragte Arthur.

»He, habt ihr das gehört?« knurrte Zaphod, als er nun mit einem Sprung bei den Handreglern des Unendlichen Unwahrscheinlichkeitsdrives war. »Der Affe hat gesprochen!«

Der Unwahrscheinlichkeitsdrive gab zwei kleine Seufzer von sich und schaltete sich gleichfalls wieder ab.

»Reine Historie, Mann«, sagte Zaphod und versetzte dem Unwahrscheinlichkeitsdrive einen Tritt, »ein sprechender Affe!«

»Wenn ihr über irgendwas wütend seid . . .«, sagte Arthur.

»Vogonen!« bellte Ford. »Wir werden angegriffen!«

Arthur schnatterte aufgeregt los.

»Na, und was macht ihr? Nichts wie weg von hier!«

»Können nicht. Der Computer klemmt.«

»Klemmt?«

»Er sagt, alle seine Schaltkreise wären beschäftigt. Nirgendwo im Schiff ist Saft.«

Ford trat vom Computerterminal zurück, wischte sich mit dem Ärmel über die Stirn und sank rückwärts gegen die Wand. »Nichts können mir machen«, sagte er. Er stierte ins Nichts und biß sich auf die Lippe.

Als Arthur noch ein Schuljunge war, lange bevor die Erde zerstört wurde, spielte er immer Fußball. Er war überhaupt nicht gut darin gewesen, aber seine ganz besondere Spezialität war es, in wichtigen Spielen Eigentore zu fabrizieren. Immer wenn ihm das passierte, fühlte er ein eigentümliches Kribbeln hinten an seinem Hals, das langsam über seine Wangen hochkroch und heiß auf seiner Stirn landete. Die Erinnerung an Matsch und Gras und viele kleine spottende Jungen, die nach ihm warfen, kam ihm in diesem Moment mit einemmal lebhaft in den Sinn.

Ein eigentümliches Kribbeln hinten an seinem Hals kroch über seine Wangen nach oben und landete heiß auf seiner Stirn.

Er begann zu sprechen und hörte wieder auf.

Er begann wieder zu sprechen und hörte wieder auf.

Schließlich gelang es ihm zu sprechen.

»Äh«, sagte er. Er räusperte sich.

»Sagt mal«, fuhr er fort, und das sagte er so nervös, daß sich die andern zu ihm umdrehten und ihn anstarrten. Er sah auf den näherkommenden gelben Klecks auf dem Monitor.

»Sagt mal«, sagte er nochmal, »hat euch der Computer gesagt, womit er so beschäftigt ist? Ich frage bloß aus Interesse . . .«

Ihre Augen waren fest auf ihn gerichtet.

»Und äh . . . tja, das ist es wirklich, bloß 'ne Frage.«

Zaphod streckte die Hand aus und packte Arthur am Genick.

»Was hast du mit ihm angestellt, Affenmännchen?« keuchte er.

»Tja«, sagte Arthur, »eigentlich nichts. Er ist bloß . . . ich glaube, vor ein paar Minuten hat er rauszufinden versucht, wie er . . .«

»Ja?«

» . . . mir etwas Tee machen könnte.«

»Das stimmt, Leute«, schmetterte der Computer plötzlich los, »befasse mich gerade mit diesem Poblem, und Jungejunge, es is'n Hammer. Bin dann bald wieder für euch da.« Er versank von neuem in einem Schweigen, mit dem es an purer Intensität nur das Schweigen der drei Leute aufnehmen konnte, die Arthur Dent entgeistert anstarrten.

Wie um die Spannung zu lösen, wählten die Vogonen diesen Augenblick, um ihr Feuer zu eröffnen.

Das Raumschiff bebte, das Raumschiff donnerte. Die zolldicke Kraftfeldpanzerung, die es umgab, zog Blasen, knisterte, sprühte unter dem Feuer von einem Dutzend 30-Megatöt-Definit-Kill-Photrazon-Kanonen Funken und sah so aus, als würde sie es nicht mehr lange umgeben. Vier Minuten waren es, die Ford Prefect ihr zugestand.

»Drei Minuten und fünfzig Sekunden«, sagte er kurze Zeit später.

»Fünfundvierzig Sekunden«, fügte er im entsprechenden Augenblick hinzu. Er knipste müßig an ein paar nutzlosen Schaltern rum, dann schickte er einen unfreundlichen Blick zu Arthur rüber.

»Sterben für 'ne Tasse Tee, was?« sagte er. »Drei Minuten und vierzig Sekunden.«

»Hör doch auf zu zählen!« schnauzte Zaphod.

»Ja«, sagte Ford Prefect, »in drei Minuten und fünfunddreißig Sekunden.«

Prostetnik Vogon Jeltz an Bord des Vogonen-Raumschiffs war verblüfft. Er hatte eine Verfolgungsjagd erwartet, er hatte einen aufregenden Kampf mit Tractor-Strahlen erwartet, er hatte erwartet, er müsse den eigens eingebauten Sub-Cyclic-Normalität-Bestimm-O-Tron einsetzen, um dem Unendlichen Unwahrscheinlichkeitsdrive der »Herz aus Gold« entgegenzuwirken; aber der Sub-Cyclic-Normalität-Bestimm-O-Tron lag still da, ebenso wie die »Herz aus Gold« still dalag und alles schluckte.

Ein Dutzend 30-Megatöt-Definit-Kill-Photrazon-Kanonen ballerten weiter, was das Zeug hielt, auf die »Herz aus Gold«, und sie lag immer noch einfach still da und schluckte alles.

Er testete jeden Sensor an seiner Anzeige, um rauszufinden, ob da etwa irgendeine raffinierte Gaunerei im Gange sei, aber keine raffinierte Gaunerei war festzustellen.

Er wußte natürlich nichts von dem Tee.

Noch wußte er genau, wie die Besatzung der »Herz aus Gold« die letzten drei Minuten und dreißig Sekunden ihres Lebens verbrachte, die sie noch zu verbringen hatte.

Wie Zaphod Beeblebrox an diesem Punkt ausgerechnet auf die Idee verfiel, eine Seance abzuhalten, ist etwas, was ihm nie ganz klar wurde.

Das Thema Tod hing natürlich in der Luft, aber eher als etwas, dem man aus dem Weg geht, als etwas, auf dem man ausgiebig herumreitet.

Möglicherweise brachte ihn das Entsetzen, das er bei der Aussicht empfand, mit seinen dahingeschiedenen Verwandten wiedervereint zu werden, auf den Gedanken, daß sie ihm gegenüber vielleicht dieselben Gefühle hegten und, was wichtiger wäre, eventuell was tun könnten, um diese Wiedervereinigung zu verschieben.

Oder es könnte wiederum einfach eine jener seltsamen Eingebungen gewesen sein, die gelegentlich aus dieser dunklen Zone seines Bewußtseins auftauchten, die er unerklärlicherweise abgesperrt hatte, bevor er Präsident der Galaxis wurde.

»Du willst mit deinem Urgroßvater reden?« fragte Ford zögernd.

»Ja klar.«

»Muß das ausgerechnet *jetzt* sein?«

Das Raumschiff bebte und donnerte weiter. Die Temperatur stieg. Das Licht wurde immer trüber – alle Energie, die der Computer nicht dazu brauchte, über Tee nachzudenken, wurde in die rapide schwindende Kraftfeldpanzerung gepumpt.

»Ja klar!« beharrte Zaphod. »Schau mal, Ford, ich denke, er könnte uns vielleicht helfen.«

»Bist du sicher, daß du *denken* meinst? Wähl deine Worte mit Bedacht!«

»Schlag was anderes vor.«

»Äh, tja . . .«

»Okay, um den mittleren Instrumententisch herum. Los. Kommt schon! Trillian, Affenmännchen, bewegt euch.«

Verwirrt versammelten sie sich um den Instrumententisch in der Mitte, setzten sich und hielten sich, wobei sie sich ausgesprochen blöde vorkamen, bei den Händen. Mit seiner dritten Hand schaltete Zaphod das Licht aus.

Dunkelheit umfing das Raumschiff.

Draußen riß das Donnergetöse der Definit-Kill-Kanonen weiter an der Kraftfeldpanzerung.

»Konzentriert euch«, zischte Zaphod, »auf seinen Namen.«

»Wie lautet er denn?« fragte Arthur.

»Zaphod Beeblebrox der Vierte.«

»Wie bitte?«

»Zaphod Beeblebrox der Vierte. Konzentrier dich!«

»Der Vierte?«

»Ja. Hör zu, ich bin Zaphod Beeblebrox, mein Vater war Zaphod Beeblebrox der Zweite, mein Großvater Zaphod Beeblebrox der Dritte . . .«

»Was?«

»Es passierte irgendein Unglück mit einem Kondom und einer Zeitmaschine. Konzentriert euch jetzt!«

»Drei Minuten«, sagte Ford Prefect.

»Warum«, fragte Arthur Dent, »machen wir das?«

»Mund halten«, schlug Zaphod Beeblebrox vor.

Trillian sagte nichts. Was, dachte sie, gab's schon zu sagen?

Das einzige Licht in der Kommandozentrale kam von zwei matten roten Dreiecken weit hinten in einer Ecke, wo Marvin, der paranoide Androide, alle ignorierend und von allen ignoriert, in einer höchst privaten und ziemlich unerfreulichen Welt versunken dasaß.

Um den Instrumententisch in der Mitte hockten vier Gestalten in angespannter Konzentration und versuchten, aus ihrem Bewußtsein das grauenhafte Beben des Schiffes und das furchtbare Getöse, das in ihm widerhallte, zu verdrängen.

Sie konzentrierten sich.

Sie konzentrierten sich noch immer.

Und immer noch konzentrierten sie sich.

Die Sekunden vertickten.

Zaphod standen Schweißperlen auf seinen Stirnen, zuerst vor lauter Konzentration, dann vor lauter Enttäuschung und schließlich vor lauter Verlegenheit.

Zum Schluß stieß er einen Wutschrei aus, riß seine Hände von Trillian und Ford los und haute auf den Lichtschalter.

»Na endlich, ich dachte schon, ihr würdet das Licht nie mehr anschalten«, sagte eine Stimme. »Nein, bitte nicht zu hell, meine Augen sind nicht mehr das, was sie mal waren.«

Vier Gestalten richteten sich mit einem Ruck auf ihren Sitzen auf. Langsam drehten sie ihre Köpfe, obwohl ihre Kopfhaut deutlich die Neigung zeigte, in derselben Position zu bleiben.

»Nun? Wer stört mich zu dieser Zeit?« sagte die kleine, gebeugte, hagere Gestalt, die am anderen Ende des Kommandoraums bei den Farnwedeln stand. Seine beiden kleinen, spärlich mit Haar bewachsenen Köpfe sahen so uralt aus, daß es schien, sie enthielten vielleicht vage Erinnerungen an die Entstehung der Galaxen selbst. Einer baumelte schlafend herab, der andere blickte sie durchdringend an. Wenn seine Augen nicht mehr dasselbe waren wie einst, dann mußten sie einmal Diamanten zerschnitten haben.

Zaphod stotterte einen Augenblick nervös herum. Dann vollführte er das komplizierte kleine Doppelnicken, das die traditionelle beteigeuzische Geste familiärer Hochachtung ist.

»Oh . . . äh, hallo, Urgroßpappi . . .«, hauchte er.

Das kleine alte Männchen kam näher auf sie zu. Es spähte durch das trübe Licht. Es streckte einen knochigen Finger gegen seinen Urenkel aus.

»Aha«, keifte es, »Zaphod Beeblebrox. Der letzte unseres großen Geschlechts. Zaphod Beeblebrox der Nullte.«

»Der Erste.«

»Der Nullte«, fauchte die Gestalt. Zaphod konnte die Stimme nicht ertragen. Auf ihn hatte sie schon immer so gewirkt, als kratschten Fingernägel über die schwarze Tafel dessen, was er so gern für seine Seele hielt.

Er rutschte verlegen auf seinem Sitz rum.

»Äh, jaja«, murmelte er, »äh, hör mal, tut mir wirklich leid wegen der Blumen, ich wollte welche rüberschicken, aber du weißt ja, der Laden hatte gerade den letzten Kranz verkauft und . . .«

»Du hast es vergessen!« schimpfte Zaphod Beeblebrox der Vierte.

»Naja . . .«

»Zu beschäftigt. Niemals an andere denken. Die Lebenden sind alle gleich.«

»Zwei Minuten, Zaphod«, flüsterte Ford ehrfurchtsvoll.

Zaphod zappelte nervös herum.

»Ja, aber ich wollte dir wirklich welche schicken«, sagte er. »Und ich werde auch meiner Urgroßmutter schreiben, sobald wir hier aus dieser Sache . . .«

»Deine Urgroßmutter«, grübelte das hagere kleine Männchen gedankenverloren.

»Ja«, sagte Zaphod. »Äh, wie geht's ihr? Weißt du was, ich besuche sie bald mal.Aber erst müssen wir hier aus dieser . . .«

»Deiner *verstorbenen* Urgroßmutter und mir geht es sehr gut«, schnarrte Zaphod Beeblebrox der Vierte.

»Ach. Oh.«

»Sind aber sehr enttäuscht von dir, kleiner Zaphod . . .«

»Tja, naja . . .« Zaphod fühlte sich seltsam machtlos, das Gespräch an sich zu reißen, und Fords schweres Atmen an seiner Seite sagte ihm, daß die Sekunden sehr schnell verstrichen. Der Lärm und das Gebebe hatten ein angsterregendes Ausmaß erreicht. Er sah im Dunkeln Trillians und Arthurs weiße, unverzagte Gesichter.

»Äh, Urgroßvater . . .«

»Wir haben deine Entwicklung mit beträchtlichem Kummer verfolgt . . .«

»Jaja, hör mal, gerade jetzt im Augenblick, verstehst du . . .«

»Um nicht zu sagen: mit Verachtung!«

»Könntest du vielleicht irgendwie mal kurz zuhören . . .«

»Ich meine, was stellst du eigentlich mit deinem Leben an?«

»Im Moment werde ich gerade von einer Vogonenflotte angegriffen«, schrie Zaphod. Das war eine kleine Übertreibung, aber es war bisher die einzige Gelegenheit, wenigstens den Kernpunkt des Problems an den Mann zu bringen.

»Überrascht mich nicht im geringsten«, sagte das alte kleine Männchen mit einem Achselzucken.

»Nur, es passiert gerade jetzt, verstehst du?« bohrte Zaphod aufgeregt nach.

Der geisterhafte Vorfahre nickte, nahm die Tasse, die Arthur mitgebracht hatte, und besah sie sich interessiert.

»Äh . . . Urgroßpappi . . .«

»Wußtest du schon«, unterbrach ihn die Geistererscheinung und sah ihm streng ins Gesicht, »daß die Beteigeuze Fünf neuerdings eine ganz leichte Unregelmäßigkeit in ihrem Umlauf hat?«

Das wußte Zaphod nicht und fand, daß man sich auf diese Mitteilung auch nur schwer einstellen konnte bei all dem Lärm und dem nahe bevorstehenden Tod und so weiter.

»Äh, nein . . .schau mal«, sagte er.

»Ich werde ganz schwindlig in meinem Grab!« kläffte der Ahn. Er knalle die Tasse hin und zeigte mit einem zitternden, stockdürren, transparenten Finger auf Zaphod.

»Deine Schuld!« kreischte er.

»Eine Minute dreißig Sekunden«, murmelte Ford, den Kopf in seinen Händen.

»Ja doch, hör mal, Urgroßpappi, kannst du uns nicht helfen, denn wir . . .«

»Helfen?« rief der Alte, als hätte man einen Hermelin von ihm gewollt.

»Ja, helfen, und wenn's recht ist, jetzt, denn sonst . . .«

»Helfen!« wiederholte der Alte, als hätte man einen leicht gegrillten flambierten Hermelin mit Pommes frites von ihm gewollt. Er stand verwundert da.

»Du stromerst in der Galaxis rum mit deinen . . .« – der Vorfahre fuchtelte geringschätzig mit der Hand – »mit deinen feinen Freunden hier, zu beschäftigt, um Blumen auf mein Grab zu legen, Plastikblumen hätten's ja auch getan, das hätte dir recht gut angestanden, aber nein. Zu beschäftigt. Zu modern. Zu skeptisch – bis du plötzlich ein bißchen in der Tinte sitzt und mit einemmal völlig okkult gestimmt angerannt kommst!«

Er schüttelte den Kopf – vorsichtig, um nicht den Schlaf des anderen zu stören, der langsam unruhig wurde.

»Also, ich weiß nicht, kleiner Zaphod«, fuhr er fort, »ich glaube, darüber muß ich erst nachdenken.«

»Eine Minute zehn«, sagte Ford dumpf.

Zaphod Beeblebrox der Vierte beäugte ihn neugierig.

»Warum redet der Mann da andauernd in Zahlen?« fragte er.

»Diese Zahlen«, sagte Zaphod kurz, »sind die Zeit, die wir noch zu leben haben.«

»Oh«, sagte sein Urgroßvater. Er brummelte sich was in den Bart. »Geht mich natürlich nichts mehr an«, sagte er und bewegte sich in eine dunklere Ecke der Kommandozentrale, um nach etwas anderem zu suchen, worin er rumschnüffeln könnte.

Zaphod hatte das Gefühl, er schwanke am Rande des Wahnsinns, und fragte sich, ob er nicht einfach rüberspringen solle, um nichts mehr damit zu tun zu haben.

»Urgroßvater«, sagte er. »Aber uns geht's was an! Wir leben noch und sind drauf und dran, das Leben zu verlieren.«

»Recht so!«

»Was?«

»Wem nutzt denn schon dein Leben? Wenn ich mir überlege, was du daraus gemacht hast, fällt mir unwillkürlich der Ausdruck ›in den Mond gaffen‹ ein.«

»Aber ich war Präsident der Galaxis, Mann!«

»Hä?« knurrte sein Ahn. »Und was für ein Job soll das für einen Beeblebrox sein?«

»Bitte was? Alleiniger Präsident, verstehst du? Von der ganzen Galaxis!«

»Eitles kleines Megawürstchen.«

Zaphod blinzelte ihn verblüfft an.

»He, äh, was willst du damit sagen, Mann? Ich meine, Urgroßvater.«

Die gekrümmte, kleine Gestalt schlich sich an den Urenkel heran und gab ihm einen strengen Klaps aufs Knie. Das hatte den Effekt, daß Zaphod sich wieder daran erinnerte, daß er mit einem Geist sprach, denn er spürte überhaupt nichts. »Du und ich, wir wissen, was es heißt, Präsident zu sein, kleiner Zaphod. Du weißt es, weil du's gewesen bist, und ich weiß es, weil ich tot bin, und das gibt einem einen so wunderbar unbefangenen Durchblick. Bei uns da oben gibt's eine Redensart. ›Das Leben ist an die Lebenden verschwendet.‹«

»Jaja«, sagte Zaphod bitter, »sehr gut. Und sehr tiefsinnig. Genau jetzt habe ich Aphorismen so nötig wie Löcher in meinen Köpfen.«

»Fünfzig Sekunden«, murmelte Ford Prefect.

»Wo war ich stehengeblieben?« fragte Zaphod Beeblebrox der Vierte.

»Mir 'ne Gardinenpredigt zu halten«, sagte Zaphod Beeblebrox.

»Ah ja.«

»Kann der Kerl«, murmelte Ford Zaphod leise ins Ohr, »uns eigentlich wirklich helfen?«

»Niemand sonst kann das«, flüsterte Zaphod.

Ford nickte mutlos.

»Zaphod«, sagte der Geist gerade, »du wurdest aus einem ganz bestimmten Grund Präsident der Galaxis. Hast du das vergessen?«

»Könnten wir uns später damit befassen?«

»Hast du das vergessen?« beharrte der Geist.

»Ja klar! Natürlich habe ich das vergessen! Das mußte ich ja. Sie durchleuchten dir das Gehirn, wenn du den Job bekommst, verstehst du? Wenn sie meinen Kopf mit lauter schlauen Ideen angefüllt gefunden hätten, dann wäre ich nämlich im selben Augenblick wieder auf der Straße gewesen mit nichts als 'ner dicken Pension, einem Schwarm Sekretärinnen, einer Raumschiff-Flotte und zwei aufgeschlitzten Kehlen.«

»Aha«, nickte der Geist befriedigt, »du erinnerst dich also doch!«

Er macht eine kurze Pause.

»Na schön«, sagte er und der Lärm hörte auf.

»Achtundvierzig Sekunden«, sagte Ford. Er sah nochmal auf seine Uhr und gab ihr einen Klaps. Er blickte auf.

»He, der Lärm hat aufgehört«, sagte er.

Ein boshaftes Funkeln schimmerte in den harten, kleinen Augen des Geistes.

»Ich habe die Zeit einen Augenblick verlangsamt«, sagte er, »nur für einen Augenblick, verstanden? Ich fände es gräßlich, wenn euch all das entginge, was ich euch zu sagen habe.«

»Nein, jetzt wirst du mir mal zuhören, du durchsichtige alte Fledermaus«, sagte Zaphod und sprang von seinem Stuhl auf. »A – Vielen Dank, daß du die Zeit angehalten hast und alles das, großartig, phantastisch, wunderbar, aber B – kein Dankeschön für die Moralpredigt, klar? Ich weiß nicht, was diese großartige Angelegenheit ist, die ich offenbar zu tun bestimmt bin, und für mich sieht es so aus, als sollte ich das auch nicht wissen. Und das ärgert mich, klar?

Mein altes Ich wußte es. Mein altes Ich interessierte sich dafür. Schön, so weit, so hoopy. Außer daß mein altes Ich sich so sehr dafür interessierte, daß es tatsächlich in sein eigenes Gehirn schlüpfte – mein Gehirn – und die Teile verschloß, die alles wußten und sich dafür interessierten, denn wenn mein Gehirn alles gewußt und sich dafür interessiert hätte, dann wäre ich außerstande gewesen, es zu tun. Ich wäre außerstande gewesen, hinzugehen und Präsident zu werden, und ich wäre außerstande gewesen, das Schiff hier zu stehlen, was wohl das Wichtigste von allem war.

Aber mein früheres Ich hat sich selbst ausgeschaltet, nicht wahr, indem es mein Gehirn vertauschte. Okay, das war seine Entscheidung. Mein neues Ich hat seine eigenen Entscheidungen zu treffen, und durch einen seltsamen Zufall gehört zu diesen Entscheidungen, diese große Angelegenheit nicht zu kennen und sich nicht dafür zu interessieren, ganz egal, um was es dabei geht. Das wollte es, und das hat es auch gekriegt.

Außer daß mein altes Ich vielleicht versuchte, sich die Kontrolle zu erhalten, indem es mir Befehle in dem Teil meines Gehirns hinterließ, das es verschloß. Schön, ich will sie nicht kennen, und ich will sie nicht hören. Das ist meine Entscheidung. Ich werde nicht die Marionette von irgend jemand sein, und schon gar nicht die Marionette von mir selbst.«

Zaphod hämmerte wütend auf den Instrumententisch und kümmerte sich nicht um die verblüfften Blicke, die er auf sich zog.

»Mein altes Ich ist tot!« schimpfte er. »Hat sich selber umgebracht! Die Toten sollten hier nicht rumlungern und versuchen, sich unter die Lebenden zu mischen!«

»Und trotzdem zitierst du mich her, damit ich euch aus der Patsche helfe«, sagte der Geist.

»Ah«, sagte Zaphod und setzte sich wieder, »naja, das ist doch was anderes, nicht?«

Er grinste Trillian nicht sehr überzeugend an.

»Zaphod«, krächzte die Erscheinung, »ich glaube, der einzige Grund, weshalb ich meinen Atem auf dich verschwende, ist der, daß ich als Toter keine andere Verwendung dafür habe.«

»Okay«, sagte Zaphod, »warum erzählst du mir nicht, was das große Geheimnis ist? Verhör mich.«

»Zaphod, du wußtest, als du Präsident der Galaxis warst, genauso wie Yooden Vranx vor dir, daß der Präsident nichts ist. Eine Null. Irgendwo in den Schatten dahinter steht ein anderer Mann, ein Wesen, ein Etwas mit allerhöchster Macht. Diesen Mann oder dieses Wesen oder Etwas mußt du finden – den Mann, der diese Galaxis kontrolliert und – so nehmen wir an – noch andere. Möglicherweise das ganze Universum.«

»Warum?«

»Warum?!« rief der Geist erstaunt aus. »Warum?! Guck dich doch mal um, Junge, macht es auf dich den Eindruck, als wäre es in guten Händen?«

»Es ist okay.«

Das alte Gespenst blickte ihn finster an. »Ich will mich nicht mit dir streiten. Du wirst einfach dieses Raumschiff, dieses Unwahrscheinlichkeitsdrive-Raumschiff dorthin bringen, wo es gebraucht wird. Du wirst es tun. Glaub ja nicht, du könntest deinem Zweck entrinnen. Das Unwahrscheinlichkeitsfeld kontrolliert dich, du bist in seiner Gewalt. Was ist denn das?«

Er stand da und schlug auf eins der Terminals von Eddie, dem Schiffscomputer. Zaphod erklärte es ihm.

Was macht er gerade?«

»Er versucht«, sagte Zaphod mit wundervoller Selbstbeherrschung, »Tee zu machen.«

»Fein«, sagte sein Urgoßvater, »das höre ich gern. Also, Zaphod«, sagte er, drehte sich um und drohte ihm mit dem Finger, »ich weiß nicht, ob du wirklich befähigt bist, deine Aufgabe zum Erfolg zu führen. Ich glaube, du wirst es einfach nicht vermeiden können. Ich bin allerdings zu lange tot und zu müde, um mich so sehr dafür zu interessieren, wie ich das mal tat. Der Hauptgrund, weshalb ich dir jetzt helfe, ist, daß ich die Vorstellung nicht ertragen könnte, daß du und deine neumodischen Freunde da oben bei uns rumlatschten. Kapiert?«

»Ja, danke vielmals.«

»Ach, und Zaphod?«

»Äh, ja?«

»Wenn du jemals wieder in die Lage kommst, Hilfe zu benötigen, du verstehst, wenn du im Schlamassel bist und dir aus der Klemme geholfen werden soll . . .«

»Ja?«

» . . . dann gehe ohne Zögern unter.«

Im selben Augenlick schoß ein Feuerbündel aus den Händen des dürren, alten Geistes zum Computer rüber, der Geist verschwand, die Kommandozentrale füllte sich mit wallendem Rauch und die »Herz aus Gold« hüpfte über eine unbekannte Entfernung durch die Dimensionen aus Zeit und Raum.

4

Zehn Lichtjahre entfernt hievte Gag Halfrunt sein Lächeln um etliche Teilstriche nach oben. Als er das Bild auf seinem Monitor beobachtete, das ihm per Sub-Etha aus dem Kommandoraum des Vogonenschiffes übertragen wurde, sah er, wie die letzten Fetzen der Kraftfeldpanzerung der »Herz aus Gold« weggerissen wurden und das Raumschiff selbst in einem Rauchwölkchen verschwand.

Wunderbar, dachte er.

Das Ende der letzten zufälligen Überlebenden der Zerstörung des Planeten Erde, die er befohlen hatte, dachte er.

Das endgültige Ende dieses gefährlichen (für den Beruf des Psychiaters) und subversiven (ebenfalls für den Beruf des Psychiaters) Experiments, die Frage nach der Großen Frage des Lebens, des Universums und alles übrigen zu finden, dachte er.

Am Abend würde es eine kleine Fete mit seinen Kollegen geben, und am nächsten Morgen würden sie wieder ihren unglücklichen, konfusen und außerdentlich gewinnbringenden Patienten im sicheren Wissen gegenübertreten, daß nun ein für allemal wirklich niemand mehr hinter den Sinn des Lebens käme, dachte er.

»Familie ist doch immer was Peinliches, nicht?« sagte Ford zu Zaphod, als sich der Rauch zu verziehen begann.

Er stockte, er sah sich um.

»Wo ist denn Zaphod?« sagte er.

Arthur und Trillian blickten sich erstaunt um. Sie waren bleich und durcheinander und wußten nicht, wo Zaphod war.

»Marvin«, sagte Ford, »wo ist denn Zaphod?«

Einen Augenblick später sagte er:

»Wo ist denn Marvin?«

Die Ecke des Roboters war leer.

Im ganzen Raumschiff war es mucksmäuschenstill. Es hing im pechschwarzen Raum. Gelegentlich dümpelte und schaukelte es. Alle Instrumente waren tot, jeder Monitor war tot. Sie fragten den Computer. Er sagte:

»Zu meinem Bedauern bin ich vorübergehend für den gesamten Nachrichtenverkehr gesperrt. Unterdessen hören Sie etwas leichte Musik.«

Sie schalteten die leichte Musik ab.

Sie durchsuchten in wachsender Unruhe und Bestürzung jeden Winkel des Schiffes. Alles war tot und still. Nirgendwo war eine Spur von Zaphod oder Marvin zu entdecken.

Eine der letzten Stellen, wo sie nachsahen, war die kleine Nische, in der die Nutri-Matic stand.

Auf der Ausgabeplatte des Nutri-Matic-Getränke-Synthesizers stand ein kleines Tablett, auf dem sahen sie drei kleine chinesische Porzellantassen samt Untertassen, ein porzellanenes Milchkännchen und eine silberne Teekanne, die mit dem besten Tee gefüllt war, den Arthur je gerochen hatte. Daneben lag eine kleines gedrucktes Kärtchen, auf dem stand: »Servieren«.

5

Ursa Minor Beta ist, so sagen einige, eine der schrecklichsten Örtlichkeiten im bekannten Universum.

Obwohl sie unausstehlich fruchtbar, grauenerregend sonnig und reicher an wunderbar aufregenden Leuten ist als ein Granatapfel an Kernen, kann es doch wohl kaum bedeutungslos sein, daß, als neulich das Magazin *Playpeople* einen Artikel mit der Überschrift: »Wenn du Ursa Minor Beta satt hast, hast du das Leben satt« brachte, sich die dortige Selbstmordrate über Nacht vervierfachte.

Nicht daß es auf Ursa Minor Beta überhaupt Nächte gäbe.

Ursa Minor Beta ist ein Planet der westlichen Zone, der aufgrund einer unerklärlichen und irgendwie verdächtigen topografischen Laune fast ausschließlich aus subtropischer Küste besteht. Aufgrund einer gleichfalls verdächtigen Laune der zeitlichen Relastatik ist es fast immer Samstagnachmittag, kurz bevor die Strandbars schließen.

Keine angemessene Erklärung hierfür haben die höheren Bioformen auf Ursa Minor Beta geliefert, die die meiste Zeit nach geistiger Erleuchtung suchen, indem sie um Swimmingpools herumrennen und Untersuchungsbeamte des Galaktischen Geo-Temporalen Kontrollausschusses dazu einladen, »eine reizende Tagesanomalie zu erleben«.

Es gibt nur eine Stadt auf Ursa Minor Beta, und die heißt auch nur deswegen so, weil dort die Swimmingpools am Boden ein bißchen dicker sind als woanders.

Wenn man sich Light City von der Luft aus nähert – und es gibt keine andere Möglichkeit, sich ihr zu nähern, keine Straßen, keine Hafenanlagen (wenn man nicht fliegt, wollen sie einen in Light City nicht sehen) –, bemerkt man sofort, warum die Stadt diesen Namen trägt. Hier scheint die Sonne am allerhellsten, sie glitzert in den Swimmingpools, flimmert auf den weißen, palmengesäumten Boulevards, gleißt auf den gesunden, braungebrannten Pünktchen, die dort auf und ab flanieren, sie strahlt auf die Villen, die dunstigen Startbahnen, die Strandbars und so weiter.

Ganz besonders bescheint sie ein Gebäude, ein hohes, schönes Gebäude, das aus zwei weißen, dreißigstöckigen Türmen besteht, die auf halber Höhe durch eine Brücke miteinander verbunden sind.

Diese Türme sind die Heimat eines Buches, und sie wurden aus den Erträgen eines ganz ungewöhnlichen Copyright-Rechtsstreits zwischen den Herausgebern des Buches und einer Frühstücksflokkenfirma auf diesem Planeten erbaut.

Das Buch ist ein Handbuch, ein Reiseführer. Es ist eins der bemerkenswertesten und sicher erfolgreichsten Bücher, die je von den großen Verlagsgesellschaften von Ursa Minor publiziert wurden – volkstümlicher als *Das Leben beginnt mit fünfhundertfünfzig,* ein größerer Verkaufsschlager als *Die Urknall-Theorie – Eine persönliche Ansicht* von Eccentrica Gallumbits (der dreibrüstigen Hure von Erotikon VI) und streitlustiger als Oolon Colluphid letzter Bombenerfolg *Was Sie noch nie über Sex wissen wollten, aber rauszufinden gezwungen waren.*

(Und in vielen der etwas lässigeren Zivilisationen am äußersten Ostrand der Galaxis hat dieser Reiseführer die große *Encyclopaedia Galactica* als Standard-Nachschlagewerk für alle Kenntnisse und Weisheiten inzwischen längst abgelöst, denn obwohl er viele Lükken hat und viele Dinge enthält, die sehr zweifelhaft oder zumindest wahnsinnig ungenau sind, ist er dem älteren, viel langatmigeren Werk in zweierlei Hinsicht überlegen. Erstens ist er ein bißchen billiger, und zweitens stehen auf seinem Umschlag in großen, freundlichen Buchstaben die Worte KEINE PANIK.)

Es handelt sich natürlich um jenen unschätzbaren Begleiter für alle jene, die die Wunder des bekannten Universums für weniger als dreißig Atair-Dollar pro Tag sehen wollen – um den Reiseführer *Per Anhalter durch die Galaxis.*

Wenn man mit dem Rücken zum Haupteingangs-Foyer der Reiseführer-Büros steht (angenommen, man wäre inzwischen gelandet und hätte sich mit einem raschen Kopfsprung und einer Dusche erfrischt) und dann in Richtung Osten geht, wird man den Lebens-Boulevard in seinem Laubschatten entlangspazieren, wird überrascht sein von der blaßgoldenen Färbung der Strände, die sich zur Linken erstrecken, erstaunt sein über die Gedanken-Surfer, die sorglos einen halben Meter über den Wellen dahinschweben, als wenn das nichts Besonderes wäre, und man wird verblüfft und eventuell leicht irritiert sein von den Riesenpalmen, die unmelodische Nichtigkeiten vor sich hinsummen, und zwar während der Tageslichtstunden, mit anderen Worten, andauernd.

Wenn man bis zum Ende des Lebens-Boulevards weitergeht, kommt man in den Bezirk Lalamatine mit seinen Läden, Bolonußbäumen und Straßencafés, wohin die UM-Betanen gehen, um sich dort von den Nachmittagen harter Erholung am Strand zu erholen.

Der Bezirk Lalamatine ist eine der ganz wenigen Gegenden, die sich nicht eines ewigen Samstagnachmittags erfreuen – er erfreut sich statt dessen der Kühle eines ewigen frühen Samstagabends. Dahinter liegen die Nachtclubs.

Wenn man sich an diesem ganz besonderen Tag, Nachmittag, ununterbrochenen Abend – nennen Sie es, wie Sie wollen – dem zweiten Straßencafé zur Rechten genähert hätte, so hätte man das übliche Gewühl von UM-Betanen gesehen, die ratschen, trinken, sehr erholt aussehen und gelegentlich einander auf die Uhren gukken, um zu sehen, wie teuer sie waren.

Man hätte aber auch zwei ziemlich abgerissene Tramper aus Algol sehen können, die erst kürzlich mit einem arkturanischen Megafrachter angekommen waren, auf dem sie sich ein paar Tage hatten durchschlagen müssen. Wütend und bestürzt stellten sie fest, daß hier, in Sichtweite des *Per-Anhalter-durch-die-Galaxis*-Gebäudes selber, ein simples Glas Fruchtsaft den Gegenwert von über sechzig Atair-Dollar kostete.

»Schleuderpreise«, sagte einer von ihnen bitter.

Wenn man in dem Moment zum übernächsten Tisch geschaut hätte, dann hätte man dort Zaphod Beeblebrox sitzen und sehr erschrocken und verwirrt dreinschauen sehen können.

Der Grund für seine Verwirrung war, daß er noch fünf Sekunden vorher im Kommandoraum des Sternenschiffs »Herz aus Gold« gegessen hatte.

»Absoluter Schleuderpreis«, sagte die Stimme wieder.

Zaphod schielte aus dem Augenwinkel nervös nach den beiden ungewaschenen Trampern am Nebentisch. Wo zum Kuckuck war er bloß? Wie war er dort hingekommen? Wo war das Raumschiff? Mit der Hand befühlte er die Lehne des Stuhls, auf dem er saß, dann den Tisch vor sich. Sie schienen recht solide. Er saß sehr still.

»Wie kann man sich bloß an so einem Ort hinsetzen und einen Reiseführer für Anhalter schreiben?« fuhr die Stimme fort. »Ich meine, guck ihn dir doch an! Guck ihn dir doch an!«

Zaphod guckte sich ihn an. Netter Ort, dachte er. Aber wo?

Und warum?

Er angelte in seiner Tasche nach seinen zwei Sonnenbrillen. In der selben Tasche fühlte er einen harten, glatten, ihm unbekannten, sehr schweren Metallklumpen. Er zog ihn raus und besah ihn sich. Er blinzelte ihn überrascht an. Wo hatte er das denn her? Er steckte ihn wieder in seine Tasche und setzt die Sonnenbrillen auf, wobei er verärgert feststellte, daß der Metallgegenstand ein Brillenglas zerkratzt hatte. Trotzdem fühlte er sich mit den Brillen viel behaglicher. Es handelt sich um zwei Joo Janta 200 Super-Chromatic Gefahr-O-Sensitive Sonnenbrillen, die besonders dafür erfunden worden sind, den Leuten zu helfen, Gefahren gegenüber eine ganz entspannte Haltung anzunehmen. Bei der ersten Andeutung einer Unannehmlichkeit färben sie sich total schwarz und hindern einen so, irgendwas zu sehen, was einen beunruhigen könnte.

Von dem Kratzer abgesehen waren die Brillengläser klar. Er entspannte sich, aber nur ein ganz kleines bißchen.

Der wütende Hitchhiker starrte immer noch seinen entsetzlich teuren Fruchtsaft an.

»Das Schlimmste, was dem *Anhalter* je passierte, nach Ursa Minor Beta umzuziehen»«, knurrte er, »die sind jetzt alle sanft geworden. Weißt du was, ich habe sogar gehört, daß sie sich ein künstliches, vollelektronisches Universum in eins ihrer Büros gebaut haben, so können sie am Tag Geschichten recherchieren und trotzdem am Abend zu Parties gehen. Nicht daß Tag und Abend an diesem Ort hier viel bedeuten.«

Ursa Minor Beta, dachte Zaphod. Zumindest wußte er jetzt, wo er war. Er nahm an, daß er das seinem Urgroßvater zu verdanken hatte, aber warum?

Zu seinem großen Verdruß schoß ihm ein Gedanke durch die Köpfe. Der Gedanke war sehr klar und sehr eindeutig, und mittlerweile erkannte er diese Gedanken als das, was sie waren. Sein instinktives Gefühl war, sich ihnen zu widersetzen. Sie waren die im voraus festgelegten Eingebungen aus den dunklen, abgeschlossenen Teilen seines Bewußtseins.

Er saß still da und ignorierte den Gedanken mit aller Kraft. Der Gedanke quengelte mit ihm rum. Er ignorierte ihn. Er quengelte mit ihm rum. Er ignorierte ihn. Er quengelte mit ihm rum. Er gab ihm nach.

Ach, zum Teufel, dachte er, schwimm halt mit dem Strom. Er war zu müde, verwirrt und hungrig, um zu widerstehen. Er wußte nicht einmal, was der Gedanke besagte.

6

»Hallo? Ja? Hier Megadodo Verlagsgesellschaft, Heimat des Reiseführers *Per Anhalter durch die Galaxis*, des absolut bemerkenswertesten Buches im ganzen bekannten Universum, was kann ich für Sie tun?« sagte das große rosageflügelte Insekt in eins der siebzig Telefone, die auf der weiten Chromfläche des Rezeptionsschreibtisches im Foyer der *Per-Anhalter-durch-die-Galaxis*-Büros aufgereiht standen. Es flatterte mit den Flügeln und rollte mit den Augen. Es starrte all die schmierigen Leute an, die das ganze Foyer in Unordnung brachten, die Teppiche beschmutzten und ihre Dreckhände auf den Polstern hinterließen. Es schwärmte für die Arbeit beim *Anhalter durch die Galaxis*, aber es wünschte sich einfach, es gäbe eine Möglichkeit, sich all die Hitchhiker vom Halse zu halten. Sollten sie denn nicht eigentlich in dreckigen Raumflughäfen rumhängen oder sowas? Es wußte, es hatte irgendwo in dem Buch irgendwas über die Wichtigkeit, in dreckigen Raumflughäfen rumzuhängen, gelesen. Unglücklicherweise schienen die meisten herzukommen und in diesem hübschen, sauberen, blankgeputzten Foyer rumzuhängen, unmittelbar nachdem sie in äußerst dreckigen Raumflughäfen rumgehangen hatten. Und alles, was sie die ganze Zeit taten, war, sich zu beschweren. Es zitterte mit seinen Flügeln.

»Was?« sagte es in das Telefon. »Ja, ich habe ihre Nachricht an

Mr. Zarniwoop weitergegeben, aber ich fürchte, er ist im Augenblick zu cool, um mit ihnen zu reden. Er befindet sich auf einer intergalaktischen Kreuzfahrt.«

Es fuchtelte gereizt mit einem Fühler nach einem von den schmuddeligen Leuten, der wütend versuchte, die Aufmerksamkeit des Insekts auf sich zu lenken. Der gereizte Fühler wies die wütende Person an, sich die Mitteilung an der Wand zu seiner Linken anzusehen und keine wichtigen Telefongespräche zu unterbrechen.

»Ja«, sagte das Insekt, »er ist in seinem Büro, aber er ist auf einer intergalaktischen Kreuzfahrt. Besten Dank für Ihren Anruf.« Es knallte den Hörer auf die Gabel.

»Lesen Sie die Mitteilung«, sagte es zu dem wütenden Mann, der sich über eine der ziemlich absurden und gefährlichen Falschinformationen, die das Buch enthielt, zu beschweren versuchte.

Der Reiseführer *Per Anhalter durch die Galaxis* ist ein unentbehrlicher Begleiter für alle jene, die in diesem unendlich komplizierten und verwirrenden Universum unbedingt dem Leben einen Sinn geben möchten, denn wenn das Buch auch nicht hoffen kann, in allen Fragen nützlich oder informativ zu sein, so erhebt es zumindest den beruhigenden Anspruch, daß es dort, wo es ungenau ist, wenigstens *eindeutig* ungenau ist. In Fällen größerer Abweichungen ist es immer die Wirklichkeit, die sich geirrt hat.

Das war der Kern der Mitteilung. Sie lautete: »Der *Anhalter* ist endgültig. Die Wirklichkeit ist öfter ungenau.«

Das hatte einige interessante Folgen gehabt. Als zum Beispiel die Herausgeber des *Anhalters* von den Verwandten der Leute verklagt wurden, die umgekommen waren, weil sie den Artikel über den Planeten Traal wörtlich genommen hatten (in dem stand: »Gefräßige Plapperkäfer machen für vorbeikommende Touristen oft ein sehr gutes Essen« statt: »Gefräßige Plapperkäfer machen *aus* vorbeikommenden Touristen oft ein sehr gutes Essen«), da machten die Herausgeber geltend, daß die erste Version des Satzes ästhetisch gefälliger sei, luden einen autorisierten Dichter vor, der unter Eid aussagte, daß Schönheit gleich Wahrheit und Wahrheit gleich

Schönheit sei, und hofften damit zu beweisen, daß die schuldige Seite in diesem Fall das Leben selber sei, weil es versäume, entweder schön oder wahr zu sein. Die Richter waren gleicher Meinung und führten in einer bewegenden Rede aus, das Leben habe sich der Mißachtung des Gerichts schuldig gemacht, worauf sie es vorschriftsgemäß bei allen Anwesenden beschlagnahmten und einzogen, ehe sie wieder auseinandergingen und sich bei einem herrlichen Ultragolf einen schönen Abend machten.

Zaphod Beeblebrox betrat das Foyer. Er eilte mit langen Schritten zu dem Insekt am Rezeptionsschreibtisch.

»Okay«, sagte er, »wo ist Zarniwoop? Holen Sie mir Zarniwoop her.«

»Wie bitte, Sir?« sagte das Insekt eisig. Es hatte was dagegen, in dieser Art und Weise angeredet zu werden.

»Zarniwoop. Holen Sie ihn, okay? Und zwar jetzt.«

»Nun, Sir« gab das zerbrechliche kleine Wesen bissig zurück, »wenn Sie die Sache ein bißchen cooler nähmen . . .«

»Wissen Sie«, sagte Zaphod, »dieses ›cool‹ steht mir bis hier, ja? Ich bin so erstaunlich cool, Sie könnten ein Stück Fleisch einen Monat lang in mir aufheben. Ich bin so ruhig, daß ich laut schreien möchte. Also, machen sie jetzt ein bißchen Trab, bevor ich in die Luft gehe?«

»Also, wenn Sie sich das bitte erklären ließen, *Sir*«, sagte das Insekt und klopfte mit dem gereiztesten seiner Fühler auf seinen Schreibtisch, »tut mir leid, aber im Augenblick ist das unmöglich, weil sich Mr. Zarniwoop auf einer intergalaktischen Kreuzfahrt befindet.«

Verdammt, dachte Zaphod.

»Wann wird er wieder zurück sein?« fragte er.

»Zurück, Sir? Er ist in seinem Büro.«

Zaphod schwieg, während er im stillen versuchte, diesen merkwürdigen Gedanken zu verstehen. Er schaffte es nicht.

»Der Kerl ist auf 'ner intergalaktischen Kreuzfahrt . . . in seinem *Büro*?« Er lehnte sich vor und ergriff den klopfenden Fühler.

»Hör mal zu, Dreiauge«, sagte er, »versuch bloß nicht, mir besonders eigenartig zu kommen, ich kriege mit meinen Frühstücksflokken Seltsameres zu Gesicht als dich und das gratis.«

»Ach, was glauben Sie eigentlich, wer Sie sind, Schätzchen?« schnappte das Insekt und zitterte wütend mit den Flügeln. »Zaphod Beeblebrox oder was?«

»Zähl die Köpfe«, sagte Zaphod mit leisem Krächzen.

Das Insekt blinzelte ihn an. Es blinzelte ihn nochmal an.

»Sie *sind* Zaphod Beeblebrox?« quietschte es.

»So ist es«, sagte Zaphod, »aber schreien Sie nicht so laut, sonst wollen sie alle einen haben.«

»*Der* Zaphod Beeblebrox?«

»Nein, bloß *ein* Zaphod Beeblebrox, wissen Sie das nicht, ich reise doch immer in sechs Paketen.«

Das Insekt rasselte aufgeregt mit den Fühlern.

»Aber Sir«, quiekte es, »ich habe eben den Radioreport auf der Sub-Etha-Welle gehört. Da hieß es, Sie wären tot . . .«

»Jaja, das stimmt«, sagte Zaphod, »ich hab bloß noch nicht aufgehört, mich zu bewegen. Okay. Wo finde ich Zarniwoop?«

»Also. Sir, sein Büro ist im fünfzehnten Stock,aber . . .«

»Aber er befindet sich auf einer intergalaktischen Kreuzfahrt, natürlich, natürlich, wie komme ich zu ihm?«

»Die seit neuestem eingebauten Vertikalen Leute-Transporter der Sirius-Kybernetik-Corporation sind dort hinten in der Ecke, Sir. Aber Sir . . .«

Zaphod drehte sich um und wollte losgehen. Er drehte sich nochmal zurück.

»Ja?« fragt er.

»Darf ich Sie fragen, weshalb Sie Mr. Zarniwoop sprechen wollen?«

»Ja klar«, sagte Zaphod, dem dieser Punkt selber unklar war, »ich sagte mir, ich müßte das.«

»Entschuldigung, Sir, wie bitte?«

Zaphod beugte sich mit Verschwörermiene vor.

»Ich habe mich eben aus dem Nichts in einem Ihrer Cafés materialisiert«, sagte er, »und zwar nach einem Streit mit dem Geist meines Urgroßvaters. Und kaum war ich dort, da kommt mein früheres Ich, nämlich das, das meine Hirne programmierte, in meinen Kopf hereingeplatzt und sagt: ›Geh zu Zarniwoop.‹ Ich habe noch nie von dem Kerl gehört. Das ist alles, was ich weiß. Das und die Tatsache, daß ich den Mann finden muß, der das Universum regiert.«

Er zwinkerte dem Insekt zu.

»Mr. Beeblebrox, Sir«, sagte es mit ehrfurchtsvollem Staunen, »Sie sind so irre, Sie müßten zum Film.«

»Jaja«, sagte Zaphod und gab dem Ding auf seinen glitzernden rosa Flügel einen Klaps, »und Sie, Baby, müßten ins wahre Leben.«

Das Insekt sammelte sich einen Augenblick, um sich von seiner Aufregung zu erholen, dann streckte es einen Fühler aus, um ein klingelndes Telefon abzuheben.

Eine Metallhand hinderte es daran.

»Entschuldigen Sie«, sagte der Besitzer der Metallhand mit einer Stimme, die ein Insekt von gefühlvollerer Gemütsverfassung zum Heulen gebracht hätte.

So ein Insekt war das aber nicht, und es konnte Roboter nicht ausstehen.

»Ja, *Sir*«, keifte es, »kann ich Ihnen helfen?«

»Das bezweifle ich«, sagte Marvin.

»Na schön, wenn Sie mich in dem Fall einfach entschuldigen wollten . . .« Sechs der Telefone klingelten jetzt. Eine Million Dinge erwarteten, daß das Insekt ihnen seine Aufmerksamkeit schenkte.

»Niemand kann mir helfen«, jammerte Marvin.

»Ja, Sir, schön . . .«

»Es versucht natürlich auch niemand.« Die Einhalt gebietende Metallhand baumelte jetzt schlaff an Marvins Seite runter. Sein Kopf hing ganz leicht nach vorn gebeugt.

»Ist das so?« sagte das Insekt abweisend.

»Macht sich kaum jemand die Mühe, einem unbedeutenden Roboter zu helfen, nicht?«

»Tut mir leid, Sir, wenn . . .«

»Ich meine, es zahlt sich halt auch nicht aus, zu einem Roboter nett oder hilfsbereit zu sein, wenn er keine Dankbarkeits-Schaltkreise besitzt.«

»Und Sie haben keine?« fragte das Insekt, das außerstande schien, sich aus der Unterhaltung loszueisen.

»Ich hatte nie Gelegenheit, das rauszufinden«, teilte ihm Marvin mit.

»Hören Sie zu, Sie elender Haufen falsch zusammengeschraubtes Blech . . .«

»Wollen Sie mich nicht fragen, was ich will?«

Das Insekt zögerte. Seine lange dünne Zunge kam rausgeschnellt, leckte über die Augen und schnellte wieder zurück.

»*Lohnt* sich' denn?«

»Lohnt sich irgendwas?« fragte Marvin postwendend.

»*Was . . . wollen . . . Sie*?«

»Ich suche jemanden.«

»Wen denn?« zischte das Insekt.

»Zaphod Beeblebrox«, sagte Marvin, »er steht da drüben.«

Das Insekt bebte vor Wut. Es konnte kaum sprechen.

»Warum haben sie denn dann *mich* gefragt?« kreischte es.

»Ich wollte einfach mit jemandem reden«, sagte Marvin.

»Ach was!«

»Ergreifend, nicht?«

Mit knirschenden Scharnieren drehte sich Marvin um und rollte davon. Er holte Zaphod ein, der zu den Fahrstühlen hinüberging. Zaphod wirbelte erstaunt herum.

»He . . . Marvin?« sagte er. »Marvin! Wie bist du denn hierhergekommen?«

Marvin war gezwungen, etwas zu sagen, was ihm sehr schwer fiel.

»Ich weiß nicht«, sagte er.

»Aber . . .«

»Eben saß ich noch in Ihrem Raumschiff und war sehr deprimiert, und im nächsten Augenblick stand ich hier und fühlte mich ungeheuer elend. Ein Unwahrscheinlichkeitsfeld, nehme ich an.«

»Tja«, sagte Zaphod, »ich vermute, mein Urgroßvater hat dich hergeschickt, um mir Gesellschaft zu leisten.«

»Vielen herzlichen Dank, Opi«, setzte er leise in den Bart gebrummelt hinzu.

»Und? Wie geht's dir?« sagte er laut.

»Och, gut«, sagte Marvin, »wenn es einem zufällig behagt, ich zu sein, was mir persönlich nicht paßt.«

»Jaja«, sagte Zaphod, als sich die Fahrstuhltüren öffneten.

»Hallo«, sagte der Fahrstuhl liebenswürdig, »ich werde bei dieser Fahrt zum Stockwerk Ihrer Wahl Ihr Fahrstuhl sein. Ich bin von der Sirius-Kybernetik-Corportion zu dem Zweck entwickelt worden, Sie, den Besucher des *Per-Anhalter-durch-die-Galaxis*-Gebäudes, zu den Büros des Verlags zu fahren. Wenn Ihnen diese Fahrt gefällt, die schnell und angenehm sein wird, dann haben Sie vielleicht auch Lust, ein paar von den anderen Fahrstühlen zu erleben, die vor kurzem in den Bürogebäuden des Galaktischen Finanzamts, der Firma Bubilu Babynahrung und des Staatlichen Irrenhauses auf Sirius installiert worden sind. Dort werden viele ehemalige Sirius-Kybernetik-Corporation-Mitarbeiter mit Entzücken Ihren Besuch, ihr Mitgefühl und die erfreulichen Geschichten von der Außenwelt willkommen heißen.

»Na wunderbar«, sagte Zaphod und betrat den Fahrstuhl, »was außer Reden tust du noch?«

»Ich fahre nach oben«, sagte der Fahrstuhl, »oder nach unten.«

»Fein«, sagte Zaphod, »wir fahren nach oben.«

»Oder nach unten«, erinnerte ihn der Fahrstuhl.

»Ja, okay, nach oben, bitte.«

Ein Augenblick war Stille.

»Unten ist es sehr hüsch«, schlug der Fahrstuhl hoffnungsvoll vor.

»Ach ja?«

»Super.«

»Fein«, sagte Zaphod. »Würdest du uns jetzt nach oben

bringen?«

»Darf ich Sie fragen«, erkundigte sich der Fahrstuhl mit seiner liebenswürdigsten, verständnisvollsten Stimme, »ob sie alle Möglichkeiten in Betracht gezogen haben, die Ihnen vielleicht eine Fahrt nach unten bietet?«

Zaphod donnerte einen seiner Köpfe gegen die Innenwand. Er hatte das nicht nötig, sagte er sich, das vor allen Dingen hatte er nicht nötig. Er hatte nicht darum gebeten, hier zu sein. Wenn man ihn in dem Moment gefragt hätte, wo er gern wäre, hätte er wahrscheinlich geantwortet, er läge jetzt gern mit mindestens fünfzig hübschen Frauen am Strand, dazu ein kleines Expertenteam, das neue Methoden erarbeitete, wie die Frauen nett zu ihm sein könnten. Das war seine übliche Antwort. Dem hätte er wahrscheinlich noch was Leidenschaftliches zum Thema Essen hinzugefügt.

Eine Sache, die er gar nicht gerne tat, war, hinter dem Mann herzujagen, der das Universum regierte, denn er machte auch bloß seinen Job, an dem er sich genauso gut festhalten könnte, denn wenn's er nicht wäre, dann wäre es bloß jemand anderer. Am allerwenigsten gern aber stand er in einem Bürogebäude rum und stritt sich mit einem Fahrstuhl.

»Welche Möglichkeiten denn zum Beispiel?« fragte er gelangweilt.

»Na«, rieselte die Stimme weiter wie Honig auf ein Brötchen, »da haben wir den Keller, die Mikro-Akten, das Heizungssystem . . . äh . . .«

Sie zögerte.

»Nichts besonders Aufregendes«, gab sie zu, »aber es sind durchaus alternative Möglichkeiten.«

»Heiliger Zarquon«, murmelte Zaphod, »habe ich um einen existentialistischen Fahrstuhl gebeten?« Er schlug mit den Fäusten gegen die Wand.

»Was ist denn los mit diesem Ding hier?« schimpfte er.

»Er will nicht nach oben fahren«, sagte Marvin schlicht, »ich glaube, er hat Angst.«

»Angst?« rief Zaphod. »Wovor denn? Vor der Höhe? Ein Fahrstuhl, der vor der Höhe Angst hat?«

»Nein«, sagte der Fahrstuhl traurig, »vor der Zukunft . . .«

»Der *Zukunft*?« rief Zaphod. »Was will das miserable Ding denn? Die Aussicht auf Pension?«

In dem Augenblick brach in der Rezeptionshalle hinter ihnen ein Tumult los. Aus den Wänden um sie her waren die Geräusche plötzlich aktiver Apparaturen zu hören.

»Wir können alle in die Zukunft sehen«, flüsterte der Fahrstuhl, und es klang wie schreckliche Angst, »es gehört zu unserer Programmierung.«

Zaphod guckte aus dem Fahrstuhl – eine erregte Menge hatte sich um den Fahrstuhlbereich gesammelt, sie gestikulierte und schrie.

Jeder Fahrstuhl in dem Gebäude kam sehr schnell nach unten.

Zaphod verdrückte sich wieder nach drin.

»Marvin«, sagte er, »bring doch den Fahrstuhl dazu, daß er nach oben fährt, ja? Wir müssen unbedingt zu Zarniwoop.«

»Warum denn?« fragte Marvin kummervoll.

»Ich weiß es nicht«, sagte Zaphod, »aber wenn ich ihn finde, täte er gut daran, mir sehr plausibel zu erklären, warum ich ihn sprechen will.«

Moderne Fahrstühle sind seltsame und komplizierte Wesen. Die alte elektrische Winde und die »Äußerstes-Fassungsvermögen-8-Personen«-Dinger haben mit den Freudigen Vertikalen Leute-Transportern der Sirius-Kybernetik-Corporation so viel zu tun wie eine Tüte Mücken mit dem gesamten Westflügel der Staatlichen Irrenanstalt auf Sirius.

Das kommt daher, daß sie nach dem seltsamen Prinzip der »entschärften zeitlichen Wahrnehmung« arbeiten. Mit anderen Worten, sie haben die Fähigkeit, vage in die unmittelbare Zukunft zu sehen, was die Fahrstühle in die Lage versetzt, auf der richtigen Etage zu sein, um jemanden aufzunehmen, noch ehe derjenige selber weiß, daß er das möchte, womit all das lästige Plaudern, Sich-Entspannen und Freundschaften-Schließen entfällt, zu dem die Leute früher gezwungen waren, während sie auf die Fahrstühle warteten.

Nicht ungewöhnlich war, daß viele mit Intelligenz und Vorausschau begabte Fahrstühle von der geistlosen Tätigkeit, ewig nach oben und nach unten, nach oben und nach unten zu fahren, schrecklich angeödet waren, so daß sie kurz mit dem Gedanken spielten, als einer Art existentiellen Protests sich zur Seite zu bewegen, daß sie bei Fortschrittsentscheidungen ein Mitspracherecht forderten und sich schließlich darauf verlegten, in Kellern rumzuhocken und zu schmollen.

Ein mittelloser Anhalter, der heute irgendeinen Planeten im Sternensystem des Sirius besucht, kann sich leichtes Geld damit verdienen, daß er als Berater neurotischer Fahrstühle arbeitet.

Im fünfzehnten Stock schnappte die Fahrstuhltür rasch auf.

»Fünfzehnter«, sagte der Fahrstuhl, »und vergessen Sie nicht, ich hab das nur getan, weil ich Ihren Roboter mag.«

Zaphod und Marvin eilten aus dem Fahrstuhl, der seine Türen sofort wieder zuschnappen ließ und nach unten sauste, so schnell es sein Mechanismus zuließ.

Zaphod sah sich vorsichtig um. Der Korridor lag leer und still da und gab keinen Hinweis, in welcher Richtung Zarniwoop zu finden wäre. Alle Türen, die vom Korridor abgingen, waren verschlossen und ohne Schilder.

Sie befanden sich in der Nähe der Brücke, die von dem einen Turm des Gebäudes zum anderen hinüberführte. Durch ein riesiges Fenster schleuderte die grelle Sonne von Ursa Minor Beta ihre Lichtmassen herein, in denen kleine Staubpünktchen tanzten. Eine Sekunde lang huschte ein Schatten vorbei.

»Sitzengelassen von einem Lift«, murmelte Zaphod, dem alles andere als fröhlich zumute war.

Die beiden standen da und schauten in beide Richtungen.

»Weißt du was?« sagte Zaphod zu Marvin.

»Mehr als Sie sich wahrscheinlich vorstellen können.«

»Ich bin todsicher, daß das Gebäude eigentlich nicht beben sollte«, sagte Zaphod.

Es ging bloß ein leichtes Zittern durch seine Fußsohlen – und noch eins. In den Sonnenstrahlen tanzten die Staubteilchen noch lebhafter. Ein zweiter Schatten huschte vorüber.

Zaphod sah auf den Fußboden.

»Entweder«,sagte er nicht sehr überzeugt, »haben sie hier irgendso ein Vibriersystem, das einem während der Arbeit die Muskeln massiert, oder . . .«

Er ging hinüber zu dem Fenster und kam plötzlich ins Stolpern, weil in diesem Moment seine Joo Janta 200 Super-Chromatic Gefahr-O-Sensitiven Sonnenbrillen pechschwarz wurden. Ein großer Schatten flitzte schrill pfeifend am Fenster vorbei.

Zaphod riß sich die Sonnenbrillen von den Köpfen, und im selben Augenblick bebte das Gebäude unter einem ohrenbetäubendem Getöse. Zaphod war mit einem Satz am Fenster.

»Oder«, sagte er, »das Gebäude hier wird bombardiert.«

Ein zweites Mal krachte der Donner durchs Haus.

»Wer in der Galaxis könnte denn bloß einen Verlag bombardieren wollen« fragte Zaphod, bekam aber Marvins Antwort nicht mit, weil in dem Augenblick das Gebäude unter einem weiteren Bombenangriff erbebte. Er versuchte, sich wankend zum Fahrstuhl zurückzuziehen – ein sinnloses Manöver, das war ihm klar, aber das einzige, das ihm einfiel.

Plötzlich sah er am Ende eines Korridors, der von diesem im rechten Winkel abging, eine Gestalt in sein Blickfeld springen, einen Mann. Der Mann sah ihn.

»Beeblebrox, hier rüber!« schrie er.

Zaphod beäugte ihn mißtrauisch, als eine weitere Bombenexplosion das Gebäude zum Schaukeln brachte.

»Nein«, rief Zaphod, »Beeblebrox hier drüben! Wer sind Sie?«

»Ein Freund!« schrie der Mann zurück. Er rannte auf Zaphod zu.

»Ach wirklich?« sagte Zaphod. »Der Freund von irgend jemand

Besonderem, oder bloß ganz allgemein auf Leute gut zu sprechen?«

Der Mann raste den Korridor herauf, wobei der Fußboden unter seinen Füßen bockte und ruckte wie eine verrückt gewordene Bettdecke. Er war klein, gedrungen und wettergegerbt, und seine Kleider sahen aus, als hätte er zweimal rund um die Galaxis und wieder zurück darin gesteckt.

»Wissen Sie was?« brüllte ihm Zaphod ins Ohr, als er angekommen war. »Ihr Haus wird bombardiert.«

Der Mann gab ihm zu verstehen, daß er das mitgekriegt hatte.

Mit einemmal ging das Licht weg. Zaphod warf einen raschen Blick zum Fenster, um zu sehen, warum, und riß erstaunt den Mund auf, denn ein riesiges, scheibenförmiges, kanonenmetallgrünes Raumschiff schob sich am Gebäude vorbei durch die Luft. Zwei weitere folgten ihm.

»Die Regierung, die du im Stich gelassen hast, ist hier, um dich zu holen, Zaphod«, zischte der Mann, »sie hat ein Bataillon Froschstern-Krieger ausgeschickt.«

»Froschstern-Krieger?« murmelte Zaphod. »Heiliger Zarquon!«

»Kapierst du, was hier los ist?«

»Was sind denn Froschstern-Krieger?« Zaphod war sicher, daß er mal jemanden hatte davon erzählen hören, als er noch Präsident war, aber offiziellen Dingen hatte er nie viel Aufmerksamkeit geschenkt.

Der Mann zerrte ihn rückwärts in eine Tür. Zaphod ließ es mit sich geschehen. Mit einem durchdringenden Jaulen schoß ein kleiner, schwarzer, spinnenähnlicher Gegenstand durch die Luft und verschwand am anderen Ende des Korridors.

»Was war denn das?« zischte Zaphod durch die Zähne.

»Froschstern Erkundungsroboter Klasse A, der nach dir sucht«, sagte der Mann.

»He, wirklich?«

»Hinlegen!«

Aus der entgegengesetzten Richtung kam ein größeres, schwarzes, spinnenähnliches Objekt geflogen. Es schwirrte an ihnen vorbei.

»Und das war . . .?«

»Ein Froschstern-Erkundungsroboter Klasse B, der nach dir sucht.«

»Und das?« fragte Zaphod, als ein dritter durch die Luft gesaust kam.

»Ein Froschstern-Erkundungsroboter Klasse C, der nach dir sucht.«

»He«, kicherte Zaphod vergnügt in sich hinein, »sind ganz schön dämliche Roboter, was?«

Von jenseits der Brücke war ein mächtiges polterndes Dröhnen zu hören. Eine gigantische schwarze Masse bewegte sich vom gegenüberliegenden Turm herüber, ihre Größe und Form die eines Panzers. »Heiliges Photon, was ist denn das?« hauchte Zaphod.

»Ein Panzer«, sagte der Mann. »Froschstern-Erkundungsroboter Klasse D, der dich holen kommt.«

»Sollten wir vielleicht abhauen?«

»Ich denke, das sollten wir.«

»Marvin« rief Zaphod.

»Was wünschen Sie?«

Marvin erhob sich weiter hinten im Korridor von einem Schutthaufen und sah sie an.

»Siehst du den Roboter, der auf uns zukommt?«

Marvin sah auf die gigantische schwarze Masse, die über die Brücke langsam auf sie zurückte. Er sah an seinem eigenen kleinen Metallkörper hinunter. Er blickte wieder auf den Panzer.

»Ich nehme an, Sie möchten, daß ich ihn aufhalte«, sagte er.

»Stimmt.«

»Während Sie Ihre Haut retten.«

»Ja«, sagte Zaphod, »mach dich ran!«

»Vorausgesetzt«, sagte Marvin, »ich weiß, wie.«

Der Mann zog Zaphod am Arm, und Zaphod folgte ihm den Korridor entlang.

Eine Frage fiel ihm dazu ein.

»Wohin gehen wir?« fragte er.
»Zarniwoops Büro.«
»Ist das denn die richtige Zeit für eine Verabredung?«
»Komm schon.«

7

Marvin stand am Ende des Brückenkorridors. Er war im Grunde kein besonders kleiner Roboter. Sein silberner Körper glänzte in den staubigen Sonnenstrahlen, und er zitterte im unablässigen Beschuß, dem das Gebäude noch immer ausgesetzt war.

Er wirkte jedoch jämmerlich klein, als der riesige schwarze Panzer vor ihm dröhnend zum Stehen kam. Der Panzer untersuchte ihn mit einer Sonde. Die Sonde zog sich wieder zurück.

Marvin stand da.

»Aus dem Weg, kleiner Roboter«, brummte der Panzer.

»Tut mir leid«, sagte Marvin, »aber man hat mich hier hergestellt, damit ich dich aufhalte.«

Die Sonde streckte sich nochmals zu einer raschen Nachkontrolle vor. Sie zog sich wieder zurück.

»Du? Mich aufhalten?« dröhnte der Panzer. »Laß den Blödsinn!«

»Nein, es stimmt wirklich«, sagte Marvin schlicht.

»Womit bist du ausgerüstet?« donnerte der Panzer ungläubig.

»Rate mal«, sagte Marvin.

Die Maschinen des Panzers rumpelten, seine Zahnräder knirschten. Tief drinnen in seinem Mikro-Hirn tickten elektronische Relais in Molekülgröße konsterniert rückwärts und vorwärts.

»Raten?« fragte der Panzer.

Zaphod und der bisher namenlose Mann schlingerten einen Korridor hinunter, einen zweiten hinauf und einen dritten hinunter. Das Gebäude schaukelte und bebte weiter, und das erstaunte Zaphod.

Wenn sie das Haus in die Luft sprengen wollten, warum dauerte es dann so lange?

Mit Mühe kamen sie an einer von mehreren völlig anonymen und unbeschilderten Türen an und stemmten sich dagegen. Mit einem plötzlichen Ruck ging sie auf, und sie fielen ins Zimmer.

Dieser ganze Weg, dachte Zaphod, dieser ganze Kummer, dieses ganze Nicht-am-Strand-liegen-und-sich-amüsieren, wofür? Für einen einzigen Stuhl, einen einzigen Schreibtisch und einen einzigen Aschenbecher in einem schmucklosen Büro. Der Schreibtisch, von einem bißchen tanzendem Staub und einer einzigen, revolutionär neu gestalteten Büroklammer abgesehen, war leer.

»Wo«, sagte Zaphod, »ist Zarniwoop?«, wobei er fühlte, wie ihm sein ohnehin schon schwaches Verständnis für den Sinn und Zweck der ganzen Übung allmählich entglitt.

»Er befindet sich auf einer intergalaktischen Kreuzfahrt«, sagte der Mann.

Zaphod versuchte, aus dem Mann klug zu werden. Ernster Typ, dachte er, kein Lachwurz. Wahrscheinlich brachte er ein Großteil seiner Zeit damit zu, schwankende Korridore rauf und runterzurennen, Türen aufzubrechen und in leeren Büros rätselhafte Bemerkungen loszulassen.

»Darf ich mich dir vorstellen?« sagte der Mann. »Mein Name ist Roosta, und das hier ist mein Handtuch.«

»Hallo, Roosta«, sagte Zaphod.

»Hallo, Handtuch«, fügte er hinzu, als Roosta ihm sein ziemlich ekliges, altes, geblümtes Handtuch hinhielt. Weil er nicht wußte, was er damit tun solle, schüttelte er es an einer Ecke.

Vor dem Fenster brummte eins der riesigen scheibenförmigen, kanonenmetallgrünen Raumschiffe vorbei.

»Ja, mach weiter«, sagte Marvin zu der riesigen Kampfmaschine, »du rätst es nie.«

»Äääähhmmmm ...«, sagte die Maschine und vibrierte vor ungewohntem Denken, »Laserstrahlen?«

Marvin schüttelte erhaben den Kopf.

»Nein«, murmelte die Maschine mit ihrem tiefen gutturalen Rollen. »Zu naheliegend. Antimaterie-Strahlen?« riet sie ins Blaue hinein.

»Viel zu naheliegend«, mahnte Marvin.

»Ja«, grummelte die Maschine ein bißchen beschämt. »Äh ... wie steht's mit einer Elektronenramme?«

Die war Marvin neu.

»Was ist denn das?« fragte er.

»Sowas«, sagte die Maschine begeistert.

Aus ihrem Turm schob sich eine Spitze, die einen einzigen tödlichen Lichtstrahl abschoß. Hinter Marvin fing eine Wand an zu dröhnen und brach zu einem Dreckhaufen zusammen. Der Staub schwebte kurz in der Luft, dann setzte er sich.

»Nein«, sagte Marvin, »sowas auch nicht.«

»Trotzdem gut, was?«

»Sehr gut«, gab Marvin zu.

»Ich weiß«, sagt die Froschstern-Kampfmaschine nach einem Augenblick Nachdenken, »du mußt einen von diesen neuen Xanthic Re-Structron Destabil-O-Zenon-Strahlern haben!«

»Nett, was?« sagte Marvin.

»Was, so einen hast du?« fragte die Maschine voller Ehrfurcht.

»Nein«, sagte Marvin.

»Oh«, sagte die Maschine enttäuscht, »dann muß es ein ...«

»Du denkst in die falsche Richtung«, sagte Marvin. »Du läßt etwas ziemlich Wesentliches in der Beziehung zwischen Leuten und Robotern außer Betracht.«

»Äh, ich weiß«, sagte die Maschine, »es ist ...«, und sie verlor sich wieder in Nachdenken.

»Überleg doch mal«, setzte Marvin ihr zu, »sie ließen mich hier, einen gewöhnlichen, unbedeutenden Roboter, um dich aufzuhalten, eine gigantische Hochleistungs-Kampfmaschine, während sie wegliefen, um sich zu retten. Und was meinst du, womit sie mich wohl hier zurückließen?«

»Uuuuh ääh«, brummelte die Maschine beunruhigt, »was verdammt irre Tolles, würde ich denken.«

»Denken!« sagte Marvin, »oh ja, denken. Ich werde dir sagen, was sie mir gegeben haben, damit ich mich schützen kann. Soll ich?«

»Ja, okay«, sagte die Kampfmaschine und nahm alle Kraft zusammen.

»Nichts«, sagte Marvin.

Es entstand eine gefährliche Pause.

»*Nichts*?« röhrte die Kampfmaschine.

»Überhaupt nichts«, respondierte Marvin düster, »nicht mal 'ne elektronische Wurst.«

Die Maschine stampfte voller Wut herum.

»Also, das setzt doch wohl allem die Krone auf!« dröhnte sie. »Nichts, was? Die denken doch einfach nicht nach, oder?«

»Und«, sagte Marvin mit sanfter, leiser Stimme, »wo ich doch diese gräßlichen Schmerzen in allen Dioden die ganz linke Seite runter habe.«

»Macht dich rasend, was?«

»Ja«, gab Marvin mit Rührung zu.

»Donnerwetter, macht mich das wütend«, brüllte die Maschine, »paß auf, ich hau die Wand da kaputt!«

Die Elektronenramme schoß wieder einen sirrenden Lichtstrahl ab und zerlegte die Wand neben der Maschine.

»Was glaubst du, wie ich mich fühle?« sagte Marvin bitter.

»Liefen einfach weg und ließen dich allein,was?« donnerte die Maschine.

»Ja«, sagte Marvin.

»Ich glaube, ich schieße ihnen auch ihre verdammte Decke runter!« tobte der Panzer.

Er zerlegte die Decke der Brücke.

»Sehr eindrucksvoll«, murmelte Marvin.

»Du hast noch gar nichts gesehen«, versprach die Maschine, »ich kann auch den Fußboden rausschießen. Keine Sorge!«

Sie schoß auch den Fußboden raus.

»Himmeldonnerwetter!« dröhnte die Maschine, als sie fünfzehn Stockwerk tief runterfiel und unten am Boden in Stücke zerschellte.

»Was für eine deprimierend dämliche Maschine«, sagte Marvin und schleppte sich davon.

8

»Sitzen wir jetzt also bloß so rum, oder was?« sagte Zaphod wütend. »Was wollen denn die Typen da draußen?«

»Dich, Beeblebrox«, sagte Roosta, »sie wollen dich zum Froschstern mitnehmen – dem mit Abstand übelsten Ort in der Galaxis.«

»Ach wirklich?« sagte Zaphod. »Da müssen sie erst mal kommen und mich kriegen.«

»Sie sind schon da und haben dich«, sagte Roosta, »sieh mal aus dem Fenster.«

Zaphod sah hinaus und sperrte entsetzt den Mund auf.

»Der Erdboden fliegt weg«, stieß er hervor, »wieso tragen sie denn den Erdboden weg?«

»Sie tragen das Haus weg«, sagte Roosta, »wir fliegen durch die Luft.«

Wolken sausten am Fenster des Büros vorbei.

Gegen den Himmel konnte Zaphod rings um den aus dem Boden gerissenen Turm des Gebäudes einen Ring dunkelgrüner Froschstern-Krieger sehen. Von ihnen ging ein Netz aus Hochenergie-Strahlen aus, mit dem sie den Turm fest im Griff hatten.

Zaphod schüttelte verblüfft die Köpfe.

»Was habe ich bloß getan, daß ich das verdiene?« fragte er. »Ich gehe in ein Haus, und sie tragen es weg.«

»Nicht über das, was du getan hast, sind sie beunruhigt«, sagte Roosta, »es geht um das, was du tun wirst.«

»Na, habe ich da nicht ein Wörtchen mitzureden?«

»Hast du bereits, vor Jahren. Am besten hältst du dich jetzt fest, wir haben eine schnelle und schaukelige Reise vor uns.«

»Wenn ich mir jemals wieder begegne«, sagte Zaphod, »dann haue ich mir so fest eine runter, daß ich nicht weiß, wer mich gehauen hat.«

Marvin schleppte sich müde durch die Tür, sah Zaphod vorwurfsvoll an, ließ sich in eine Ecke fallen und schaltete sich ab.

Im Kommandoraum der »Herz aus Gold« war alles still. Arthur starrte auf das Bord vor sich und überlegte. Er fing Trillians Blick auf, die ihn fragend ansah. Er blickte wieder auf das Bord.

Endlich sah er es.

Er nahm sechs kleine Plastikquadrate auf und legte sie auf das Brett, das gleich hinter dem Bord lag. Auf den sechs Quadraten standen die sechs Buchstaben W, U, N, D, E und R. Er legte sie neben die Buchstaben V, O, L, L.

»Wundervoll«, sagte er, »auf einem Feld mit dreifachem Wortwert. Zählt ziemlich viel, fürchte ich.«

Das Raumschiff stampfte und ließ zum zigsten Mal ein paar von den Buchstaben verrutschen.

Trillian seufzte und begann, sie wieder zurechtzuschieben.

Auf und ab durch die stillen Gänge hallten Ford Prefects Tritte, der das Schiff absuchte und gegen die toten Instrumente bummerte.

Warum hörte das Raumschiff nicht auf zu schwanken? fragte er sich.

Warum schaukelte und schlingerte es?

Warum kam er nicht dahinter, wo sie waren?

Wo waren sie eigentlich?

Der linke Turm des *Per-Anhalter-durch-die-Galaxis*-Bürogebäudes sauste mit einer Geschwindigkeit durch den interstellaren Raum, die davor oder danach kein anderes Bürogebäude im ganzen Universum je erreicht hat.

In einem Zimmer auf halber Höhe lief Zaphod Beeblebrox wütend auf und ab.

Roosta saß auf der Schreibtischkante und beschäftigte sich mit irgendwelchen routinemäßigen Handtuch-Instandhaltungsarbeiten.

»He, was hast du gesagt, wohin das Haus hier fliegt?« fragte Zaphod.

»Zum Froschstern«, sagte Roosta, »dem mit Abstand übelsten Ort im Universum.«

»Gibt's da was zu essen?« fragte Zaphod.

»Essen? Du fliegst zum Froschstern und machst dir Sorgen darum, ob es dort was zu essen gibt?«

»Ohne was zu essen schaff ich's vielleicht gar nicht bis zum Froschstern.«

Durch das Fenster sah man nichts als das Flackern der Energiestrahlen und vage grüne Striche, die wahrscheinlich die verzerrten Umrisse der Froschstern-Krieger waren. Bei dieser Geschwindigkeit war der Raum selbst unsichtbar, ja eigentlich unreal.

Hier, saug daran«, sagte Roosta und reichte Zaphod das Handtuch.

Zaphod starrte ihn an, als erwarte er, daß ihm ein Kuckuck auf einer kleinen Feder aus der Stirn gehopst käme.

»Es hat sich mit Nährstoffen vollgesogen«, erklärte Roosta.

»Was bist du, ein unsauberer Esser oder was?« fragte Zaphod.

»Die gelben Streifen enthalten viel Protein, die grünen Vitamin B- und C-Komplex und die rosa Blümchen Weizenkeim-Extrakt.«

Zaphod nahm es und sah es sich erstaunt an.

»Was sind diese braunen Flecken hier?« fragte er.

»Bar-B-Q-Soße«, sagte Roosta, »falls mir von Weizenkeimen schlecht wird.«

Zaphod beroch es skeptisch.

Noch skeptischer saugte er an einer Ecke. Er spuckte gleich wieder aus.

»Uäch«, stellte er fest.

»Ja«, sagte Roosta, »wenn ich an dem Ende sauge, dann muß ich normalerweise unbedingt auch an der anderen Seite ein bißchen nuckeln.«

»Warum?« fragte Zaphod argwöhnisch. »Was ist denn da drin?«
»Lustigmacher«, sagte Roosta.

»Ach, weißt du, ich hab mir Handtücher gerade abgewöhnt«, sagte Zaphod und gab es ihm zurück.

Roosta nahm es, schwang sich vom Schreibtisch runter, ging um ihn herum, setzte sich auf den Stuhl und legte die Füße hoch.

»Beeblebrox«, sagte er, indem er die Hände hinter dem Kopf verschränkte, »hast du eine Ahnung, was auf dem Froschstern mit dir passiert?«

»Sie werden mir zu futtern geben?« tippte Zaphod hoffnungsvoll.

»Sie werden dich zu futtern geben«, sagte Roosta, »und zwar dem Totalen Durchblicksstrudel!«

Zaphod hatte nie davon gehört. Er glaubte, er hätte von allen lustigen Dingen in der Galaxis gehört, also nahm er an, daß der Totale Durchblicksstrudel nichts Lustiges sei. Er fragte Roosta, was das wäre.

»Bloß«, sagte Roosta, »die grausamste Seelenfolter, der ein fühlendes Wesen ausgesetzt werden kann.«

Zaphod nickte resigniert.

»Also«, sagte er, »kein Futter, he?«

»Hör mal zu«, sagte Roosta ernst, »man kann jemanden töten, seinen Körper zerstören, seinen Geist zugrunde richten, aber allein der Totale Durchblicksstrudel kann jemandes Seele vernichten. Die Behandlung dauert nur Sekunden, aber an der Wirkung trägst du für den Rest deines Lebens!«

»Hast du jemals einen Pangalaktischen Donnergurgler probiert?« fragte Zaphod spitz.

»Das dort ist schlimmer.«

»Phüüooh!« räumte Zaphod sehr beeindruckt ein.

»Irgend 'ne Idee, warum die Typen das mit mir machen wollen?« setzte er einen Augenblick später hinzu.

»Sie glauben, das ist der beste Weg, dich für immer zu vernichten. Sie wissen, was du hinterher bist.«

»Könnten sie mir nicht 'ne kleine Nachricht hinterlassen, damit ich's auch weiß?«

»Du weißt es«, sagte Roosta, »du weißt es ja, Beeblebrox. Du willst dem Mann begegnen, der das Universum regiert.«

»Kann er kochen?« fragte Zaphod. Nach einigem Nachdenken fügte er hinzu:

»Ich bezweifle, daß er das kann. Wenn er gutes Essen kochen könnte, würde er sich nicht um den Rest des Universums sorgen. Ich suche einen Koch.«

Roosta seufzte schwer.

»Und was machst du hier überhaupt?« fragte Zaphod. »Was hat das alles mit dir zu tun?«

»Ich bin nur einer von denen, die das Ganze planten, zusammen mit Zarniwoop, mit Yooden Vranx, mit deinem Urgroßvater und mit dir, Beeblebrox.«

»Mit mir?«

»Ja, mit dir. Man hatte mir gesagt, du hättest dich verändert. Mir war nicht klar, wie sehr.«

»Aber . . .«

»Ich bin hier, um einen einzigen Auftrag zu erledigen. Ich werde es tun, bevor ich dich verlasse.«

»Was denn für einen Auftrag, Mann, wovon redest du?«

»Ich werde ihn erledigen, bevor ich dich verlasse.«

Roosta versank in undurchdringlichem Schweigen.

Zaphod war wahnsinnig glücklich.

9

Die Luft um den zweiten Planeten des Froschsternsystems war abgestanden und ungesund.

Die naßkalten Winde, die unaufhörlich über seine Oberfläche stürmten, sausten über Salzebenen, ausgetrocknete Sümpfe, ineinander verschlungene und verfaulende Pflanzen und die bröckelnden Überreste verfallener Städte weg. Nichts Lebendiges bewegte sich auf seiner Oberfläche. Der Planet war, wie so viele in diesem Teil der Galaxis, schon vor langer Zeit verlassen worden.

Das Heulen des Windes war ziemlich trostlos, wenn er durch die alten verfallenen Häuser der Städte pfiff; es war noch trostloser, wenn er um die Fundamente der riesigen schwarzen Türme fegte, die, über die ganze Oberfläche dieses Sterns verteilt, unruhig hin und herschwankten. An der Spitze dieser Türme lebten Kolonien großer, verwahrloster, übelriechender Vögel, die einzigen Überlebenden der Zivilisation,die es einst hier gab.

Das Heulen des Windes war jedoch am trostlosesten, wenn er über eine Art Pickel hinwegstrich, der sich mitten auf einer weiten grauen Ebene am Rand der größten der verlassenen Städte erhob.

Dieser Pickel war das Ding, das diesem Stern den Ruf eingebracht hatte, der mit Abstand übelste Ort in der Galaxis zu sein. Von außen war er einfach eine Stahlwölbung von ungefähr zehn Metern Durchmesser. Von innen war er etwas Ungeheuerlicheres, als der Geist zu fassen in der Lage ist.

Ungefähr hundert Meter entfernt und von ihm getrennt durch einen pockennarbigen und gottverdammten Streifen des unfruchtbarsten Landes, das man sich nur vorstellen kann, befand sich etwas, was man wahrscheinlich als sowas Ähnliches wie eine Landebahn beschreiben müßte. Das heißt, über ein ziemlich großes Gebiet verstreut lagen die plumpen Klötzer von zwei der drei Dutzend Gebäuden, die hier Bruchlandung gemacht hatten.

Über und um diese Gebäude huschte ein Geist, ein Geist, der auf etwas wartete.

Der Geist richtete seine Aufmerksamkeit in die Luft, und ziemlich bald erschien in der Ferne ein Punkt, der von einem Kreis kleinerer Punkte umgeben war.

Der größere Punkt war der linke Turm des *Per-Anhalter-durch-die-Galaxis*-Bürogebäudes, der durch die Stratosphäre von Froschstern B herunterkam.

Als das Gebäude niederging, brach Roosta plötzlich das lange, ungemütliche Schweigen, das zwischen den beiden Männern entstanden war.

Er stand auf, steckte sein Handtuch in einen Beutel und sagte:

»Beeblebrox, ich werde jetzt den Auftrag erledigen, zu dem ich hergeschickt worden bin.«

Zaphod sah aus der Ecke, in der er saß und mit Marvin dessen unausgesprochene Gedanken teilte, zu Roosta hoch.

»Ja und?« sagte er.

»Das Gebäude wird in Kürze landen. Wenn du es verläßt, geh nicht durch die Tür hinaus«, sagte Roosta, »verlaß es durchs Fenster.«

»Viel Glück«, setzte er noch hinzu, spazierte durch die Tür hinaus und verschwand auf diese Weise so mysteriös aus Zaphods Leben, wie er darin aufgetaucht war.

Zaphod sprang auf und drückte auf die Klinke, aber Roosta hatte die Tür bereits verschlossen. Er zuckte die Schultern und ging wieder in die Ecke.

Zwei Minuten später machte das Gebäude zwischen den anderen Häuserwracks eine Bruchlandung. Die Eskorte der Froschstern-Krieger schaltete ihre Energie-Strahlen ab und stieg wieder in die Luft in Richtung Froschstern A empor, einem alles in allem etwas zuträglicherem Ort. Sie landeten nie auf Froschstern B. Keiner tat das. Niemand wanderte je über seine Oberfläche, nur die künftigen Opfer des Totalen Durchblicksstrudels.

Zaphod wurde von dem Absturz böse durchgeschüttelt. Eine Weile lag er in dem still vor sich hinstaubenden Schutt, zu dem der größte Teil des Raumes zerbröckelt war. Er hatte das Gefühl, am traurigsten Tiefpunkt seines ganzen Lebens angekommen zu sein. Er war völlig durcheinander, er fühlte sich einsam, er fühlte sich nicht geliebt. Wenig später hatte er das Gefühl, er sollte das hinter sich bringen, egal, was es sei.

Er sah sich in dem geborstenen und zerstörten Zimmer um. Die Wand war um den Türrahmen herum aufgerissen, und die Tür hing offen in den Angeln. Das Fenster war wie durch ein Wunder geschlossen und unversehrt. Eine Zeitlang zögerte er, aber dann dachte er, wenn sein merkwürdiger Gefährte all das mitgemacht hatte, was er mitgemacht hatte, bloß um ihm zu sagen, was er ihm gesagt hatte, dann müsse er wohl gute Gründe dafür gehabt haben. Mit Marvins Hilfe bekam er das Fenster auf. Die von der Bruchlandung aufgewirbelte Staubwolke und die Wracks der anderen Gebäude, die dieses umgaben, bewahrten Zaphod wirkungsvoll davor, irgend etwas von der Welt da draußen zu sehen.

Nicht daß ihn das übermäßig interessiert hätte. Sein Hauptinteresse galt dem, was er sah, als er hinunterblickte. Zarniwoops Büro lag im fünfzehnten Stock. Das Gebäude war in einer Neigung von ungefähr fünfundvierzig Grad gelandet, aber trotzdem ließ der Abstieg ihm fast den Verstand stillstehen.

Durch die verächtlichen Blicke gekränkt, die Marvin unentwegt auf ihn abzuschießen schien, holte Zaphod schließlich tief Luft und kletterte hinaus auf die schräggeneigte Seite des Gebäudes. Marvin folgte ihm, und zusammen begannen sie nun, langsam und mühsam die fünfzehn Stockwerke hinunterzukriechen, die sie vom Erdboden trennten.

Die dumpfe Luft und der Staub legten sich ihm beim Kriechen auf die Lunge, die Augen brannten, und die schreckliche Entfernung bis unten machte ihn ganz schwindlig in seinen Köpfen.

Marvins gelegentliche Bemerkungen von der Art »Das sind also die Sachen, die euch Bioformen Spaß machen, oder? Ich frage ja bloß aus Interesse«, taten wenig, seine Laune zu bessern.

Ungefähr auf halbem Weg das zertrümmerte Gebäude hinab machten sie halt, um sich auszuruhen. Während Zaphod vor Angst und Erschöpfung keuchend dalag, hatte er den Eindruck, als sei Marvin ein winziges bißchen heiterer als üblich. Bald wurde ihm aber klar, daß dem nicht so war. Der Roboter wirkte bloß heiter im Vergleich zu seiner eigenen Stimmung.

Ein großer, zottiger, schwarzer Vogel kam durch die sich allmählich setzenden Staubwolken herangeflattert und landete, seine dürren Beine nach unten gestreckt, ein paar Meter von Zaphod entfernt auf einer schräg geneigten Fensterbrüstung. Er faltete seine plumpen Flügel zusammen und schwankte unbeholfen auf seinem Sitz.

Seine Spannweite mußte an die zwei Meter betragen, und Kopf und Hals wirkten sonderbar dick für einen Vogel. Sein Gesicht war flach, der Schnabel unterentwickelt, und auf der Mitte der Unterseite seiner Flügel waren die verkümmerten Überreste von etwas Handähnlichem deutlich zu erkennen.

Eigentlich sah er fast menschlich aus.

Er richtete seine trägen Augen auf Zaphod und klappte völlig ziellos mit dem Schnabel.

»Hau ab«, sagte Zaphod.

»Okay«, murmelte der Vogel verdrießlich und flatterte wieder durch den Staub davon.

Zaphod sah seinem Abflug verblüfft zu.

»Hat der Vogel eben mit mir gesprochen?« fragte er Marvin nervös. Er war auch bereit, an die entgegengesetzte Erklärung zu glauben, nämlich daß er Halluzinationen hätte.

»Ja«, bestätigte Marvin.

»Arme Seelen«, sagte eine tiefe, ätherische Stimme Zaphod ins Ohr.

Als er sich hastig umdrehte, um den Ursprung dieser Stimme festzustellen, fiel Zaphod um ein Haar von dem Gebäude. Er grapschte wie wild nach einer vorstehenden Fensterarmierung und krallte sich daran fest. Da hing er und atmete schwer.

Die Stimme hatte keine wie auch immer geartete sichtbare Quelle – es war niemand da. Trotzdem sprach sie schon wieder.

»Haben eine tragische Geschichte hinter sich, verstehst du? Eine schreckliche Heimsuchung.«

Zaphod sah sich wild um. Die Stimme war tief und sanft. In einer anderen Situation hätte man die Stimme wohltuend nennen können. Es hat aber absolut nichts Wohltuendes, wenn man aus dem Nichts von einer körperlosen Stimme angeredet wird, besonders wenn man, wie Zaphod Beeblebrox, nicht in der allerbesten Verfassung ist und an einer Brüstung acht Stockwerke hoch an einem bruchgelandeten Gebäude hängt.

»He, äh . . .«, stotterte er.

»Soll ich dir ihre Geschichte erzählen?« fragte die Stimme sanft.

»He, wer bist du?« keuchte Zaphod. »Wo bist du?«

»Na, dann später, vielleicht«, murmelte die Stimme. »Ich heiße Gargravarr. Ich bin der Wächter des Totalen Durchblicksstrudels.«

»Warum kann ich dich nicht . . .«

»Du wirst dir den Abstieg von diesem Gebäude sehr viel einfacher machen«, die Stimme wurde lauter, »wenn du dich ungefähr zwei Meter nach links bewegst. Warum versuchst du's nicht?«

Zaphod sah nach und bemerkte eine Reihe kurzer, waagerechter Rillen, die bis zum Fuß des Gebäudes führten. Dankbar schob er sich zu ihnen hinüber.

»Na, seh ich dich dann unten wieder?« sagte ihm die Stimme ins Ohr und wurde leiser.

»He«, rief Zaphod, »wo bist du . . .«

»Du wirst nur ein paar Minuten brauchen . . .«, sagte die Stimme sehr weit weg.

»Marvin«, sagte Zaphod ernst zu dem Roboter, der niedergeschlagen neben ihm hockte, »hat eine . . . hat eben eine Stimme . . .«

»Ja«, sagte Marvin kurz.

Zaphod nickte. Er nahm wieder seine Gefahr-O-Sensitiven Sonnenbrillen heraus. Sie waren vollkommen schwarz und von dem unvermuteten Metallgegenstand in seiner Tasche mittlerweile recht arg zerkratzt. Er setzte sie auf. Er würde seinen Weg das Haus hinunter bequemer finden, wenn er nicht krampfhaft auf das zu achten hätte, was er tat.

Minuten später stieg er über die zerfetzten und zersplitterten Fundamente des Gebäudes weg und ließ sich, nachdem er nochmal seine Sonnenbrillen abgenommen hatte, zu Boden gleiten.

Marvin stieß wenige Augenblicke später zu ihm und lag mit dem Gesicht nach unten in dem Staub und Schutt. Aus dieser Lage sich zu befreien schien er keine Lust zu haben.

»Ah, da bist du ja«, sagte die Stimme Zaphod plötzlich ins Ohr, »entschuldige, daß ich einfach so weggegangen bin, aber in solcher Höhe wird mir immer furchtbar schwindlig. Zumindest«, fügte sie wehmütig hinzu, »*wurde* mir in solcher Höhe immer furchtbar schwindlig.«

Zaphod sah sich langsam und vorsichtig um, einfach um festzustellen, ob ihm nicht etwas entgangen war, was die Quelle der Stimme sein könnte Aber er sah nichts als den Staub, den Schutt und die hoch aufragenden Massen der umstehenden Häuser.

»He, äh, warum kann ich dich nicht sehen?« fragte er. »Warum bist du nicht hier?«

»Ich *bin* ja hier«, sagte die Stimme langsam, »mein Körper wollte auch kommen, aber im Augenblick ist er zu beschäftigt. Sachen erledigen, Leute treffen.« Nach sowas Ähnlichem wie einem ätherischen Seufzer fügte sie hinzu: »Du weißt ja, wie das ist mit den Körpern.«

Zaphod war sich da nicht so sicher.

»Das war wohl mal so«, sagte er.

»Ich hoffe nur, er hat endlich seine Liegekur angetreten«, fuhr die Stimme fort, »so wie er die letzte Zeit gelebt hat, muß er bald auf dem letzten Auge pfeifen.«

»Auge?« sagte Zaphod. »Meinst du nicht, auf dem letzten Loch?«

Eine Weile sagte die Stimme nichts. Zaphod sah sich unruhig um. Er wußte nicht, ob sie gegangen oder noch da sei oder was sie tat. Dann sprach die Stimme wieder.

»So, du sollst also in den Strudel gesteckt werden, gell?«

»Äh, naja«, sagte Zaphod in einem sehr kümmerlichen Versuch, lässig zu erscheinen, »das hat doch keine Eile, nicht? Ich kann ja einfach ein bißchen herumschlendern und einen Blick auf die Umgebung werfen, nicht?«

»Hast du die Umgebung schon gesehen?« fragte Gargravarrs Stimme.

»Äh,nein.«

Zaphod kletterte über den Schutt weg und schlenderte um die

Ecke eines der Gebäudewracks, die ihm die Aussicht versperrten.

Er blickte auf die Landschaft von Froschstern B.

»Tja, okay«, sagte er, »ich spazier dann halt irgendwie so rum.«

»Nein«, sagte Gargravarr, »der Strudel ist jetzt für dich bereit. Du mußt nun mitkommen. Folge mir.«

»Äh, ja?« sagte Zaphod. »Und wie soll ich das anstellen?«

»Ich summe dir was vor«, sagte Gargravarr, »und du folgst dem Summen.«

Ein sanfter, wehklagender Ton kam durch die Luft geschwebt, ein matter, trauriger Laut, dem jeder Mittelpunkt zu fehlen schien. Nur als er sehr genau hinhörte, konnte Zaphod die Richtung feststellen, aus der er kam. Langsam und wie benommen wankte er hinter ihm her. Was sollte er sonst schon tun?

10

Das Universum, so wurde früher schon einmal bemerkt, ist verwirrend groß, was um eines friedlichen und stillen Lebens willen die meisten Leute gern ignorieren.

Viele würden mit Freuden irgendwohin umziehen, wo es nach ihren Vorstellungen zuginge und viel kleiner wäre, und das ist es, was die meisten Wesen tatsächlich tun.

Zum Beispiel liegt in einem Winkel des Ostarms der Galaxis der große Waldplanet Oglarun, dessen durch und durch »intelligente« Bevölkerung permanent auf einem einzigen ziemlich kleinen und dicht bevölkerten Nußbaum lebt. Auf diesem Baum werden sie geboren, da leben sie, verlieben sich, schnitzen winzige spekulative Aufsätze über den Sinn des Lebens, die Sinnlosigkeit des Todes und die Bedeutung der Geburtenkontrolle in die Rinde, führen ein paar äußerst bedeutungslose Kriege und sterben schließlich, an die Unterseite einiger der weniger leicht erreichbaren äußeren Zweige geschnallt.

Die einzigen Oglarunier, die jemals ihren Baum verlassen, sind eigentlich diejenigen, die für ein abscheuliches Verbrechen hinuntergestoßen werden, das darin besteht, daß sie sich fragen, ob überhaupt auf irgendwelchen von den anderen Bäumen Leben existieren könne oder ob die anderen Bäume nicht vielmehr nichts anderes als Illusionen seien, die vom Essen zu vieler Oglanüsse herrührten.

So exotisch ihr Verhalten auch erscheinen mag, es gibt keine Bioform in der Galaxis, die sich nicht in der einen oder anderen Weise derselben Sache schuldig gemacht hätte, was der Grund dafür ist, daß der Totale Durchblicksstrudel so grauenerregend ist, wie er's nun mal ist.

Denn wenn man in den Strudel gesteckt wird, erhält man schlicht und einfach einen flüchtigen Einblick in die ganze unvorstellbare Unendlichkeit der Schöpfung, und irgendwo darin sieht man einen winzigkleinen Pfeil, der auf einen mikroskopisch kleinen Punkt gerichtet ist, und darauf steht: »Da bist du.«

Die graue Ebene dehnte sich vor Zaphod aus, eine kaputte, zertrümmerte Ebene. Der Wind pfiff stürmisch darüber hin.

Gut sichtbar erhob sich in der Mitte der Pickel der stählernen Kuppel. Dorthin, schloß Zaphod, ginge er jetzt wohl. Das sei der Totale Durchblickstrudel.

Als er so dastand und ihn düster anstarrte, drang plötzlich ein unmenschlicher Schreckensschrei daraus hervor, als werde jemandem die Seele aus dem Leib gebrannt. Der Schrei ertönte über den Wind hinweg und erstarb.

Zaphod fuhr ängstlich zusammen und sein Blut schien sich in flüssiges Helium zu verwandeln.

»He, was war das denn?« murmelte er heiser.

»Eine Aufnahme«, sagte Gargravarr, »von dem, der zuletzt in den Strudel gesteckt wurde. Sie wird immer dem nächsten Opfer vorgespielt. Eine Art Vorspiel.«

»He, das klingt aber wirklich schlimm . . .«, stammelte Zaphod,

»könnten wir uns nicht vielleicht 'ne Weile zu einer Party oder sowas verkrümeln? Denk doch mal nach!«

»Nach allem, was ich weiß«, sagte Gargravarrs ätherische Stimme, »bin ich wahrscheinlich gerade auf einer. Das heißt, mein Körper. Er geht zu 'ner Menge Parties ohne mich. Er sagt, ich würde ihn bloß stören. Hallo, hier wären wir!«

»Was sind denn das alles für Geschichten mit deinem Körper?« fragte Zaphod, darauf versessen, zu verschieben, was auch immer mit ihm geschehen würde.

»Naja, er ist ... er ist sehr beschäftigt, verstehst du?« sagte Gargravarr zögernd.

»Du meinst, er hat jetzt einen anderen Geist?« fragte Zaphod.

Es entstand eine lange und etwas frostige Pause, ehe Gargravarr weitersprach.

»Ich muß sagen«, erwiderte er schließlich, »ich finde deine Bemerkung ziemlich geschmacklos.«

Zaphod murmelte verwirrt und verlegen eine Entschuldigung.

»Macht nichts«, sagte Gargravarr, »das konntest du ja nicht wissen.«

Die Stimme flatterte unglücklich.

»Die Wahrheit ist«, fuhr sie in einem Ton fort, der vermuten ließ, Gargravarr versuche mit aller Kraft, sie unter Kontrolle zu halten, »die Wahrheit ist, daß wir im Augenblick probeweise getrennt von Tisch und Bett leben. Ich fürchte, es wird auf eine Scheidung hinauslaufen.«

Die Stimme schwieg wieder, und Zaphod hatte keine Ahnung, was er dazu sagen sollte. Er brummelte irgendwas Unbestimmtes.

»Ich denke, wir paßten wohl nicht richtig zueinander«, begann Gargravarr schließlich wieder, »wir waren nie glücklich, wenn wir zusammen das gleiche taten. Den größten Krach hatten wir immer wegen Sex und Angeln. Eine Weile versuchten wir, beides zu verbinden, aber das führte nur zu einer Katastrophe, wie du dir sicher vorstellen kannst. Und jetzt weigert sich mein Körper, mich reinzulassen. Er will mich nicht mal sehen ...«

Wieder machte er eine schmerzerfüllte Pause. Der Wind sauste über die Ebene.

»Er sagt, ich halte ihn nur auf. Ich wies ihn darauf hin, daß ich ja dazu da bin, mich in ihm aufzuhalten, und er sagte, das sei genau die Sorte naseweiser Heringsbemerkungen, die einen Körper drei Meilen gegen den Wind anstänken, und so ließen wir es bleiben. Möglicherweise bekommt er für meinen Vornamen das Sorgerecht.«

»Ach . . .?« sagte Zaphod leise. »Und wie lautet der?«

»Pispot«, sagte die Stimme. »Mein Name ist Pispot Gargravarr. Sagt doch wirklich alles, oder?«

»Äääh . . .«, sagte Zaphod mitleidig.

»Und deswegen habe ich, ein körperloser Geist, auch diesen Job, Wächter des Totalen Durchblickstrudels. Niemand wird je auf dem Boden dieses Planeten wandeln. Nur die Opfer des Strudels – sie zählen eigentlich gar nicht, fürchte ich.«

»Ah . . .«

»Ich werde dir die Geschichte erzählen. Möchtest du sie hören?«

»Äh . . .«

»Vor vielen Jahren war dies hier ein blühender, glücklicher Planet – Bewohner, Städte, Geschäfte, eine normale Welt. Bis auf die Tatsache, daß es in den Hauptstraßen dieser Städte ein paar mehr Schuhgeschäfte gab, als man vielleicht für notwendig gehalten hätte. Und langsam, klammheimlich nahm die Zahl dieser Schuhgeschäfte weiter zu. Das ist ja ein wohlbekanntes wirtschaftliches Phänomen, aber tragisch, wenn man es wirken sieht, denn je mehr Schuhgeschäfte es gab, desto mehr Schuhe hatte man herzustellen und desto schlechter und immer weniger tragbar wurden sie. Und je weniger tragbar die Schuhe wurden, desto mehr mußten die Leute kaufen, um immer Schuhe an den Füßen zu haben, und desto mehr Schuhgeschäfte schossen ins Kraut, bis die ganze Wirtschaft des Planeten erlebte, was man, glaube ich, das Große Schuh-Business nennt, und es wurde ökonomisch unmöglich, etwas anderes als Schuhgeschäfte zu errichten. Resultat: Zusammenbruch, Ruin, Hungersnot. Der größte Teil der Bevölkerung starb aus. Die wenigen, die

die richtige genetische Instabilität besaßen, verwandelten sich in Vögel – du hast einen von ihnen gesehen –, die ihre Füße verfluchten, den Erdboden verfluchten und schworen, daß nie wieder jemand darauf gehen solle. Unglückliches Schicksal. Komm, ich muß dich zum Strudel bringen.«

Zaphod schüttelte verwirrt die Köpfe und stolperte vorwärts über die Ebene.

»Und du«, sagte er, »du stammst auch aus diesem Höllenloch hier, nicht wahr?«

»Nein, nein«, sagte Gargravarr entsetzt, »ich stamme vom Froschstern C. Wunderschöner Ort. Wunderbare Angelmöglichkeiten. Ich flitze abends dahin zurück. Obwohl ich ja im Augenblick nichts weiter als zusehen kann. Der Totale Durchblicksstrudel ist das einzige auf diesem Planeten, was irgendeine Funktion hat. Er wurde hier erbaut, weil niemand sonst ihn vor seiner Haustür haben wollte.«

In diesem Augenblick gellte ein zweiter gräßlicher Schrei durch die Luft und Zaphod erschauerte.

»Was kann das Ding denn einem zufügen?« keuchte er.

»Das Universum«, sagte Gargravarr schlicht, »das ganze unendliche Universum. Die unendlich vielen Sonnen, die unendlichen Entfernungen dazwischen, und du selbst ein unsichtbares Pünktchen auf einem unsichtbaren Pünktchen, unendlich klein.«

»He, ich bin Zaphod Beeblebrox, Mann, verstehst du?« murmelte Zaphod, der versuchte, den letzten Resten seines Ego einen aufmunternden Tritt zu geben.

Gargravarr gab keine Antwort, nahm jedoch wieder sein trauervolles Gesumme auf, bis sie die stumpf gewordene Stahlkuppel in der Mitte der Ebene erreichten.

Als sie dort ankamen, ging eine Tür an der Seite brummend auf und zeigte drinnen eine kleine dunkle Kammer.

»Geh hinein«, sagte Gargravarr.

Zaphod wich ängstlich zurück.

»He, was denn, jetzt?« sagte er.

»Jetzt.«

Zaphod spähte nervös hinein. Die Kammer war sehr klein. Sie war mit Stahl ausgekleidet und für mehr als einen Mann war kaum Platz darin.

»Es ... äh ... es sieht mir gar nicht wie sowas wie ein Studel aus«, sagte Zaphod.

»Ist es ja auch nicht«, sagte Gargravarr, »das ist nur der Aufzug. Geh hinein.«

Unsagbar bange stolperte Zaphod hinein. Er merkte, daß Gargravarr bei ihm im Aufzug war, obwohl der körperlose Geist im Augenblick nicht sprach.

Der Fahrstuhl fuhr langsam nach unten.

»Hoffentlich komm ich für das hier noch in die richtige Stimmung«, murmelte Zaphod.

»Hierfür gibt's keine richtige Stimmung«, sagte Gargravarr streng.

»Du weißt ganz genau, wie du einen Typen dazu bringst, daß er sich ganz winzig vorkommt.«

»Ich nicht. Aber der Strudel.«

Am Grunde des Schachtes öffnete sich die Rückseite des Fahrstuhls, und Zaphod wankte in eine ziemlich kleine, sehr funktionelle Stahlkammer.

Am anderen Ende stand hochkant ein einzelner Stahlkasten, gerade groß genug, damit ein Mann darin stehen konnte.

So einfach war das.

Er war über ein einziges dickes Kabel mit einem kleinen Set von Apparaten und Instrumenten verbunden.

»Das ist er?« sagte Zaphod überrascht.

»Das ist er.«

Sieht gar nicht so übel aus, dachte Zaphod.

»Und da steige ich also rein?« fragte er.

»Da steigst du hinein«, sagte Gargravarr, »und ich fürchte, du mußt es jetzt tun.«

»Okay, okay«, sagte Zaphod.

Er machte die Tür zu dem Kasten auf und ging hinein.

In der Kiste wartete er.

Nach fünf Sekunden machte es klick, und das ganze Universum war bei ihm in der Kiste.

II

Der Totale Durchblicksstrudel stellt sein Bild vom gesamten Universum nach dem Prinzip der Analyse extrapolierter Materie her.

Um das zu erklären: Da auf jedes Materieteilchen im Universum in irgendeiner Weise alle anderen Materieteilchen im Universum einwirken, ist es theoretisch möglich, die Gesamtheit der Schöpfung – jede Sonne, jeden Planeten, ihre Umlaufbahnen, ihre Zusammensetzung und ihre Wirtschafts- und Sozialgeschichte aus, sagen wir mal zum Beispiel, einem kleinen Stück Punschtorte zu extrapolieren.

Der Mann, der den Totalen Durchblicksstrudel erfand, tat das im Grunde nur, um seine Frau zu ärgern.

Trin Tragula – so war sein Name – war ein Träumer, ein Denker, ein grüblerischer Philosoph, oder wie seine Frau es ausgedrückt haben würde, ein Idiot.

Und sie nörgelte unausgesetzt mit ihm herum, wie wahnsinnig viel Zeit er damit zubrächte, in den Weltraum zu starren oder sich über den Mechanismus der Sicherheitsnadel den Kopf zu zerbrechen oder Spektralanalysen von Punschtorten herzustellen.

»Hab doch ein bißchen Sinn für Verhältnismäßigkeiten!« sagte sie immer wieder, manchmal nicht weniger als achtunddreißigmal an einem einzigen Tag.

Und so baute er den Totalen Durchblicksstrudel – um es ihr einfach zu zeigen.

Und in das eine Ende stopfte er die gesamte Realität, wie er sie aus einem Stück Punschtorte extrapoliert hatte, und in das andere Ende stopfte er seine Frau: so daß sie, als er den Strudel anknipste, in einem einzigen kurzen Augenblick die ganze Unendlichkeit der Schöpfung sah und sich selbst im Verhältnis dazu.

Zu Trin Tragulas Entsetzen vernichtete der Schreck ihr Gehirn bis auf den letzten Rest; aber zu seiner Befriedigung stellte er fest, daß er eines überzeugend nachgewiesen hatte: wenn in einem Universum von dieser Größe das Leben überhaupt Bestand haben wolle, dann könne es sich vor allen Dingen nicht leisten, Sinn für Verhältnismäßigkeiten zu haben.

Die Tür zum Strudel schwang auf.

Aus seinem körperlosen Geist schaute Gargravarr niedergeschlagen zu. Auf seltsame Art und Weise hatte er Zaphod Beeblebrox ziemlich gerngehabt. Er war ohne Zweifel ein Mann mit vielen Qualitäten, auch wenn die meisten schlecht waren.

Er wartete, daß er aus der Kiste geplumpst käme, wie sie es alle taten.

Statt dessen kam er herausmarschiert.

»Hi!« sagte er.

»Beeblebrox . . .«, keuchte Gargravarrs Geist überrascht.

»Könnte ich bitte einen Drink haben?« sagte Zaphod.

»Du . . . du . . . bist in dem Strudel gewesen?« stammelte Gargravarr.

»Das hast du doch gesehen, Herzchen.«

»Und hat's funktioniert?«

»Na klar hat es das.«

»Und du hast die ganze Unendlichkeit der Schöpfung gesehen?«

»Klar. Wirklich nett dort, weißt du das?«

Gargravarr wurde es vor Verblüffung in seinem Geist ganz schwindlig. Wäre sein Körper dagewesen, er hätte sich erst mal hinsetzen müssen, den Mund sperrangelweit offen.

»Und du hast dich selbst gesehen«, fragte Gargravarr, »im Verhältnis zu dem Ganzen?«

»Oh ja, klar.«

»Aber . . . was hast du dabei empfunden?«

Zaphod zuckte selbstgefällig die Schultern.

»Ich erfuhr lediglich, was ich schon die ganze Zeit wußte. Ich bin ein wirklich phantastischer und großartiger Junge. Hab ich dir das nicht erzählt, Baby? Ich bin Zaphod Beeblebrox!«

Sein Blick wanderte hinüber zu der Maschine, die den Strudel mit Kraft versorgte und plötzlich erstaunt anhielt.

Er atmete schwer.

»He«, sagte er, »ist das da wirklich ein Stück Punschtorte?«

Er riß das kleine Stück Kuchen von den Sensoren, mit denen es umgeben war.

»Wenn ich dir sagen würde, wie sehr ich das nötig hatte«, sagte er gierig, »dann hätte ich keine Zeit, es zu essen.«

Und er aß es.

12

Wenig später rannte er über die Ebene auf die Ruinenstadt zu.

Die dumpfe Luft pfiff laut in seiner Lunge, und ein paarmal stolperte er vor Erschöpfung, die er immer noch spürte. Auch fing es an, dunkel zu werden, und der holprige Boden war tückisch.

Trotzdem war er noch immer stolz auf das, was er eben erlebt hatte. Das ganze Universum. Er hatte das ganze Universum gesehen, wie es sich um ihn herum bis in die Unendlichkeit erstreckte – alles. Und damit hatte sich die klare und außerordentliche Erkenntnis eingestellt, daß das Allerwichtigste darin er war. Ein eingebildetes Ego zu besitzen, ist eine Sache. Von einer Maschine darin tatsächlich bestätigt zu werden, ist eine andere.

Er hatte keine Zeit, darüber nachzudenken.

Gargravarr hatte ihm gesagt, daß er seine Bosse über das Vorgefallene alarmieren müsse, daß er aber bereit sei, bis dahin eine angemessene Zeit verstreichen zu lassen. Genug Zeit für Zaphod, sich eine Ruhepause zu gönnen und etwas zu finden, wo er sich verstekken könne.

Wohin er nun ging, wußte er nicht, aber das Gefühl, die wichtigste Person im ganzen Universum zu sein, gab ihm das Vertrauen, daß sich schon irgendwas finden werde.

Nichts sonst auf diesem öden Planeten war imstande, ihm viel Grund zu Optimismus zu geben.

Er rannte weiter und erreichte bald die Außenbezirke der verlassenen Stadt.

Er lief aufgerissene Straßen entlang, die mit dürren Kräutern überwachsen und mit tiefen Löchern übersät waren, die mit verrotteten Schuhen gefüllt waren. Die Häuser, an denen er vorbeikam, waren so baufällig und altersschwach, daß er es für zu gefährlich hielt, eins davon zu betreten. Wo konnte er sich nur verstecken? Er eilte weiter.

Nach einer Weile zweigten die Reste einer breiten, geschwungenen Straße von der ab, auf der er ging, und an ihrem Ende sah er ein riesiges flaches Gebäude liegen, das von mehreren kleineren umgeben war. Das Ganze umzogen die Überreste einer Umfassungsmauer. Das große Hauptgebäude wirkte noch einigermaßen solide, und Zaphod wandte sich seitwärts, um mal zu sehen, ob es ihm nicht vielleicht . . . naja, halt irgend etwas bieten könnte.

Er näherte sich dem Gebäude. An einer Seite – der Fassade, so schien es, denn sie blickte auf ein weites betoniertes Areal von Startbahnen – befanden sich drei riesige Türen, jede vielleicht zwanzig Meter hoch. Die letzte war offen, und dorthin rannte er.

Drinnen war alles Dunkelheit, Dreck und Durcheinander. Ungeheure Spinnweben lagen über allem. Ein Teil der Innenwände des Gebäudes war eingestürzt, die Rückwand hatte zum Teil nachgegeben, und dicker, alles erstickender Staub lag zolldick auf dem Boden.

Durch die tiefe Dunkelheit schimmerten undeutlich gewaltige, schuttbedeckte Formen.

Diese Formen waren manchmal zylindrisch, manchmal kugelförmig, manchmal wie Eier, oder vielmehr wie Knickeier. Die meisten waren geborsten oder fielen gerade auseinander, einige waren bloß noch Skelette.

Alle waren sie Raumschiffe, alle Wracks.

Zaphod wanderte entäuscht zwischen den riesigen Gebilden herum. Hier gab es nichts, was auch nur entfernt an Brauchbares heranreichte. Schon die bloße Erschütterung seiner Schritte brachte ein besonders unsicheres Wrack dazu, weiter in sich zusammenzustürzen.

Weiter zur Rückwand des Gebäudes lag ein altes Raumschiff, das etwas größer als die anderen und unter noch höheren Bergen aus Dreck und Spinnweben vergraben lag. Seine Konturen schienen jedoch intakt zu sein. Zaphod trat interessiert näher, und dabei stolperte er über eine alte Versorgungsleitung.

Er versuchte, die Leitung zur Seite zu werfen, und entdeckte zu seiner Überraschung, daß sie noch immer mit dem Raumschiff verbunden war.

Zu seinem allergrößten Erstaunen aber bemerkte er, daß die Versorgungsleitung leise brummte.

Ungläubig starrte er das Raumschiff an, und dann wieder die Leitung in seinen Händen.

Er zog seine Jacke aus und warf sie beiseite. Auf Händen und Füßen kriechend folgte er der Versorgungsleitung bis zu dem Punkt, wo sie in das Raumschiff mündete. Die Verbindung war heil, und das leise brummende Vibrieren wurde deutlicher.

Sein Herz schlug schnell. Er wischte etwas von dem Dreck weg und legte sein Ohr an die Seite des Raumschiffes. Er hörte nur ein schwaches, unbestimmtes Rauschen.

Fieberhaft wühlte er in dem Schutt herum, der überall auf dem Boden um ihn her lag, und fand ein kurzes Ende Rohr und eine biologisch nicht abbaubare Plastiktasse. Daraus bastelte er sich ein plumpes Stethoskop zusammen und hielt es gegen die Seite des Raumschiffs.

Was er hörte, ließ seine Gehirne Purzelbäume schießen.

Eine Stimme sagte:

»Die Transstellare Kreuzfluggesellschaft möchte sich bei ihren

Passagieren für die weitere Verzögerung dieses Fluges entschuldigen. Wir erwarten jeden Augenblick zur Ergänzung unserer Vorräte die Verladung von kleinen zitronensaftgetränkten Papierservietten zu Ihrer Behaglichkeit, Erfrischung und Körperhygiene während des Fluges. Inzwischen danken wir Ihnen für Ihre Geduld. Unsere Stewardessen werden Ihnen in Kürze wieder Kaffee und Kekse servieren.«

Zaphod taumelte zurück und starrte das Raumschiff an.

Ein paar Minuten lief er wie betäubt herum. Da sah er plötzlich eine riesige Abflug-Anzeigetafel, die noch immer, allerdings nur noch an einem Haken baumelnd, über ihm von der Decke herabhing. Sie war mit Dreck überzogen, aber einige Zahlen waren noch erkennbar.

Zaphods Augen suchten zwischen den Ziffern herum, dann stellte er eine kurze Berechnung an. Seine Augen weiteten sich.

»Neunhundert Jahre . . .«, hauchte er. Das war die Verspätung des Raumschiffs.

Zwei Minuten später war er an Bord.

Als er aus der Druckschleuse trat, war die Luft, die ihm entgegenwehte, kühl und frisch – die Klimaanlage funktionierte noch.

Auch die Lichter brannten noch.

Er trat aus der kleinen Einstiegskammer in einen kurzen, engen Korridor und ging ihn ängstlich entlang.

Plötzlich öffnete sich eine Tür, und eine Gestalt trat ihm entgegen.

»Gehen Sie bitte zu Ihrem Platz zurück, Sir«, sagte die androide Stewardeß, kehrte ihm den Rücken zu und ging den Gang vor ihm entlang.

Als sein Herz wieder zu klopfen begann, ging er hinter ihr her. Sie öffnete die Tür am Ende des Korridors und ging hinein.

Er folgte ihr.

Sie befanden sich jetzt in der Passagierabteilung, und Zaphods Herz blieb nochmal für eine Sekunde stehen.

Auf jedem Platz saß festgeschnallt ein Passagier.

Ihre Haare waren lang und ungekämmt, ihre Fingernägel waren

nicht geschnitten, und die Männer trugen Bärte.

Alle waren zweifellos lebendig – nur schliefen sie.

Zaphod bekam am ganzen Körper Gänsehaut.

Wie im Traum ging er langsam den Mittelgang entlang. Als er ihn halb durchschritten hatte, war die Stewardeß am anderen Ende angelangt. Sie drehte sich um und fing an zu sprechen.

»Guten Abend, meine Damen und Herren«, sagte sie liebenswürdig, »wir danken Ihnen,daß Sie während dieser kurzen Verzögerung Nachsicht mit uns hatten. Wir starten so bald wie möglich. Wenn Sie jetzt die Freundlichkeit besäßen aufzuwachen, serviere ich Ihnen Kaffee und Kekse.«

Irgendwo summte etwas leise.

Und in dem Moment wachten alle Passagiere auf.

Sie erwachten und schrien los und krallten sich an die Gurte und Lebenserhaltungssysteme, die sie fest auf ihren Sitzen hielten. Sie schrien und plärrten und brüllten, bis Zaphod dachte, ihm platzten die Trommelfelle.

Sie krümmten und wanden sich, während die Stewardeß geduldig den Gang entlangging und jedem eine kleine Tasse Kaffee und ein Paket Kekse vorsetzte.

Dann erhob sich einer von seinem Platz.

Er drehte sich um und sah Zaphod an.

Zaphod kribbelte es am ganzen Körper, als versuche seine Haut wegzulaufen. Er drehte sich um und entfloh dem Irrenhaus.

Er raste durch die Tür zurück in den Korridor.

Der Mann folgte ihm.

Er hetzte wie wahnsinnig ans Ende des Korridors, durch die Einstiegskammer hindurch und weiter. Er gelangte in die Pilotenkabine, schlug die Tür hinter sich zu und verriegelte sie. Dann lehnte er sich schwer atmend mit dem Rücken dagegen.

Kurz darauf begann eine Hand, gegen die Tür zu schlagen.

Aus irgendeiner Ecke der Kabine wandte sich eine metallische Stimme an ihn.

»Passagiere haben zur Pilotenkabine keinen Zutritt. Gehen Sie bitte auf Ihren Platz zurück und warten Sie auf den Start des Raumschiffs. Es werden Ihnen Kaffee und Kekse serviert. Hier spricht Ihr automatischer Pilot. Gehen Sie bitte auf Ihren Platz zurück.«

Zaphod sagte kein Wort. Er atmete keuchend, und hinter ihm klopfte die Hand weiter gegen die Tür.

»Gehen Sie bitte auf Ihren Platz zurück«, wiederholte der automatische Pilot. »Passagiere haben zur Pilotenkabine keinen Zutritt.«

»Ich bin kein Passagier«, schnaubte Zaphod.

»Bitte gehen Sie auf Ihren Platz zurück.«

»Ich bin kein Passagier«, schrie Zaphod nochmal.

»Bitte gehen Sie auf Ihren Platz zurück.«

»Ich bin kein . . . Hallo, können Sie mich hören?«

»Bitte gehen Sie auf Ihren Platz zurück.

»Sind Sie der automatische Pilot?« fragte Zaphod.

»Ja,« sagte die Stimme aus dem Fluginstrumentendeck.

»Sie sind mit der Führung dieses Raumschiffs beauftragt?«

»Ja«, sagte die Stimme wieder, »es hat eine Verzögerung gegeben. Die Passagiere sind zu ihrer eigenen Erleichterung und Bequemlichkeit vorübergehend in scheintotem Zustand zu halten. Kaffee und Kekse werden jedes Jahr serviert, worauf die Passagiere zu ihrer weiteren Erleichterung und Bequemlichkeit wieder in den Scheintod zurückkehren. Der Abflug findet statt, sobald unser Flugproviant vollständig ist. Wir bedauern die Verspätung.«

Zaphod ging von der Tür weg, an der das Bummern jetzt aufgehört hatte. Er trat an das Instrumentendeck.

»Verspätung?« rief er. »Haben Sie sich mal die Welt außerhalb dieses Raumschiffs angesehen? Das ist eine Wüste, eine Einöde. Die Zivilisation ist aus und vorbei, Mann. Es sind keine zitronensaftgetränkten Papierservietten von nirgendwo unterwegs!«

»Die statistische Wahrscheinlichkeit«, fuhr der automatische Pilot affektiert fort, »besagt, daß eine andere Zivilisation entstehen wird. Eines Tages wird es zitronensaftgetränkte Papierservietten geben. Bis dahin haben wir eine kurze Verzögerungspause. Gehen Sie bitte auf Ihren Platz zurück.«

»Aber . . .«

Aber in dem Augenblick öffnete sich die Tür. Zaphod drehte sich blitzschnell herum und sah den Mann, der ihn verfolgt hatte, dastehen. Er hatte eine große Aktentasche in der Hand. Seine Kleidung war elegant, sein Haar kurzgeschnitten. Er hatte weder Bart noch lange Fingernägel.

»Zaphod Beeblebrox«, sagte er, »mein Name ist Zarniwoop. Ich glaube, Sie wollten mich sprechen.«

Zaphod Beeblebrox wurde schwarz vor seinen vier Augen. Sein Mund redete wirres Zeug. Er ließ sich in einen Sessel fallen.

»Oh Mann, oh Mann, wo kommen Sie denn jetzt her?« sagte er.

»Ich habe hier auf Sie gewartet«, sagte Zarniwoop in geschäftsmäßigem Ton.

Er stellte die Aktentasche ab und setzte sich ebenfalls in einen Sessel.

»Ich bin froh, daß Sie die Anweisungen befolgt haben«, sagte er, »ich hatte etwas Bange, daß Sie mein Büro vielleicht doch durch die Tür und nicht durchs Fenster verlassen könnten. Dann hätten Sie in der Patsche gesessen.«

Zaphod schüttelte verständnislos den Kopf und murmelte irgendwas Unbestimmtes.

»Als Sie mein Büro durch die Tür betraten, betraten Sie zugleich mein elektronisch synthetisiertes Universum«, erläuterte er. »Wenn Sie durch die Tür hinausgegangen wären, dann wären Sie wieder im realen Universum gelandet. Das künstliche funktioniert von hier aus.«

Er gab der Aktentasche einen selbstgefälligen Klaps.

Zaphod starrte ihn mit Abscheu und Empörung an.

»Und was ist der Unterschied?« brummte er.

»Nichts«, sagte Zarniwoop, »sie sind identisch. Oh – außer daß die Froschstern-Krieger im realen Universum, glaube ich, grau sind.«

»Was weiter?« fauchte Zaphod.

»Ganz einfach«, sagte Zarniwoop. Seine Selbstsicherheit und Selbstgefälligkeit brachten Zaphod zum Kochen.

»Sehr einfach«, wiederholte Zarniwoop, »ich habe die Koordinaten entdeckt, an denen dieser Kerl zu finden sein könnte – der Mann, der das Universum regiert –, und kam dahinter, daß seine Welt durch ein Unwahrscheinlichkeitsfeld gesichert ist. Um mein Geheimnis zu schützen – und auch mich selber –, zog ich mich in die Geborgenheit dieses durch und durch künstlichen Universums zurück und versteckte mich in einem vergessenen Kreuzflug-Liner. So war ich sicher. In der Zwischenzeit kamen Sie und ich . . .«

»Sie und *ich*?« fragte Zaphod wütend. »Wollen Sie damit sagen, ich kenne Sie?«

»Ja«, sagte Zarniwoop, »wir kannten uns gut.«

»Wie geschmacklos von mir«, sagte Zaphod und versank wieder in undurchdringlichem Schweigen.

»In der Zwischenzeit kamen Sie und ich überein, daß Sie das Unwahrscheinlichkeitsdrive-Schiff stehlen – das einzige, was das Reich des Herrschers erreichen könnte – und zu mir bringen. Das haben Sie nun getan, hoffe ich, und dazu gratuliere ich Ihnen.« Er lächelte ein verklemmtes kleines Lächeln, in das Zaphod am liebsten mit einem Backstein reingehauen hätte.

»Ach, und falls Sie sich das gefragt haben«, setzte Zarniwoop hinzu, »dieses Universum hier wurde ausschließlich für Ihren Besuch geschaffen. Deshalb sind Sie auch die allerwichtigste Person in diesem Universum. Im realen Universum«, sagte er mit einem Lächeln, das noch sehr viel mehr nach einem Backstein schrie, »hätten Sie den Totalen Durchblicksstrudel niemals überlebt. Gehen wir?«

»Wohin denn?« fragte Zaphod störrisch. Er fühlte sich physisch und moralisch am Ende.

»Zu Ihrem Raumschiff. Der ›Herz aus Gold‹. Sie haben sie doch hergebracht, will ich hoffen?«

»Nein.«

»Wo ist denn Ihr Jackett?«

Zaphod sah ihn verblüfft an.

»Mein Jackett? Ich hab's ausgezogen. Es ist draußen.«

»Gut, gehen wir es suchen.«

Zarniwoop stand auf und machte Zaphod ein Zeichen, ihm zu folgen.

Draußen in der Einstiegskammer konnten sie wieder das Geschrei der Passagiere hören, denen Kaffee und Kekse serviert wurden.

»Es war kein sehr erfreuliches Erlebnis, auf Sie zu warten«, sagte Zarniwoop.

»Nicht erfreulich für *Sie*?« schrie Zaphod. »Was glauben Sie eigentlich . . .«

Zarniwoop brachte ihn mit erhobenem Finger zum Schweigen, als die Luke aufklappte. Ein paar Schritt von ihnen entfernt sahen sie Zaphods Jackett im Schutt liegen.

»Ein sehr bemerkenswertes und mächtiges Raumschiff«, sagte Zarniwoop. »Sehen Sie nur.«

Während sie zusahen, blähte sich die Jackettasche plötzlich auf. Sie platzte, sie riß auf. Das kleine Metallmodell der »Herz aus Gold«, das Zaphod mit solchem Erstaunen in seiner Tasche entdeckt hatte, wuchs.

Es wuchs und wuchs immer weiter. Es erreichte nach zwei Minuten seine volle Größe.

»Auf einem Unwahrscheinlichkeitslevel von«, sagte Zarniwoop, »von . . . oh, ich weiß nicht, auf jeden Fall was sehr Hohes.«

Zaphod drehte sich's.

»Sie meinen, ich hatte es die ganze Zeit bei mir?«

Zarniwoop lächelte. Er hob seine Aktentasche hoch und öffnete sie.

Er knipste darin an einem einzelnen Schalter.

»Adieu, künstliches Universum«, sagte er, »grüß dich, wirkliches! «Die Szenerie vor ihnen flimmerte kurz auf – dann war sie genau wie vorher.

»Sehen Sie?« sagte Zarniwoop. »Genau dasselbe.«

»Sie meinen«, wiederholte Zaphod nachdrücklich, »daß ich es die ganze Zeit bei mir hatte?«

»Oh ja«, sagte Zarniwoop, »natürlich. Das war ja der springende

Punkt.«

»Das reicht«, sagte Zaphod, »Sie brauchen nicht mehr auf mich zu zählen, von jetzt an brauchen Sie nicht mehr mit mir zu rechnen. Ich hab die Schnauze voll. Spielen Sie Ihr Spiel alleine weiter.«

»Tut mir leid, Sie können da nicht raus«, sagte Zarniwoop, »Sie hängen fest im Unwahrscheinlichkeitsfeld. Dem können Sie nicht entfliehen.«

Er lächelte wieder das Lächeln, in das Zaphod am liebsten mit einem Backstein reingehauen hätte, und diesmal tat er's.

13

Ford Prefect raste rauf in den Kontrollraum der »Herz aus Gold«.

»Trillian! Arthur!« schrie er. »Es funktioniert wieder. Das Schiff hat wieder Saft!«

Trillian und Arthur lagen schlafend auf dem Boden.

»Kommt, los, Leute, wir fliegen, wir sind schon weg«, sagte er, während er sie mit dem Fuß wachkickte.

»Hallo, Freunde!« zirpte der Computer. »Es ist wirklich herrlich, wieder bei euch zu sein, das kann ich euch sagen, und ich möchte bloß feststellen, daß . . .«

»Schnauze« sagte Ford, »sag uns lieber, wo zum Teufel wir eigentlich sind.«

»Froschstern B, Jungejunge, das ist vielleicht eine Müllhalde«, sagte Zaphod, als er in den Kontrollraum gerannt kam. »Hi, Leute, ihr müßt so unglaublich froh sein, daß ihr mich wiederseht, ihr findet nicht mal Worte, um mir zu sagen, was für ein cooler Frood ich bin.«

»Ein was?« fragte Arthur benommen, stand vom Fußboden auf und begriff überhaupt nichts mehr.

»Ich weiß, wie euch zumute ist«, sagte Zaphod. »Ich bin so irre phantastisch, sogar ich bin einfach sprachlos, wenn ich mich anreden soll. He, 's ist schön, euch zu sehen, Trillian, Ford, Affenmännchen. Hallo, äh, Computer . . .?«

»Hallo, Mr. Beeblebrox. Sir, es ist selbstverständlich eine große Ehre für . . .«

»Halt's Maul und bring uns hier raus, schnell schnell schnell!«

»Klare Sache, Jungs, wo wollt ihr hin?«

»Irgendwohin, ganz egal«, schrie Zaphod. »Nein, doch nicht egal!« sagte er gleich darauf. »Wir wollen zum nächstbesten Ort, wo's was zu essen gibt!«

»Klare Sache«, sagte der Computer fröhlich, und eine heftige Explosion erschütterte den Kontrollraum.

Als Zarniwoop einen Augenblick später mit einem blauen Auge hereingetrabt kam, besah er sich die vier kleinen Rauchfahnen mit großem Interesse.

14

Vier teilnahmslose Körper fielen durch wirbelnde Finsternisse. Ihr Bewußtsein war tot, das eiskalte Vergessen zog die Körper immer weiter abwärts in den Abgrund des Nichtseins. Das Brüllen der Stille um sie her hallte gräßlich wider, und endlich versanken sie in einem dunklen, bitteren Meer aus wogendem Rot, das sie langsam verschlang, anscheinend für immer.

Nach einer Zeit, lang wie eine Ewigkeit, zog sich die See zurück und ließ sie auf einem kalten, harten Gestade liegen, Treibgut und Strandgut des Stromes des Lebens, des Universums und alles übrigen.

Eisige Krämpfe schüttelten sie, Lichter tanzten zum Übelwerden um sie herum. Das kalte, harte Gestade neigte und dehnte sich, dann stand es still. Es schimmerte dunkel – es war ein extrem hochpoliertes kaltes, hartes Gestade.

Ein grüner Nebel beobachtete sie mißbilligend.

Er hüstelte.

»Guten Abend, Madame et Messieurs«, sagte er, »haben Sie einen Tisch bestellt?«

Ford Prefects Bewußtsein schnappte zurück wie ein Gummiband, was seinem Gehirn wehtat. Er blickte benommen zu dem grünen Nebel hoch.

»Tisch bestellt?« fragte er schwach.

»Ja, Monsieur«, sagte der grüne Nebel.

»Braucht man eine Tischreservierung für das Leben nach dem Tode?«

Wenn es einem grünen Nebel möglich ist, die Augenbrauen geringschätzig hochzuziehen, tat nun der grüne Nebel genau das.

»Leben nach dem Tode, Monsieur?« fragte er.

Arthur Dent kämpfte mit seinem Bewußtsein, wie man im Badezimmer mit einem wegflutschenden Stück Seife kämpft.

»Ist das hier das Leben nach dem Tode?« stammelte er.

»Tja, das nehme ich doch an«, sagte Ford Prefect, der rauszufinden versuchte, wo oben wäre. Er probierte es nach der Theorie, daß es in entgegengesetzter Richtung von dem kalten, harten Gestade sein müsse, auf dem er lag, und kam schwankend auf etwas zu stehen, wovon er hoffte, es wären seine Füße.

»Ich meine«, sagte er leicht schwankend, »es ist doch unmöglich, daß wir diese Explosion überlebt haben könnten, oder?«

»Nein«, murmelte Arthur. Er hatte sich auf die Ellbogen hochgerappelt, aber es schien die Dinge auch nicht zu verbessern. Er fiel wieder um.

»Nein«, sagte Trillian und stand auf, »absolut nicht.«

Ein dumpfes, heiseres Gurgeln kam von unten. Es war Zaphod Beeblebrox, der zu sprechen versuchte.

»Ich habe sie ganz bestimmt nicht überlebt«, röchelte er, »mich hat's voll erwischt. Ratschpeng, und aus war's.«

»Jaja, verdanken wir alles dir«, sagte Ford, »wir hatten keine Chance. Wir müssen in winzige Stückchen zerrissen worden sein. Überall bloß Arme und Beine.«

»Tjaa«, sagte Zaphod und hievte sich geräuschvoll auf seine

Beine.

»Wenn Madame und Messieurs Drinks bestellen möchten . . .«, sagte der grüne Nebel, der ungeduldig neben ihnen schwebte.

»Kerpow, peng«, fuhr Zaphod fort, »und im Nu in unsere einzelnen Moleküle zerlegt. He, Ford«, sagte er, als er einen der sich langsam verfestigenden Dunstflecken um sich her identifizierte, »hattest du auch das Gefühl, dein ganzes Leben läuft blitzartig vor dir ab?«

»Hast du das auch gehabt?« sagte Ford. »Dein ganzes Leben?«

»Ja«, sagte Zaphod, »ich nehme wenigstens an, es war meins. Ich habe nämlich 'ne ganze Menge Zeit außerhalb meiner Köpfe zugebracht.«

Er sah sich die verschiedenen Formen um sich her an, die endlich wieder richtige Formen wurden, anstatt vage, ungewisse, formlose Formen zu bleiben.

»Und jetzt . . .«, sagte er.

»Was und jetzt?« fragte Ford.

»Und jetzt sind wir hier«, sagte Zaphod zögernd, »liegen tot . . .«

»Stehen«, korrigierte ihn Trillian.

»Äh, stehen tot rum«, fuhr Zaphod fort, »in diesem öden . . .«

»Restaurant«, sagte Arthur Dent, der wieder auf den Beinen war und jetzt zu seiner großen Überraschung klar sehen konnte. Das heißt, was ihn so überraschte, war nicht, daß er sehen konnte, sondern was er sehen konnte.

»Und jetzt«, wiederholt Zaphod hartnäckig, »stehen wir hier tot rum in diesem öden . . .«

»Fünf-Sterne . . .«, sagte Trillian.

»Restaurant«, schloß Zaphod.

»Komisch, nicht?« sagte Ford.

»Äh, ja.«

»Trotzdem hübsche Kronleuchter«, sagte Trillian.

Sie blickten sich verwirrt um.

»Das ist weniger ein Leben nach dem Tode«, sagte Arthur, »als sowas wie ein Après-vie.«

Die Kronleuchter hatten wirklich einen Stich ins Grelle, und die niedrige gewölbte Decke, von der sie runterhingen, wäre in einem idealen Universum nicht ausgerechnet in diesem satten Türkis gestrichen gewesen, und wenn doch, dann wäre sie nicht durch eine verborgene Stimmungsbeleuchtung so betont worden. Das hier war jedoch kein ideales Universum, das wurde obendrein durch die schreienden Muster des Marmorfußbodens deutlich und durch die Art, wie die Vorderseite der achtzig Meter langen, marmorgedeckten Bar zusammengesetzt war. Die Vorderseite der achtzig Meter langen, marmorgedeckten Bar war aus fast zwanzigtausend antareanischen Mosaik-Eidechshäuten zusammengenäht, ohne Rücksicht darauf, daß die zwanzigtausend betreffenden Eidechsen ihre Innereien unbedingt hatten drinbehalten müssen.

Ein paar elegant gekleidete Wesen lungerten nachlässig an der Bar rum oder entspannten sich in den farbenfrohen, sich dem Körper anschmiegenden Sesseln, die hier und da in der Bar aufgestellt waren. Ein junger Vl'Hurg-Offizier und seine gründampfende junge Dame traten durch die großen Rauchglastüren am hinteren Ende der Bar in das blendende Licht des Hauptteils des Restaurants, das dahinter lag.

Hinter Arthur befand sich ein breites Aussichtsfenster mit zugezogenen Gardinen. Er zog eine Ecke des Vorhangs beiseite und sah hinaus auf eine düstere und öde Landschaft, die grau, pockennarbig und trostlos war, eine Landschaft, die unter normalen Umständen Arthur Gänsehaut gemacht hätte. Es herrschten aber keine normalen Umstände, denn was sein Blut gefrieren und seine Haut den Versuch unternehmen ließ, ihm den Rücken raufzukrabbeln und weiter nach oben, über seinen Kopf hinaus, das war der Himmel. Der Himmel war . . .

Ein neben ihm stehender Livrierter zog den Vorhang höflich wieder an seine Stelle.

»Alles zu seiner Zeit, Monsieur«, sagte er.

Zaphods Augen blitzten.

»He, mal los, ihr toten Kerle«, sagte er, »ich denke, uns fehlt hier was Ultra-Wichtiges. Jemand sagte irgendwas, und uns fehlte es.«

Arthur war sehr erleichtert, daß er seine Aufmerksamkeit von dem lösen konnte, was er eben gesehen hatte.

Er sagte: »Ich sagte, es wäre eher sowas wie ein Après . . .«

»Jaja, und wäre dir nicht lieber, du hättest es nicht gesagt?« sagte Zaphod. »Ford?«

»Ich sagte, es wäre komisch.«

»Stimmt. Pfiffig, aber doof. Vielleicht war es . . .«

»Vielleicht«, mischte sich der grüne Nebel ein, der sich mittlerweile zur Gestalt eines kleinen, schrumpligen, dunkelgekleideten, grünen Kellners verdichtet hatte, »vielleicht hätten Sie nichts dagegen, das Thema bei ein paar Drinks weiter zu besprechen . . .«

»Drinks!« rief Zaphod. »Das war's! Da sieht man, was man versäumt, wenn man nicht aufpaßt.«

»Sehr wohl, Monsieur«, sagte der grüne Kellner geduldig. »Wenn Madame und Messieurs die Drinks vor dem Essen nehmen wollen . . .«

»Essen!« rief Zaphod gierig. »Ach, Sie kleines grünes Kerlchen, mein Magen könnte Sie mit nach Hause nehmen und schon beim bloßen Gedanken daran den ganzen Abend knuddeln.«

» . . .und das Universum«, fuhr der Kellner fort, entschlossen, sich auf der Zielgeraden nicht mehr von der Bahn drängen zu lassen, »wird später zu Ihrem Vergnügen explodieren.«

Ford drehte ihm ganz langsam seinen Kopf zu. Er sprach aus tiefstem Gefühl.

»Mann Gottes«, sagte er, »was für Drinks servieren Sie denn hier?«

Der Kellner lachte ein höfliches kleines Kellnerlachen.

»Ach«, sagte er, »ich glaube, Monsieur haben mich vielleicht falsch verstanden.«

»Oh, ich hoffe, nicht«, gab Ford zu verstehen.

Der Kellner hüstelte ein höfliches kleines Kellnerhüsteln.

»Es ist nicht ungewöhnlich, daß unsere verehrten Gäste ein bißchen benommen sind von der Reise durch die Zeit«, sagte er. »Ich erlaube mir also, Ihnen vorzuschlagen . . .«

»Reise durch die Zeit?« fragte Zaphod.

»Reise durch die Zeit?« fragte Ford.

»Reise durch die Zeit?« fragte Trillian.

»Sie meinen, das hier ist nicht das Leben nach dem Tode?« fragte Arthur.

Der Kellner lächelte ein höfliches kleines Kellnerlächeln. Er hatte sein höfliches kleines Kellnerrepertoire fast erschöpft und würde bald in seine Rolle eines ziemlich schmallippigen, sarkastischen kleinen Kellners schlüpfen.

»Das Leben nach dem Tode, Monsieur?« sagte er. »Nein, Monsieur.«

»Und wir sind nicht tot?« fragte Arthur.

Der Kellner machte seine Lippen schmal.

»Aha, ha«, sagte er, »Monsieur sind höchst offenkundig am Leben, andernfalls würde ich nicht versuchen, Monsieur zu bedienen.«

In einer ungewöhnlichen Gebärde, die zu beschreiben jeder Versuch zwecklos ist, schlug sich Zaphod Beeblebrox mit zwei seiner Arme gegen seine beiden Stirnen und mit dem dritten auf einen seiner Schenkel.

»He, Jungs«, sagte er, »das ist ja verrückt. Wir haben's geschafft. Wir sind endlich dort, wo wir hinwollten. Das hier ist Milliways!«

»Milliways!« sagte Ford.

»Ja, Messieurs«, sagte der Kellner und legte zentnerweise Geduld auf, »das hier ist Milliways – das Restaurant am Ende des Universums.«

»Am Ende von was?« fragte Arthur.

»Des Universums«, wiederholte der Kellner unnötigerweise sehr klar und wohlartikuliert.

»Wann hat es denn aufgehört?« fragte Arthur.

»In nur wenigen Minuten, Monsieur«, sagte der Kellner. Er holte tief Luft. Das hatte er zwar nicht nötig, da sein Körper zum Überleben aus einer kleinen, an sein Bein geschnallten intravenösen Spritzapparatur mit genau der richtigen Gasmischung versorgt wurde, doch es gibt Zeiten, da muß man, ganz egal, welchen Stoffwechsel man hat, mal tief Luft holen.

»Wenn Sie jetzt endlich die Güte hätten, Ihre Drinks zu bestellen«, sagte er. »Dann führe ich Sie an Ihren Tisch.«

Zaphod setzte sein manisches Doppelgrinsen auf, schlenderte rüber an die Bar und kaufte sich fast alles, was es dort gab.

15

Das Restaurant am Ende des Universums ist eine der außergewöhnlichsten Unternehmungen in der gesamten Geschichte des Gaststättengewerbes. Es wurde erbaut auf den zertrümmerten Überresten eines ... Es *wird* erbaut werden auf den zertrümmerten ... das heißt, mittlerweile wird es erbaut worden sein und ist eigentlich ...

Eines der Hauptprobleme, denen man bei einer Reise durch die Zeit begegnet, ist nicht, daß man zufällig sein eigener Vater oder seine eigene Mutter wird. Sein eigener Vater oder seine eigene Mutter zu werden, ist kein Problem, mit dem eine tolerante und gut aufeinander eingespielte Familie nicht fertig würde. Das Ändern des Laufs der Geschichte ist auch kein Problem – der Lauf der Geschichte ändert sich nicht, weil alles zusammenstimmt wie in einem Puzzle. Alle wichtigen Veränderungen sind bereits vor den Dingen geschehen, die sie ändern sollten, und zum Schluß renkt sich alles von selbst wieder ein.

Das größte Problem ist ganz einfach ein grammatikalisches, und das wichtigste Buch, das man zu diesem Thema heranziehen kann, ist *Das Handbuch der 1001 Tempusbildungen für den Reisenden durch die Zeit* von Dr. Dan Streetmaker. Es sagt einem zum Beispiel, wie man etwas auszudrücken hat, das in der Vergangenheit im Begriff war, einem zu widerfahren, bevor man ihm aus dem Weg ging, indem man in der Zeit zwei Tage nach vorn hopste. Das Ereignis wird nun unterschiedlich beschrieben, je nachdem, ob man aus dem

Blickwinkel seiner natürlichen Zeit, einer Zeit in der weiteren Zukunft oder einer Zeit in der weiteren Vergangenheit darüber spricht, und es wird noch weiter kompliziert durch die Möglichkeit, daß man sich gerade darüber unterhalten kann, während man auf der Reise von einer Zeit zur andern ist, um seine eigene Mutter oder sein eigener Vater zu werden.

Die meisten Leser kommen bis zum Futurum des semiconditional modifizierten, sub-umgedrehten Intentionals des subjunktiven Praeteritum Plagalis, bevor sie aufgeben: und tatsächlich sind in späteren Auflagen des Buches alle Seiten hinter diesem Kapitel weiß gelassen worden, um Druckkosten zu sparen.

Der Reiseführer *Per Anhalter durch die Galaxis* geht über dieses Gewirr akademischer Abstraktionen in aller Eile hinweg und bemerkt nur ganz kurz, daß man den Begriff »Futurisches Perfekt« aufgegeben hat, weil man entdeckt hat, daß es das nicht gibt.

Wir fassen zusammen:

Das Restaurant am Ende des Universums ist eine der außergewöhnlichsten Unternehmungen in der gesamten Geschichte des Gaststättengewerbes.

Es steht auf den zertrümmerten Überresten eines möglicherweise zerstörten Planeten, der in eine riesige Zeitblase eingeschlossen und in die zukünftige Zeit genau an den Moment projiziert ist (wirt sain-gevezz), an dem das Universum endet.

Das, würden viele sagen, ist unmöglich.

In dem Restaurant nehmen (wirtan hab-genomm) die Gäste an Tischen Platz und essen (wirtan hab-gegezz) kostspielige Menüs, während sie zusehen (willon zugesech), wie die ganze Schöpfung um sie herum explodiert.

Das, würden viele sagen, ist ebenfalls unmöglich.

Man kann ohne vorherige (nach vor-wenn) Reservierung zu jeder Veranstaltung kommen (mochtan komm zu-wenn), zu der man möchte, weil man nachträglich buchen kann, wenn man sozusagen wieder in die eigene Zeit zurückgekehrt ist. (Man kann haban vornach-buch haventa vor-wenn prebaldon retroginganz zuruc-haim.)

Das, darauf würden mittlerweile viele bestehen, ist absolut unmöglich.

In dem Restaurant kann man mit einem faszinierenden Querschnitt durch die gesamte Bevölkerung von Raum und Zeit zusammentreffen und dinieren (mochtan treffan unt dinan mit auf-wenn).

Das, so kann man in aller Gelassenheit erklären, ist gleichfalls unmöglich.

Man kann das Restaurant so oft besuchen, wie man möchte (mochtan auf-besuch wieder-besuchirin . . . und so weiter – zu weiteren Tempusberichtigungen sehen Sie bitte in Dr. Streetmakers Buch nach), und trotzdem sicher sein, daß man sich nie selbst begegnet, schon wegen der Peinlichkeit, die dadurch gewöhnlich aufkommt.

Das ist, selbst wenn der Rest wahr wäre, was er nicht ist, offenkundig unmöglich, sagen die Zweifler.

Man braucht nichts weiter zu tun, als in der eigenen Zeitregion einen einzigen Pfennig auf ein Sparkonto einzuzahlen, und wenn man am Ende der Zeiten ankommt, haben sich die Zinseszinsen derart angehäuft, daß man sich das sagenhaft kostspielige Menü davon leisten kann.

Das, behaupten viele, ist nicht nur unmöglich, sondern schlicht und einfach Wahnsinn, weshalb sich die Werbefachleute vom Sternensystem Bastablon folgenden Slogan ausdachten: »Wenn du heute morgen schon sechs unmögliche Dinge getan hast, warum dann nicht als siebentes zum Frühstück ins Milliways, das Restaurant am Ende des Universums?«

16

An der Bar wurde Zaphod sehr schnell müde wie ein Wassermolch. Seine Köpfe schlugen gegeneinander, und sein Doppellächeln kam völlig aus dem Takt. Er war saumäßig glücklich.

»Zaphod«, sagte Ford, »würdest du, solange du noch reden kannst, mir bitte erklären, was bei allen Photonen eigentlich passiert ist? Wo bist du denn gewesen? Wo sind wir gewesen? Es ist ja nicht so wichtig, aber ich hätte es gern gewußt.«

Zaphods linker Kopf wurde etwas nüchterner, während der rechte weiter im Dunkel des Suffs versank.

»Ja«, sagte er, »ich bin unterwegs gewesen. Sie wollen, daß ich den Mann finde, der das Universum regiert, aber ich hab keine Lust, ihm zu begegnen. Ich glaube, der Kerl kann nicht kochen.«

Sein rechter Kopf sah seinen linken Kopf, der das sagte, an und nickte.

»Stimmt«, sagte er, »trink noch einen.«

Ford trank noch einen Pangalaktischen Donnergurgler, einen Drink, der als das alkoholische Gegenstück zu einem Raubüberfall bezeichnet worden ist – kostspielig und schlecht für den Kopf. Ford kam zu dem Schluß, daß, was immer auch passiert sei, es Zaphod wirklich nicht allzu sehr bekümmerte.

»Hör zu, Ford«, sagte Zaphod, »alles ist cool und froody.«

»Du meinst, alles ist unter Kontrolle?«

»Nein«, sagte Zaphod, »ich meine nicht, alles ist unter Kontrolle. Das wäre nicht cool und froody. Wenn du wissen willst, was passiert ist, sagen wir einfach mal, ich hatte die ganze Situation in der Tasche. Okay?«

Ford zuckte die Schultern.

Zaphod kicherte in seinen Drink. Er schäumte über den Rand seines Glases und begann, sich seinen Weg in die Marmorplatte der Bar zu fressen.

Ein gluthäutiger Himmelszigeuner näherte sich und spielte ihnen auf seiner elektrischen Geige vor, bis Zaphod ihm eine Menge Geld gab und er sich einverstanden erklärte, wieder Leine zu ziehen.

Der Zigeuner trat zu Arthur und Trillian, die in einem anderen Teil der Bar saßen.

»Ich weiß nicht, was das hier ist«, sagte Arthur, »aber ich glaube, mir macht's 'ne Gänsehaut.«

»Trink noch einen«, sagte Trillian, »amüsier dich.«

»Was denn nun?« fragte Arthur. »Eins schließt doch das andere aus.«

»Armer Arthur, du bist für dieses Leben wirklich nicht gemacht, stimmt's?«

»Nennst du das Leben?«

»Du redest schon wie Marvin.«

»Marvin ist der nüchternste Denker, den ich kenne. Was meinst du, wie wir den Geiger wieder loswerden?«

Der Kellner kam.

»Ihr Tisch ist bereit«, sagte er.

Von außen betrachtet, was nie geschieht, ähnelt das Restaurant einem gewaltigen glitzernden Seestern, der auf einem vergessenen Felsen gestrandet ist. In seinen Armen sind die Bars untergebracht, die Küchen,die Kraftfeldgeneratoren, die den ganzen Bau und die zerfallenen Massen des Planeten schützen, auf denen er sitzt, und die Zeitturbinen, die die ganze Angelegenheit langsam über den kritischen Augenblick vor und zurückschaukeln.

In der Mitte befindet sich eine enorme Goldkuppel, fast schon eine Kugel, und dorthin begaben sich nun Zaphod, Ford, Arthur und Trillian.

Allein mindestens fünf Tonnen Glitter waren vor ihnen hier reingegangen und bedeckten jede verfügbare Fläche. Die anderen Flächen waren nicht verfügbar, weil sie bereits mit Edelsteinen, kostbaren Meeresmuscheln vom Santraginus, Blattgold, Mosaiken, Eidechshäuten und Millionen undefinierbarer Verschönerungen und Verzierungen überzogen waren. Gläser glitzerten, Silber schimmerte, Gold strahlte, Arthur Dent glotzte.

»Mannomann«, sagte Zaphod, »Jungejunge.«

»Unglaublich!« hauchte Arthur. »Die Leute . . .! Die Dinge . . .!«

»Die Dinge«, sagte Ford ruhig, »sind auch Leute.«

»Die Leute . . .«, fing Arthur wieder an, »die . . . Auch-Leute . . .«

»Die Lichter . . .!« sagte Trillian.

»Die Tische . . .!« sagte Arthur.

»Die Kleider . . .!« sagte Trillian.

Der Kellner meinte, sie hörten sich an wie ein paar Gerichtsvollzieher.

»Das Ende des Universums ist sehr beliebt«, sagte Zaphod, der sich wankend seinen Weg durch die Masse der Tische bahnte, von denen einige aus Marmor, einige aus prachtvollem Ultra-Mahagoni, einige sogar aus Platin waren und die mit Gesellschaften exotischer Kreaturen voll besetzt waren, die miteinander schwatzten und die Speisekarten studierten.

»Die Leute machen sich gern fein dafür«, fuhr Zaphod fort, »das gibt ihnen das Gefühl, an einem Ereignis teilzunehmen.«

Die Tische waren in einem großen Kreis um eine Mittelbühne angeordnet, auf der eine kleine Band leichte Musik spielte. Mindestens tausend Tische, war Arthurs Schätzung, und dazwischen standen sich wiegende Palmen, sprudelnde Fontänen, groteske Statuen, kurz: alles Drum und Dran, das allen Restaurants gemeinsam ist, in denen an wenig gespart wird, um den Eindruck zu machen, daß an gar nichts gespart wird. Arthur sah sich mit glänzenden Augen um, halb gewärtig, daß gleich jemand käme, um Werbung für den American Express zu machen.

Zaphod taumelte gegen Ford, der wiederum gegen Zaphod taumelte.

»Mannomann«, sagte Zaphod.

»Jungejunge«, sagte Ford.

»Mein Urgroßpappi muß die Innereien des Computers wirklich total durcheinandergebracht haben«, sagte Zaphod. »Ich sage ihm, er soll uns zum nächstbesten Ort bringen, wo's was zu essen gibt, und er schickt uns ans Ende des Universums. Erinner mich daran, daß ich ihm eines Tages was Nettes sage.«

Er machte eine Pause.

»He, alle sind sie hier, was? Jeder, der mal wer war.«

»War?« frage Arthur.

»Am Ende des Universums muß man oft die Vergangenheitsform

benutzen«, sagte Zaphod, »weil alles vorbei ist, verstehst du? He, Leute«, rief er einer Gesellschaft von Riesenleguanen am Nachbartisch zu, »wie ging's euch denn so?«

»Ist das etwa Zaphod Beeblebrox?« fragte ein Leguan einen anderen Leguan.

»Ich glaube, ja«, sagte der zweite Leguan.

»Na, das setzt ja wohl allem die Krone auf«, sagte der erste Leguan.

»Komische Sache, das Leben«, sagte der zweite Leguan.

»Es ist das, was man draus macht«, sagte der erste, und beide versanken wieder in Schweigen. Sie warteten auf die größte Show des Universums.

»He, Zaphod«, sagte Ford, grapschte nach seinem Arm und griff (wegen des dritten Pangalaktischen Donnergurglers) daneben. Mit wackelndem Finger zeigte er in irgendeine Richtung.

»Da drüben sitzt ein alter Kumpel von mir«, sagte er, »Hotblack Desiato! Siehst du den Mann in dem Platinanzug an dem Platintisch?«

Zaphod versuchte, Fords Finger mit dem Auge zu folgen, aber es machte ihn schwindlig. Schließlich sah er den Mann.

»Oh ja«, sagte er, und einen Augenblick darauf dämmerte es ihm. »He«, sagte er, »der Kerl ist aber megamächtig geworden! Mann, mächtiger als allmächtig. Anders als ich.«

»Wer soll das denn sein?« fragte Trillian.

»Hotblack Desiato?« sagte Zaphod erstaunt. »Den kennst du nicht? Hast du nie was von Desaster Area gehört?«

»Nein«, sagte Trillian, und das stimmte.

»Die riesigste«, sagte Ford, »lauteste . . .«

»Klangvollste . . .«, schlug Zaphod vor.

» . . .Rockband in der Geschichte der . . .«, er suchte nach dem richtigen Wort.

» . . .der Geschichte selber«, sagte Zaphod.

»Nein«, sagte Trillian.

»Sowas«, sagte Zaphod, »da sind wir hier am Ende des Universums, und du hast überhaupt noch nicht gelebt. Haste was versäumt.«

Er führte sie an den Tisch, an dem der Kellner die ganze Zeit gewartet hatte. Arthur folgte ihnen und kam sich sehr verloren und allein vor.

Ford schob durch das Gedränge davon, um eine alte Bekanntschaft zu erneuern.

»He, äh, Hotblack«, rief er, »wie geht's dir so? Schön, dich zu sehen, Dicker, was macht der Krach? Siehst phantastisch aus, wirklich sehr, sehr fett und ungesund. Großartig.« Er gab dem Mann einen Klaps auf den Rücken und war gelinde überrascht, daß er ihm keine Antwort zu entlocken schien. Die Pangalaktischen Donnergurgler, die in ihm rumplätscherten, gaben ihm den Tip, weiterzusabbeln, als wenn nichts wäre.

»Weißt du noch, damals?« sagte er. »Wie wir immer rumgehangen haben, was? Im Bistro Illegal, weißt du noch? Schlimms Schluck-Imperium? Das Übeldrom Fuselorama? Herrliche Zeiten, was?«

Hotblack Desiato tat seine Meinung darüber nicht kund, ob die Zeiten herrlich waren oder nicht. Ford ließ sich davon nicht stören.

»Und wenn wir Hunger hatten, gaben wir uns als Gesundheitsinspektoren aus, erinnerst du dich noch? Und gingen rum und beschlagnahmten Essen und Drinks, stimmt's? Bis wir 'ne Lebensmittelvergiftung hatten. Ach, und dann die langen Nächte mit Reden und Trinken in diesen stinkigen Zimmern über dem Cafè Lou in Gretchenstadt in Neu Bethel, und du versuchtest immer, im Nachbarzimmer auf deiner Aquitarre Songs zu komponieren, und wir fanden sie alle grauenhaft. Und du sagtest, es machte dir nichts aus, und wir sagten, uns schon, weil wir sie so grauenhaft fanden.« Fords Augen begannen, sich zu verschleiern.

»Und du sagtest, du wolltest kein großer Stern am Schlagerhimmel werden«, fuhr er in Erinnerungen schwelgend fort, »weil du das Sternensystem beschissen fandest. Und wir sagten – Hadra, Sulijoo und ich –, unserer Meinung nach hättest du gar keine andere Wahl. Und was machst du jetzt? Du *kaufst* dir ganze Sternensysteme!«

Er drehte sich um und versuchte die Aufmerksamkeit der Leute an den Nachbartischen auf sich zu ziehen.

»Hier«, sagte er, »ist der Mann, der sich ganze Sternensysteme *kauft*!«

Hotblack Desiato unternahm keinen Versuch, diesen Umstand zu bestätigen oder zu dementieren, und die vorübergehende Aufmerksamkeit des Publikums ließ schnell wieder nach.

»Ich glaube, hier ist jemand besoffen«, murmelte ein dunkelrotes buschartiges Wesen in sein Weinglas.

Ford torkelte ein bißchen und plumpste dann schwer auf den Stuhl gegenüber von Hotblack Desiato.

»Wie geht denn noch gleich dieser Song von dir?« sagte er und suchte unvernünftigerweise an einer Flasche Halt, die er umkippte – zufällig in ein danebenstehendes Glas. Um den glücklichen Zufall nicht ungenutzt verstreichen zu lassen, goß er das Glas in sich hinein.

»Diese wahnsinnig tolle Nummer«, fuhr er fort, »wie geht sie denn noch gleich? ›Bwamm! Bwamm! Badáa!‹ oder so ähnlich, und in der Bühnenshow hört sie damit auf, daß das Raumschiff mitten in die Sonne donnert, und du machst das *wirklich*!«

Ford ließ die Faust in seine Linke donnern, um diese Bravourleistung anschaulich zu illustrieren. Er warf die Flasche wieder um.

»Raumschiff! Sonne! Ratschpeng!« schrie er. »Ich meine, Laser und das ganze Zeugs sind doch Mist, ihr Jungs habt das echte Sonnenflackern drauf und den *wirklichen* Sonnenbrand! Oh, und grauenhafte Songs.«

Sein Blick folgte dem Rinnen der Flüssigkeit, die aus der Flasche auf den Tisch gluckerte. Irgendwas müßte man dagegen tun, dachte er.

»He, willste 'n Drink?« fragte er. Ganz allmählich drang in seinen ersoffenen Verstand ein, daß was fehlte an dieser Wiederbegegnung und daß das Fehlende irgendwas damit zu tun hatte, daß der fette Kerl, der ihm in seinem Platinanzug und dem Silberhut gegenübersaß, noch nicht »Hi, Ford« oder »Schön, dich nach all der Zeit wiederzusehen« oder überhaupt irgendwas gesagt hatte. Wenn man's recht bedachte, hatte er sich noch nicht mal gerührt.

»Hotblack?« sagte Ford.

Eine große fleischige Hand landete von hinten auf seiner Schulter und schob ihn zur Seite. Er rutschte wenig anmutig von seinem Stuhl und peilte nach oben, um zu sehen, ob er den Besitzer dieser ungezogenen Hand nicht ausfindig machen könne. Der Besitzer war angesichts der Tatsache, daß er so um die zwei Meter zehn groß und obendrein nicht leichtgebaut war, nicht schwer zu finden. Er war eigentlich so gebaut, wie man Ledersofas baut, blanke, klotzige Ledersofas mit Bergen von Füllung drin. Der Anzug, in den der Körper des Mannes gestopft war, sah aus, als sei sein einziger Daseinszweck, zu zeigen, wie schwer es ist, so einen Körper in einen Anzug zu zwängen. Das Gesicht des Mannes hatte die Haut einer Apfelsine und die Farbe eines Apfels, aber damit war die Ähnlichkeit mit irgendwas Süßem schon erschöpft.

»Bürschchen . . .«, sagte eine Stimme, die aus dem Mund des Mannes drang, als hätte sie da unten in seiner Brust wirklich schwere Zeiten erlebt.

»Äh, ja?« sagte Ford verbindlich. Schwankend kam er wieder auf seine Füße und war enttäuscht, daß er mit seinem Kopf dem Mann nicht höher reichte.

»Hau ab!« sagte der Mann.

»Ach, wirklich?« sagte Ford und wunderte sich, wie gescheit er das anstellte. »Und wer sind Sie?«

Der Mann dachte einen Augenblick darüber nach. Er war nicht gewohnt, daß man ihm solche Fragen stellte. Trotzdem rückte er nach einer Weile mit einer Antwort heraus.

»Ich bin der Typ, der dir sagt, daß du abhauen sollst«, sagte er, »bevor du abgehauen wirst.«

»Nun hör mal zu«, sagte Ford gereizt – er wünschte sich, in seinem Kopf würde es sich nicht mehr so drehen und er würde sich etwas beruhigen und die Situation in den Griff bekommen – »Nun hör mal zu«, fuhr er fort, »ich bin einer von Hotblacks ältesten Freunden und . . .«

Er sah auf Hotblack Desiato, der immer noch mit keiner Wimper gezuckt hatte.

». . .und . . .«, sagte Ford und hätte gern gewußt, was nach diesem »und« das geeignetste Wort wäre.

Der Riese kam mit einem ganzen Satz an, der zu diesem »und« paßte. Er sagte ihn.

»Und ich bin Mr. Desiatos Leibwächter«, lautete er, »und ich bin für seinen Leib verantwortlich, und für deinen bin ich nicht verantwortlich, also schaff ihn weg, bevor er 'n Schaden abkriegt.«

»Nun warte doch mal einen Augenblick«, sagte Ford.

»Hier gibt's keine Augenblicke«, dröhnte der Leibwächter, »und kein Warten! Mr. Desiato spricht mit niemandem!«

»Na, vielleicht läßt du ihn mal selber sagen, was er von der Sache hält«, sagte Ford.

»Er spricht mit niemandem!« bellte der Leibwächter.

Ford warf wieder einen ängstlichen Blick auf Hotblack und mußte sich wohl oder übel eingestehen, daß der Leibwächter die Tatsachen auf seiner Seite hatte. Es gab immer noch nicht das leiseste Anzeichen von Bewegung, ganz zu schweigen etwa von lebhaftem Interesse an Fords Wohlergehen.

»Warum denn?« fragte Ford. »Was hat er denn?«

Der Leibwächter sagte es ihm.

17

Der Reiseführer *Per Anhalter durch die Galaxis* berichtet, daß Desaster Area, eine Plutonium-Rockband aus den Geistzonen von Gagrakacka, allgemein nicht nur als die lauteste Rockband der Galaxis, sondern als der allerlauteste Krach gilt, der überhaupt möglich ist. Normale Konzertbesucher meinen, am ausgewogensten sei der Sound der Band in gewaltigen Betonbunkern, etwa siebenunddreißig Meilen von der Bühne entfernt, zu vernehmen, während die Musiker ihre Instrumente per Fernbedienung von einem gut isolierten Raumschiff aus spielen, das sich in einer Umlaufbahn um den Planeten – oder öfter noch um einen ganz anderen Planeten – befindet.

Ihre Songs sind im großen und ganzen sehr simpel und folgen meistens dem bekannten Schema: Boy-Wesen trifft Girl-Wesen unter einem Silbermond, der dann aus nicht hinreichend geklärten Gründen explodiert.

Viele Welten haben der Band inzwischen die Auftritte gänzlich untersagt, manchmal aus künstlerischen Gründen, meistens aber, weil ihre Verstärkeranlage den regionalen Abkommen zur Begrenzung strategischer Waffensysteme zuwiderläuft.

Das alles hat jedoch ihre Einkünfte aus der Erweiterung der Grenzen der reinen Hypermathematik keineswegs versiegen lassen, und ihr Hauptforschungsexperte ist erst kürzlich zum Professor der Neomathematik an der Universität von Maximegalon ernannt worden, und zwar in Anerkennung seiner Allgemeinen und Besonderen Theorien zu den Steuerrückzahlungen an Desaster Area, in denen er beweist, daß das ganze Gefüge des Raum-Zeit-Kontinuums nicht nur gebogen, sondern absolut krumm ist.

Ford wankte an den Tisch zurück, an dem Zaphod, Arthur und Trillian saßen und darauf warteten, daß der Spaß beginnt.

»Muß unbedingt was essen«, sagte Ford.

»Hi, Ford«, sagte Zaphod, »hast du mit dem großen Kracher gesprochen?«

Ford wackelte unverbindlich mit dem Kopf.

»Hotblack? Ich habe sowas Ähnliches wie mit ihm gesprochen, ja.«

»Und was sagte er?«

»Tja, wirklich nicht viel. Er ist . . . äh . . .«

»Ja?«

»Er spielt ein Jahr aus Steuergründen tot. Ich muß mich setzen.«

Er setzte sich.

Der Kellner kam.

»Wollen Sie einen Blick in die Speisekarte werfen, oder dürfte ich Ihnen das Gericht des Tages persönlich vorstellen?«

»Hä?« sagte Ford.

»Hä?« sagte Arthur.

»Hä?« sagte Trillian.

»Ist ja irre«, sagte Zaphod, »der Braten kommt uns beraten.«

In einem kleinen Zimmer in einem der Arme des Restaurantkomplexes zog eine große, dünne, lang aufgeschossene Gestalt eine Gardine beiseite, und das Vergessen blickte ihr ins Gesicht.

Es war kein schönes Gesicht, vielleicht weil das Vergessen ihm schon so viele Male ins Auge geblickt hatte. Vor allem war es zu lang, die Augen zu eingesunken und verschleiert, die Wangen zu hohl, die Lippen zu dünn und zu breit, und wenn sie sich teilten, sahen die Zähne einem vor kurzem geputzten Aussichtsfenster allzu ähnlich. Auch die Hände, die die Gardine hielten, waren lang und dünn: sie waren auch kalt. Sie lagen leicht in die Falten des Vorhangs beschmiegt und vermittelten den Eindruck, wenn ihr Besitzer sie nicht wie ein Falke beobachtete, würden sie von ganz allein irgendwohin davonkrabbeln und in einem verborgenen Winkel etwas Unaussprechliches tun.

Er ließ die Gardine wieder fallen, und das grauenhafte Licht, das auf seinen Zügen gespielt hatte, ging weg, um auf irgendwas Gesünderem zu spielen. Er tigerte in seinem kleinen Zimmer wie eine Gottesanbeterin herum, die sich auf die Abendpredigt vorbereitet, schließlich ließ er sich auf einen wackligen Stuhl an einem auf Böcken ruhenden Tisch nieder, wo er ein paar Seiten mit Witzen durchblätterte.

Eine Glocke läutete.

Er schob den dünnen Stapel Papiere zur Seite und stand auf. Seine Hände fuhren kraftlos über einige der eine Million regenbogenfarbenen Pailletten, mit denen seine Jacke bestickt war, und schon war er durch die Tür verschwunden.

Im Restaurant wurden die Lichter dunkler, die Band schlug ein flotteres Tempo an, ein einzelner Scheinwerfer schoß herab in die Dunkelheit der Treppe, die zur Mitte der Bühne führte.

Die Treppe herauf kam eine große, leuchtendbunte Gestalt gehüpft. Sie sprang auf die Bühne, trippelte leichtfüßig ans Mikrofon, nahm es mit einem gekonnten Schwung ihrer langen, dünnen Hand vom Stativ und stand einen Augenblick da, verbeugte sich, den Applaus dankbar entgegennehmend, nach links und rechts zum Publikum und zeigte ihm das Aussichtsfenster ihrer Zähne. Sie winkte ihren ganz besonderen Freunden im Publikum zu, obwohl gar keine da waren, und wartete darauf daß der Beifall sich legte.

Sie hob die Hand und lächelte ein Lächeln, das sich nicht nur von einem Ohr zum anderen erstreckte, sondern sich um einiges über die bloßen Grenzen ihres Gesichts hinaus zu dehnen schien.

»Vielen Dank, meine Damen und Herren«, rief der Mann, »vielen herzlichen Dank. Danke vielmals.«

Er blickte sie mit funkelnden Augen an.

»Meine Damen und Herren« sagte er, »das Universum, wie wir es kennen, besteht nun schon seit einhundertsiebzigtausend Millionen Billionen Jahren und wird in etwas mehr als einer halben Stunde enden. Darum willkommen alle zusammen in Milliways, dem Restaurant am Ende des Universums!«

Mit einer Geste kitzelte er geschickt eine weitere Salve spontanen Beifalls heraus. Mit der nächsten Geste schnitt er ihn ab.

»Ich bin heute abend Ihr Gastgeber«, sagte er, »mein Name ist Max Quordelplien . . .« (Jeder kannte das, sein Auftritt war in der ganzen bekannten Galaxis berühmt, aber er sagte das wegen des neuerlichen Beifalls, den es hervorlockte und den er mit Winken und einem Aber-nicht-doch-Lächeln quittierte.) » . . . und ich eile geradewegs vom ganz ganz entgegengesetzten Ende der Zeiten herbei, wo ich die große Show in der Urknall-Urquell-Bar geleitet habe – wo wir, wie ich Ihnen versichern kann, einen ganz reizenden Abend hatten, meine Damen und Herren – und nun bin ich dieses ganze erregende historische Ereignis über bei Ihnen, das Ende der Historie selbst!«

Der neu aufbrandende Applaus erstarb sehr schnell, als die Lichter noch dunkler wurden. Auf allen Tischen entzündeten sich selbsttätig Kerzen, was bei allen Gästen ein leises entzücktes Atemholen bewirkte und sie in tausend winzige flackernde Lichter und eine Million heimlicher Schatten hüllte. Ein Beben der Erregung lief zitternd durch das dunkle Restaurant, als die weite goldene Kuppel über ihnen ganz, ganz langsam zu verschwimmen, zu dämmern, sich aufzulösen begann.

Max' Stimme war ganz sanft, als er weitersprach.

»So, meine Damen und Herren, die Kerzen sind entzündet, die Band spielt leise, und wenn die kraftfeldgepanzerte Kuppel über uns sich in Transparenz auflöst und einen dunklen, undurchdringlichen Himmel zeigt, der mit den alten Lichtern bleiern aufgequollener Sterne vollgehängt ist, dann weiß ich, daß uns allen ein wundervoller Apokalypse-Abend bevorsteht!«

Auch das sanfte Getute der Band versickerte, als sich ohnmächtiger Schrecken auf alle die senkte, die diesen Anblick noch nie erlebt hatten.

Ein scheußliches, schauerliches Licht ergoß sich auf sie,

– ein entsetzliches Licht,

– ein brodelndes, widerliches Licht,

– ein Licht, das selbst die Hölle entstellt hätte.

Das Universum näherte sich seinem Ende.

Ein paar endlose Sekunden kreiste das Restaurant lautlos durch die rasende Leere. Dann sprach Max wieder.

»Für diejenigen von Ihnen, die hofften, wenigstens einmal das Licht am Ende des Tunnels zu sehen«, sagte er, »das hier ist es.«

Die Band fing wieder an zu spielen.

»Vielen Dank, meine Damen und Herren«, rief Max, »ich werde gleich wieder bei Ihnen sein. Inzwischen überlasse ich Sie den Könnerhänden von Mr. Reg Nullifax und seiner Kataklysmen-Combo. Einen herzlichen Applaus bitte, meine Damen und Herren, für Reg und seine Jungs!«

Der schauerliche Aufruhr des Himmels ging weiter.

Zögernd begann das Publikum zu klatschen, und bald setzte wieder normale Unterhaltung ein. Max machte seine Runde zu den Tischen, riß Witzchen, schrie vor Lachen, verdiente sich sein Brot.

Ein riesiges Milchtier näherte sich Zaphod Beeblebrox' Tisch, ein riesiger, fetter, fleischiger Vierfüßler vom Typ Rind mit großen wäßrigen Augen, kleinen Hörnern und beinahe sowas wie einem gewinnenden Lächeln auf den Lippen.

»Guten Abend«, muhte es und setzte sich behäbig auf seine Haxen, »ich bin das Hauptgericht des Tages. Dürfte ich Ihnen ein paar Teile meines Körpers schmackhaft machen?« Es räusperte sich und gluckerte ein bißchen, rüttelte sein Hinterteil in eine bequemere Position und starrte sie friedlich an.

Sein Blick traf bei Arthur und Trillian auf staunendes Entsetzen, bei Ford auf ein resigniertes Achselzucken und bei Zaphod Beeblebrox auf nackten Hunger.

»Vielleicht etwas aus meiner Schulter?« schlug das Tier vor. »In Weißweinsoße geschmort?«

»Äh, *Ihre* Schulter?« fragte Arthur vor Grauen flüsternd.

»Aber natürlich meine Schulter, Sir«, muhte das Tier zufrieden, »niemand sonst könnte Ihnen meine kalte Schulter zeigen.«

Zaphod sprang auf und knuffte und befühlte mit Kennermiene die Schulter des Tieres.

»Das Schwanzstück ist sehr gut« brummte das Tier. »Ich habe es viel bewegt und massenhaft Getreide gefressen, deshalb habe ich dort viel gutes Fleisch.« Es gab einen freundlichen Rülpser von sich, gurgelte nochmal und begann wiederzukäuen. Dann schluckte es das Wiedergekäute runter.

»Oder vielleicht ein Gulasch aus mir?« setzte es hinzu.

»Meinst du, das Tier will wirklich, daß wir's essen?« sagte Trillian flüsternd zu Ford.

»Ich?« fragte Ford mit glasigem Blick. »Ich meine gar nichts.«

»Das ist doch absolut grauenhaft«, rief Arthur, »das Widerlichste, was ich je gehört habe.«

»Was ist los, Erdling?« fragte Zaphod, der seine Aufmerksamkeit jetzt dem enormen Schwanzstück des Tieres zuwandte.

»Ich will halt einfach kein Tier essen, das dasteht und mich dazu einlädt«, sagte Arthur, »das ist herzlos.«

»Besser als ein Tier zu essen, das nicht gegessen werden will«, sagte Zaphod.

»Darum geht's doch nicht«, widersprach Arthur. Dann dachte er einen Augenblick nach. »Okay«, sagte er, »vielleicht geht's doch darum. Ist mir schnuppe, ich will jetzt nicht darüber nachdenken. Ich werde einfach . . . äh . . .«

Das Universum tobte in seinem Todeskampf um ihn herum.

»Ich glaube, ich nehme nur einen grünen Salat«, murmelte er.

»Darf ich Ihnen vielleicht meine Leber ans Herz legen?« fragte das Tier. »Sie muß mittlerweile ganz köstlich und zart sein, ich habe mich monatelang gestopft und gemästet.«

»Einen grünen Salat«, sagte Arthur mit Nachdruck.

»Einen grünen Salat?« sagte das Tier und rollte mißbilligend mit den Augen zu Arthur hinüber.

»Wollen Sie mir etwa erzählen«, sagte Arthur, »ich sollte keinen grünen Salat bestellen?«

»Nun ja«, sagte das Tier, »ich kenne viele Gemüse, die dazu eine sehr klare Meinung haben. Weshalb ja auch beschlossen wurde, das ganze verzwickte Problem ein für allemal zu lösen und ein Tier zu züchten, das wirklich gegessen werden will und dieses auch klar und deutlich sagen kann. Und hier bin ich also.«

Ihm gelang eine ganz leichte Verbeugung.

»Ein Glas Wasser bitte«, sagte Arthur.

»Hör mal«, sagte Zaphod, »wir wollen hier essen und uns nicht den Bauch mit Problemen vollschlagen. Vier schwach gebratene Steaks bitte, und ein bißchen dalli. Wir haben seit fünfhundertsechsundsiebzig Milliarden Jahren nichts mehr gegessen.«

Das Tier kam schwankend auf die Beine. Es gab einen freundlichen Gurgelton von sich.

»Eine sehr kluge Wahl, Sir, wenn ich so sagen darf. Sehr gut«, fügte es hinzu, »ich eile sofort und erschieße mich.«

Es drehte sich um und zwinkerte Arthur freundlich zu.

»Keine Bange, Sir«, sagte es, »ich mach's sehr human.«

Es latschte gemächlich zur Küche.

Ein paar Minuten später erschien der Kellner mit vier riesigen dampfenden Steaks. Zaphod und Ford stürzten sich ohne eine Sekunde zu zögern auf sie. Trillian wartete, zuckte dann mit den Schultern und machte sich an ihres.

Arthur starrte auf seins und fühlte sich ziemlich elend.

»He, Erdling«, sagte Zaphod mit einem boshaften Grinsen auf dem Gesicht, das nicht am Futtern war, »was nagt denn an dir?«

Und die Band spielte weiter.

Die Leute und Dinge im ganzen Restaurant entspannten sich und plauderten. Die Luft war mit Unterhaltungen über dies und das, mit den vermischten Düften exotischer Pflanzen, extravaganter Speisen und hinterhältiger Weine erfüllt. Unendliche Meilen in jeder Richtung wuchs die universale Katastrophe zu ihrem frappierenden Höhepunkt heran. Max sah auf seine Uhr und kam, Frohsinn versprühend, wieder auf die Bühne.

»Und nun, meine Damen und Herren«, strahlte er, »werden wir uns alle zum letzten Mal köstlich amüsieren?«

»Ja«, rief die Sorte Leute, die immer »ja« rufen, wenn ein Komiker sie fragt, ob sie sich köstlich amüsieren.

»Na, wundervoll«, schwärmte er, »absolut wundervoll. Und wenn sich die Photonenstürme in wirbelnden Wolken um uns zusammenballen, um die letzte aller roten, heißen Sonnen auseinanderzufetzen, werden Sie, das weiß ich, sich alle gemütlich zurücklehnen und mit mir genießen, was für uns alle bestimmt ein wahnsinnig aufregendes und unüberbietbares Erlebnis werden wird.«

Er machte eine Pause. Seine glitzernden Augen zogen das Publikum in ihren Bann.

»Glauben Sie mir, meine Damen und Herren»«, sagte er, »dieses Mal gibt's nichts Vorletztes mehr.«

Wieder machte er eine Pause. Heute abend war sein Timing lupenrein. Äonen für Äonen hatte er diese Show gemacht, Abend für

Abend. Nicht daß das Wort Abend hier am äußersten Punkt der Zeit irgendeine Bedeutung gehabt hätte. Das einzige, was es gab, war die endlose Wiederholung des allerletzten Moments, wenn das Restaurant langsam über den äußersten Rand der Zeit hinwegschaukelte– und wieder zurück. Der heutige »Abend« war trotzdem gut, das Publikum wand sich in seinen kränklichen Händen. Er ließ die Stimme sinken. Sie mußten sich anstrengen, um ihn zu hören.

»Das hier«, sagte er, »ist wirklich das absolute Ende, die letzte eisige Trostlosigkeit, in der der ganze majestätische Schwung der Schöpfung versinkt. Dieses, meine Damen und Herren, ist das sprichwörtliche ›Allerletzte‹.«

Seine Stimme wurde noch leiser. In der Stille hätte keine Fliege sich zu räuspern gewagt.

»Danach«, sagte er, »ist nichts mehr. Leere. Ende. Vergessen. Das absolute Nichts . . .«

Wieder glitzerten seine Augen – oder war es ein Zwinkern?

»Nichts . . . mit Ausnahme natürlich unseres Süßwarenwägelchens und einer erlesenen Auswahl aldebaranischer Liköre!«

Die Band untermalte ihn entsprechend musikalisch. Er wünschte, sie ließen das bleiben, er brauchte das nicht, nicht ein Künstler seines Ranges. Er konnte mit dem Publikum selber wie auf einem Musikinstrument spielen. Es lachte erleichtert. Er holte zum nächsten Schlag aus.

»Und diesmal«, rief er fröhlich, »brauchen Sie nicht zu befürchten, daß Sie am Morgen einen Kater haben – denn es gibt keinen Morgen mehr!«

Er strahlte in sein glücklich lachendes Publikum. Er blickte, jeden Abend dieselbe abgeklapperte Todesnummer durchstehend, zum Himmel empor, aber dieser Blick dauerte nur den Bruchteil einer Sekunde. Er verließ sich darauf, daß der Himmel seine Pflicht tat, so wie ein Profi sich auf den anderen verläßt.

»Und nun«, sagte er und stolzierte über die Bühne, »möchte ich auf die Gefahr, daß ich Ihrer wundervollen Untergangs- und Sinnlosigkeitsstimmung heute abend einen leisen Dämpfer verpasse, ein paar Besuchergruppen willkommen heißen.«

Er zog eine Karte aus der Tasche.

»Haben wir . . .«, er hob die Hand, um die Beifallsschreie zurückzuhalten, »haben wir denn eine Gruppe des Bridgeclubs vom Zansellquasar Flamarion jenseits der Vortleere von Qvarne da? Sind sie hier?«

Brausender Jubel kam von ganz hinten, aber er tat so, als höre er nichts. Er spähte umher und versuchte, sie zu finden.

»Sind sie hier?« fragte er nochmal, um lauteren Jubel herauszukitzeln.

Er bekam ihn, wie er ihn immer bekam.

»Ah, da sind sie ja. Na denn, das Reizen einstellen, Jungs – und nicht schummeln, denkt dran, das ist ein sehr feierlicher Augenblick.«

Er schlürfte das Gelächter gierig ein.

»Und haben wir auch . . . haben wir . . . eine Gruppe kleinerer Götter aus den Hallen von Asgaard hier?«

Weit hinten zu seiner Rechten erhob sich ein Donnergrollen. Ein Blitz sauste über die Bühne. Eine kleine Gruppe haariger Männer mit Helmen saß da, sah mit sich sehr zufrieden aus und prostete ihm mit ihren Gläsern zu.

Alte Hüte, dachte er bei sich.

»Vorsicht mit dem Hammer da, Sir«, sagte er.

Sie gaben nochmal ihren Trick mit dem Blitz zum besten. Max schenkte ihnen ein sehr dünnlippiges Lächeln.

»Und drittens«, sagte er, »drittens eine Gruppe der Jungen Konservativen von Sirius B. Sind sie hier?«

Eine Gruppe adrett gekleideter junger Hunde hörte auf, sich gegenseitig mit Semmeln zu beschmeißen, und fing an, Semmeln auf die Bühne zu werfen. Sie kläfften und bellten Unverständliches.

»Ja«, sagte Max, »also, das hier ist alles Ihre Schuld, das ist Ihnen doch klar?«

»Und zu guter Letzt«, sagte Max, das Publikum wieder zum Schweigen bringend, und setzte seine feierliche Miene auf, »zu guter Letzt haben wir, glaub ich, heute abend eine Gruppe frommer Gläubiger hier bei uns, sehr andächtige Gläubige von der Kirche der Wiederkehr des Großen Propheten Zarquon.«

Es waren ungefähr zwanzig. Sie saßen rechts außen am Rand des Saales, waren asketisch gekleidet, nippten nervös an ihrem Mineralwasser und hielten sich aus der allgemeinen Fröhlichkeit heraus. Als der Scheinwerfer auf sie gerichtet wurde, blinzelten sie verärgert.

»Da sind sie«, sagte Max, »und sitzen geduldig da. Er hat gesagt, daß er wiederkommt, und hat sie lange warten lassen. Also wollen wir hoffen, daß er sich ein bißchen beeilt, Leute, denn er hat bloß noch acht Minuten Zeit!«

Die Gruppe der Anhänger Zarquons saß starr da und lehnte es ab, sich von den Wogen hartherzigen Gelächters, die über sie wegfegten, erschüttern zu lassen.

Max bändigte sein Publikum.

»Nein, im Ernst, Leute, nichts für ungut, das sollte keine Beleidigung sein. Nein, ich weiß, man sollte sich über tief empfundene Überzeugungen nicht lustig machen, darum bitte einen herzlichen Applaus für den Großen Propheten Zarquon . . .«

Das Publikum klatschte höflich Beifall.

» . . . egal, wo er ist!«

Er warf der mit steinernen Gesichtern dahockenden Gruppe ein Kußhändchen zu und ging wieder zur Mitte der Bühne zurück.

Er nahm sich einen hohen Hocker und setzte sich darauf.

»Aber es ist wunderbar«, plapperte er weiter, »so viele von Ihnen heute abend hier zu sehen – na, ist das nicht so? Ja, absolut wunderbar. Denn ich weiß, viele von Ihnen kommen immer wieder her, und ich finde das wirklich wundervoll, um dem allerletzten Schluß vom Ganzen zuzusehen, und dann kehren Sie heim in Ihre eigenen Epochen . . . und gründen Familien, kämpfen um neue, bessere Gesellschaftsordnungen, führen schreckliche Kriege um etwas, das Sie für richtig halten . . . das läßt einen wirklich für die Zukunft alles Lebendigen hoffen. Außer natürlich«, er fuchtelte mit der Hand zu dem Höllenaufruhr rüber, der über ihnen und um sie herum tobte, »außer natürlich, wir wissen, es hat gar keine ...«

Arthur drehte sich zu Ford herum – er hatte die Örtlichkeit immer noch nicht ganz durchschaut.

»Hör mal«, sagte er, »wenn das Universum jetzt gleich endet ... gehen wir da nicht mit drauf?«

Ford warf ihm einen Drei-Pangalaktische-Donnergurgler-Blick zu, mit anderen Worten, einen ziemlich unsicheren.

»Nein«, sagte er, »paß auf«, sagte er, »sobald man hier in dieser Spelunke sitzt, hockt man in sowas wie einer phantastisch gepanzerten Zeitblase. Meine ich jedenfalls.«

»Oh«, sagte Arthur. Er wandte seine Aufmerksamkeit wieder der Suppenterrine zu, die er dem Kellner anstelle seines Steaks hatte abringen können.

»Guck her«, sagte Ford, »ich zeig's dir.«

Er nahm eine Serviette vom Tisch und fummelte hoffnungslos damit rum.

»Paß auf«, sagte er wieder, »stell dir vor, diese Serviette hier – ja? – ist das zeitliche Universum, ja? Und dieser Löffel ein Transduktionsmodus in der Materiekurve ...«

Es dauerte eine Weile, bis er diese letzten Worte rausgebracht hatte, und Arthur unterbrach ihn nur ungern.

»Das ist der Löffel, mit dem ich gerade esse«, sagte er.

»Ja, okay«, sagte Ford, »aber stell dir vor, *dieser* Löffel hier ...«, er hatte auf einem Tablett mit Gewürzsoßen einen kleinen Holzlöffel entdeckt, »dieser Löffel hier ...«, fand es aber zu kompliziert, ihn in die Hand zu nehmen, »nein, besser noch, hier diese Gabel ...«

»He, würdest du mal bitte meine Gabel loslassen?« schnauzte Zaphod.

»Schon gut«, sagte Ford, »schon gut, schon gut. Warum sagen wir nicht ... warum sagen wir nicht einfach, dieses Weinglas hier ist das zeitliche Universum ...«

»Was denn, das da, das du gerade runtergeworfen hast?«

»Hab ich das?«

»Ja.«

»Okay«, sagte Ford, »vergiß es. Ich meine ... ich meine, paß mal auf, weißt du ... weißt du überhaupt, wie das Universum angefangen hat?«

»Wahrscheinlich nicht«, sagte Arthur, der sich wünschte, er hätte den ganzen Quatsch niemals zur Sprache gebracht.

»Okay«, sagte Ford, »das mußt du dir so vorstellen. Ja? Du nimmst eine Badewanne. Ja? Eine große, runde Badewanne. Und sie ist aus Ebenholz.«

»Aus was?« fragte Arthur. »Harrods wurde doch von den Vogonen zerstört.«

»Macht überhaupt nichts.«

»Das sagst du immer.«

»Hör zu.«

»Okay.«

»Du nimmst also diese Badewanne, klar? Stell dir vor, du hast da diese Badewanne. Und sie ist aus Ebenholz. Und konisch.«

»Konisch?« sagte Arthur. »Was soll denn das für eine ...«

»Schscht!« sagte Ford. »Sie ist konisch. Und was machst du jetzt, na? Du füllst sie mit feinem, weißem Sand, okay? Oder mit Zucker. Mit feinem, weißem Sand und/oder Zucker. Egal. Macht überhaupt nichts. Zucker ist fabelhaft. Und wenn sie voll ist, ziehst du den Stöpsel raus ... hörst du mir eigentlich zu?«

»Natürlich höre ich dir zu.«

»Du ziehst den Stöpsel raus, und alles strudelt weg, strudelt weg, nicht wahr, unten zu dem Abfluß raus.

»Verstehe.«

»Du verstehst nichts. Du verstehst überhaupt nichts. Ich bin doch noch gar nicht beim raffinierten Trick von dem Ganzen angekommen. Soll ich dir den raffinierten Trick erzählen?«

»Erzähl mir den raffinierten Trick.«

»Ich erzähl dir jetzt den raffinierten Trick.«

Ford dachte einen Augenblick nach und versuchte sich zu erinnern, was eigentlich der raffinierte Trick war.

»Der raffinierte Trick«, sagte er, »geht so. Du filmst das alles.«

»Raffiniert«, gab Arthur zu.

»Du nimmst eine Kamera und filmst das Ganze.«

»Raffiniert.«

»Das ist aber noch nicht der raffinierte Trick. Der raffinierte Trick geht so, ich erinnere mich jetzt, daß das der raffinierte Trick ist. Der raffinierte Trick ist, daß du dann den Filmprojektor . . . rückwärts laufen läßt.«

»Rückwärts?«

»Ja. Ihn rückwärts laufen lassen, ist ganz klar der raffinierte Trick. Du sitzt dann da und siehst dir das alles an, und es scheint aus dem Abflußloch nach oben zu strudeln und die Badewanne zu füllen. Klar?«

»Und so soll das Universum entstanden sein?« fragte Arthur.

»Nein«, sagte Ford, »aber es ist 'ne tolle Art, sich zu entspannen.«

Er griff nach seinem Weinglas.

»Wo ist denn mein Weinglas?« fragte er.

»Auf dem Boden.«

»Ah.«

Als Ford seinen Stuhl zurückschob, um danach zu suchen, stieß er mit dem kleinen grünen Kellner zusammen, der mit einem tragbaren Telefon an den Tisch kam.

Ford entschuldigte sich bei dem Kellner und erklärte ihm, das käme bloß davon, daß er so fürchterlich betrunken sei.

Der Kellner sagte, das sei doch absolut okay, und er verstehe das vollkommen.

Ford dankte dem Kellner für dessen freundliche Nachsicht, versuchte, ihn an seiner Stirnlocke zu ziehen, griff zwanzig Zentimeter daneben und rutschte unter den Tisch.

»Monsieur Zaphod Beeblebrox?« fragte der Kellner.

»Äh, ja?« sagte Zaphod und blickte von seinem dritten Steak auf.

»Ein Anruf für Sie.«

»Bitte, was?«

»Ein Anruf, Monsieur.«

»Für mich? Hier? Ja, aber wer weiß denn, wo ich bin?«

Eins seiner Hirne überlegte rasend, das andere sann zärtlich über das Essen nach, das er immer noch einschaufelte.

»Du entschuldigst doch, wenn ich weitermache?« sagte sein essender Kopf zu dem anderen und machte weiter.

Es waren mittlerweile so viele Leute hinter ihm her, daß er langsam den Überblick verlor. Er hätte sich hier nicht so auffällig benehmen sollen. Zum Kuckuck, warum eigentlich nicht, dachte er. Wie willst du wissen, daß du dich prächtig amüsierst, wenn dir niemand dabei zusieht?

»Vielleicht hat jemand von hier der Galaktischen Polizei einen Tip gegeben«, sagte Trillian, »es hat dich ja jeder reinkommen sehen.«

»Du meinst, sie wollen mich telefonisch verhaften?« sagte Zaphod. »Könnte sein. Ich bin ein verdammt gefährlicher Bursche, wenn ich mich in die Ecke gedrängt fühle.«

»Jaja«, sagte eine Stimme unter dem Tisch, »du explodierst so schnell, daß die Leute von den Splittern umgehauen werden.«

»He, was haben wir heute, Tag des Jüngsten Gerichts?« schnappte Zaphod zurück.

»Kriegen wir das etwa auch zu sehen?« fragte Arthur ängstlich.

»Ich hab's damit nicht eilig«, brummte Zaphod. »Okay, also wer ist denn der Typ am Telefon?« Er trat Ford mit dem Fuß. »He, steh auf, Junge«, sagte er zu ihm, »ich brauche dich vielleicht.«

»Ich persönlich«, sagte der Kellner, »bin mit dem fraglichen Blechgentleman nicht bekannt, Monsieur . . .«

»Blech?«

»Ja, Monsieur.«

»Sagten Sie Blech?«

»Ja, Monsieur. Ich sagte, daß ich persönlich mit dem fraglichen Blechgentleman nicht bekannt bin . . .«

»Okay.Und weiter?«

»Aber ich weiß, daß er eine beträchtliche Anzahl von Jahrtausenden auf Ihre werte Rückkehr gewartet hat. Es scheint, Monsieur brachen hier etwas überstürzt auf.«

»Brachen auf?« fragte Zaphod. »Piept's bei Ihnen? Wir sind doch eben erst angekommen.«

»Sehr wohl, Monsieur«, beharrte der Kellner standhaft, »aber bevor Sie hier eintrafen, Monsieur, sind Sie von hier aufgebrochen.«

Zaphod versuchte, daraus in dem einen Hirn klug zu werden, dann im anderen.

»Sie wollen damit sagen«, sagte er, »ehe wir hier eingetroffen sind, sind wir von hier weggegangen?«

Das wird ein langer Abend, dachte der Kellner.

»Exakt, Monsieur«, sagte er.

»Alarmieren Sie schon mal Ihren Analytiker, Herzchen«, empfahl Zaphod.

»Nein, warte doch mal«, sagte Ford und kam wieder unter dem Tisch hervor, »wo genau sind wir denn hier?«

»Um absolut genau zu sein, Monsieur, auf Froschstern B.«

»Aber von da kommen wir doch gerade«, protestierte Zaphod, »wir flogen von dort weg und kamen ins Restaurant am Ende des Universums.«

»Ja, Monsieur«, sagte der Kellner im Gefühl, sich nun auf der Zielgeraden zu befinden und ein gutes Rennen zu laufen, »das eine wurde auf den Trümmern des anderen errichtet.«

»Oh«, sagte Arthur lebhaft, »Sie meinen also, wir haben uns in der Zeit, aber nicht im Raum fortbewegt.«

»Hör mal zu, du halbentwickeltes Affenmännchen«, fiel ihm Zaphod ins Wort, »kletter du lieber auf deinen Baum, verstanden?«

Arthur wurde sauer.

»Klopp du lieber deine beiden Köpfe aneinander, Vierauge«, schlug er Zaphod vor.

»Neinnein«, sagte der Kellner zu Zaphod, »Ihr Affe hat völlig recht, Monsieur.«

Arthur stotterte vor Wut und sagte nichts Entsprechendes, zumindest nichts Verständliches.

»Sie haben einen Sprung . . . ich glaube, von fünfhundertsechsundsiebzig Milliarden Jahren getan, im Raum sind Sie aber an derselben Stelle geblieben«, erklärte der Kellner. Er lächelte. Er hatte das wundervolle Gefühl, sich schließlich doch noch durchgesetzt zu haben gegen etwas, das wie eine unbesiegbare Übermacht ausgesehen hatte.

»So ist das!« sagte Zaphod.»Jetzt verstehe ich. Ich sagte zum Computer, er sollte uns zum nächstbesten Ort fliegen, wo's was zu essen gäbe, und genau das hat er getan. Plus oder minus fünfhundertsechsundsiebzig Milliarden Jahre oder wieviel auch immer, wir haben uns jedenfalls nie bewegt. Clever.«

Daß das sehr clever war, darüber waren sie sich alle einig.

»Aber wer«, sagte Zaphod, »ist der Kerl am Telefon?«

»Was ist eigentlich mit Marvin passiert?« fragte Trillian.

Zaphod schlug sich an die Köpfe.

»Der paranoide Androide! Ich habe ihn alleine auf Froschstern B rumwatscheln lassen.«

»Wann war das?«

»Naja, äh, vor fünfhundertsechsundsiebzig Milliarden Jahren, nehme ich an«, sagte Zaphod. »Reich mir doch mal die Flüstertüte, Tellermeister.«

Die Augenbrauen des kleinen grünen Kellners wanderten verdutzt auf dessen Stirn herum.

»Pardon, Monsieur?« fragte er.

»Das Telefon, Herr Ober«, sagte Zaphod und griff danach. »Meine Güte, ihr Kerle seid dermaßen lahmarschig, es ist ein Wunder, daß euch der Hintern nicht abfällt.«

»Ich möchte doch bitten, Monsieur.«

»Hallo, Marvin, bist du's?« sagte Zaphod ins Telefon. »Wie geht's dir denn, Kleiner?«

Es entstand eine lange Pause, ehe ein dünne, leise Stimme durch die Leitung kam.

»Ich meine, Sie sollten doch wissen, daß ich sehr deprimiert bin«, sagte sie.

Zaphod legte die Hand über die Muschel.

»Es ist Marvin«, sagte er.

»Hallo, Marvin«, sagte er wieder ins Telefon, »uns geht's hier fabelhaft. Tolles Essen, Wein, ein paar kleine persönliche Beleidigungen und das Universum, das übern Deich geht. Wo können wir dich finden?«

Wieder eine Pause.

»Sie müssen nicht so tun, als wären sie an mir interessiert, nicht?« sagte Marvin schließlich. »Ich weiß selber ganz genau, daß ich bloß ein ganz unbedeutender Roboter bin.«

»Okay, okay«, sagte Zaphod, »aber wo bist du?«

»›Volle Kraft zurück, Marvin!‹ Das sind die Dinge, die man zu mir sagt. ›Öffne Schleuse Nummer 3, Marvin!‹ ›Marvin, würdest du das Stück Papier dort aufheben?‹Ob ich das Stück Papier dort aufheben würde! Hier stehe ich, ein Gehirn von der Größe eines Planeten, und sie fragen mich, ob . . .«

»Jaja.« Zaphod empfand fast überhaupt kein Mitleid.

»Aber ich bin's ja gewohnt, gedemütigt zu werden«, leierte Marvin, »ich kann ja auch gehen und meinen Kopf in einen Eimer Wasser stecken, wenn's Ihnen Spaß macht. Würde es Ihnen Spaß machen, wenn ich meinen Kopf in einen Eimer Wasser stecke? Hier steht einer bereit. Moment mal.«

»Äh, hallo, Marvin . . .«, versuchte Zaphod ihn zu unterbrechen, aber es war schon zu spät. Traurige kleine Gluckser und Gurgler drangen durch die Leitung.

»Was sagt er denn?« fragte Trillian.

»Nichts«, sagte Zaphod, »er hat bloß angerufen, um sich den Kopf vor uns zu waschen.«

»Na, bitte«, sagte Marvin und war wieder leicht blubbernd in der Leitung, »ich hoffe, nun sind Sie zufrieden . . .«

»Jaja«, sagte Zaphod, »würdest du uns jetzt bitte sagen, wo du bist?«

»Ich bin im Parkhaus«, sagte Marvin.

»Im Parkhaus?« fragte Zaphod. »Was machst du denn da?«

»Parken. Was soll man denn sonst in einem Parkhaus tun?«

»Okay, bleib da, wir sind gleich unten«

Aufspringen, das Telefon auf die Gabel knallen und »Hotblack

Desiato« auf die Rechnung schreiben, war für Zaphod eins.

»Los, Leute«, sagte er, »Marvin ist unten im Parkhaus. Gehen wir runter.«

»Was macht er denn im Parkhaus?« fragte Arthur.

»Parken, was denn sonst? Schubidu.«

»Und was ist jetzt mit dem Ende des Universums? Nun verpassen wir den großen Augenblick.«

»Ich hab ihn schon gesehen. Alles Mist«, sagte Zaphod. »Nichts weiter als ein Llankru.«

»Ein was?«

»Das Umgekehrte von Urknall. Los, machen wir 'n bißchen plötzlich.«

Nur wenige Gäste beachteten sie, als sie sich durch das Restaurant zum Ausgang schlängelten. Die Augen der Leute waren auf die Schrecken des Himmels geheftet.

»Und nun haben wir einen interessanten Effekt«, erzählte ihnen Max, »im linken oberen Himmelsquadranten zu beobachten, wo Sie, wenn Sie sehr genau hinschauen, sehen können, wie das Sternensystem Hastromil ins Ultraviolett verdampft. Irgend jemand hier von Hastromil?«

Irgendwo von ganz hinten kamen ein oder zwei ziemlich zaghafte Rufe.

»Naja«, strahlte Max sie fröhlich an, »nun ist es sowieso zu spät, sich den Kopf darüber zu zerbrechen, ob Sie's Gas abgestellt haben.«

18

Das Hauptfoyer war fast leer, aber Ford schlängelte sich trotzdem hindurch.

Zaphod packte ihn fest am Arm und schob ihn in eine Nische, die sich auf der einen Seite der Eingangshalle befand.

»Was machst du denn da mit ihm?« fragte Arthur.

»Ich mach ihn nüchtern«, sagte Zaphod und steckte eine Münze in den Schlitz. Lichter blitzten, Gase wirbelten.

»Hallo«, sagte Ford, als er einen Augenblick später herausmarschiert kam, »wo gehen wir jetzt hin?«

»Runter ins Parkhaus. Los, komm.«

»Wie wär's denn mit den Besatzungs-Zeitteleports?« sagte Ford. »Würden uns direkt zur ›Herz aus Gold‹ zurückbringen.«

»Ach weißt du, ich habe ein bißchen die Lust an dem Schiff verloren. Zarniwoop kann's haben. Ich möchte sein dreckiges Spiel nicht mitmachen. Sehen wir mal, was wir finden können.«

Ein Freudiger Vertikaler Leute-Transporter der Sirius-Kybernetik-Corporation brachte sie tief hinunter in die Untergründe des Restaurants. Mit Freuden stellten sie fest, daß irgendwelche Vandalen darin gehaust hatten und er keinen Versuch machte, sie freudig zu erregen oder ihnen die Laune zu verderben.

Am Grunde des Schachts gingen die Fahrstuhltüren auf, und ein Schwall kalter, abgestandener Luft wehte ihnen entgegen.

Das erste, was sie sahen, als sie aus dem Lift traten, war eine lange Betonmauer mit mehr als fünfzig Türen, die zu Toiletten für über fünfzig entwickeltere Bioformen führten. Trotzdem roch dieses Parkhaus, wie alle Parkhäuser in der ganzen galaktischen Parkhausgeschichte, vor allem nach Ungeduld.

Sie bogen um eine Ecke und befanden sich plötzlich auf einem Laufband, das einen weiten höhlenartigen Raum durchquerte, der in der Ferne undeutlich verschwamm.

Er war in Stellplätze unterteilt, deren jeder ein Raumschiff enthielt, das einem von den Gästen oben gehörte, irgendwelche kleine und nützliche Massenmodelle die einen, andere wieder geräumige blitzende Limoschiffe, die Spielzeuge der ganz Reichen.

In Zaphods Augen funkelte etwas, das vielleicht (aber vielleicht auch nicht) Habgier war, während sie darüber wegglitten. Im Grunde ist es das beste, in diesem Punkt Klarheit herrschen zu lassen – Habgier war es, und zwar ganz entschieden.

»Dort ist Marvin ja«, sagte Trillian. »Da hinten.«

Sie sahen dorthin, wohin ihr Finger zeigte. Ganz vage konnten sie eine kleine Metallgestalt erkennen, die an einer entfernten Ecke eines riesigen silbernen Sonnenkreuzers lustlos mit einem kleinen Lappen rumpolierte.

In kurzen Abständen führten von dem Laufband weite durchsichtige Röhren hinab auf das Etagenniveau. Zaphod trat vom Band herunter in eine von ihnen und schwebte sanft abwärts. Die anderen folgten. Als Arthur Dent später daran zurückdachte, war er der Meinung, das sei das einzige wirklich amüsante Erlebnis seiner Reisen durch die Galaxis gewesen.

»Hallo, Marvin«, sagte Zaphod und ging in langen Schritten auf ihn zu, »hallo, Kleiner, freut uns, dich zu sehen.«

Marvin drehte sich um, und soweit es einem absolut leblosen Blechgesicht möglich ist, vorwurfsvoll auszusehen, tat es genau das.

»Nein, ist ja nicht wahr«, sagte er, »nie freut sich jemand.«

»Wie du willst«, sagte Zaphod und drehte sich weg, um den Raumschiffen schöne Augen zu machen. Ford ging mit ihm.

Nur Trillian und Arthur traten wirklich zu Marvin.

»Nein, ehrlich, wir freuen uns«, sagte Trillian und tätschelte ihn auf eine Art, die er zutiefst verabscheute. »Hängst hier die ganze Zeit rum und wartest auf uns.«

»Fünfhundertsechsundsiebzig Milliarden dreitausendfünfhundertneunundsiebzig Jahre«, sagte Marvin. »Ich hab sie gezählt.«

»Naja, nun sind wir ja hier«, sagte Trillian und hatte das Gefühl – absolut zu Recht nach Marvins Meinung –, daß sowas zu sagen doch ziemlich dämlich war.

»Die ersten zehn Millionen Jahre waren die schlimmsten«, sagte Marvin, »und die zweiten zehn Millionen Jahre, die waren auch die schlimmsten. Die dritten zehn Millionen Jahre haben mir überhaupt keinen Spaß gemacht. Danach habe ich ein bißchen die Lust verloren.«

Er machte eine Pause, die lang genug war, um ihnen das Gefühl zu geben, sie müßten jetzt eigentlich irgendwas sagen. Und dann kam er ihnen zuvor.

»Es sind die Leute, denen man bei so einem Job begegnet, die einen vollkommen schaffen«, sagte er und machte wieder eine Pause.

Trillian räusperte sich.

»Ist das . . .«

»Die interessanteste Unterhaltung hatte ich vor über vierzig Millionen Jahren«, fuhr Marvin fort.

Wieder die Pause.

»Oh, du . . .«

»Und zwar mit einer Kaffeemaschine.«

Er wartete.

»Das ist ja . . .«

»Ihr unterhaltet euch nicht gern mit mir, stimmt's?« sagte Marvin mit leiser, verzweifelter Stimme.

Trillian sprach statt dessen mit Arthur.

Weiter hinten in dem Raum hatte Ford Prefect etwas entdeckt, dessen Anblick ihm sehr gefiel. Mehrere dieser Dinger, um die Wahrheit zu sagen.

»Zaphod«, sagte er mit ruhiger Stimme, »sieh dir doch bloß mal diese kleinen Sternenkutschen hier an . . .«

Zaphod kam, sah und liebte.

Das Raumschiff, das sie betrachteten, war wirklich ziemlich klein, aber ungewöhnlich, ganz das Spielzeug eines reichen Bubis. Es war nicht viel daran zu sehen. Es ähnelte völlig einem etwa zwanzig Fuß langen Papierpfeil, der jedoch aus dünner, aber fester Metallfolie geknifft war. Am hinteren Ende befand sich ein kleines waagerechtes Zwei-Mann-Cockpit. Es besaß einen winzigen Charmedrive-Motor, der allerdings nicht imstande war, dem Ding viel Pfeffer zu geben. Was es aber noch dazu besaß, das war ein Hitzetrichter.

Der Hitzetrichter hatte eine Masse von um die zwei Billiarden Tonnen und war in einem schwarzen Loch enthalten, das in einem starken elektromagnetischen Feld etwa in der Mitte des Raumschiffrumpfes fixiert war, und dieser Hitzetrichter ermöglichte es, daß das Raumschiff bis auf ein paar Meilen an eine gelbe Sonne herangesteuert werden, dort die Sonneneruptionen, die aus ihrer Oberfläche aufsteigen, einfangen und auf ihnen reiten konnte.

Sonnenreiten ist eine der exotischsten und anregendsten Sportarten, die es gibt, und die, die das wagen und sich leisten können, zählen zu den bestauntesten Männern der Galaxis. Es ist natürlich auch ein erschreckend gefährlicher Sport – und die, die nicht beim Sonnenreiten umkommen, sterben auf einer der Aprés-Reit-Parties im Daedalus-Club ausnahmslos an sexueller Erschöpfung.

Ford und Zaphod guckten und gingen weiter.

»Und das Kindchen hier«, sagte Ford, »dieser Tangerine-Star-Buggy mit den schwarzen Sonnenknackern . . .«

Auch der Star-Buggy war ein kleines Raumschiff – eins mit total verkehrtem Namen obendrein, denn das einzige, was er nicht schaffte, waren interstellare Entfernungen. Im Grunde war er ein ganz sportlicher Planetenhüpfer, der aufgemotzt war, damit er nach was aussah, was er nicht war. Trotzdem schöne Linien. Sie gingen weiter.

Das nächste war gewaltig und ungefähr dreißig Meter lang – ein wie eine Kutsche gebautes Limoschiff – und offensichtlich mit nur einem einzigen Ziel entworfen: den Betrachter krank vor Neid zu machen. Die Malereien und die einzelnen Zubehörteile sagten laut und deutlich: »Ich bin nicht nur reich genug, um mir dies Raumschiff leisten zu können, ich bin auch reich genug, um es nicht ernst zu nehmen.« Es war hinreißend häßlich.

»Sieh dir das bloß an«, sagte Zaphod, »Multicluster Quark-Drive, Perspulex-Armaturen. Mann, das muß sowas wie 'ne Lazlar-Lyrikon-Custom sein.«

Er untersuchte jeden Zentimeter.

»Ja«, sagte er, »guck mal, das infrarosa Eidechs-Emblem auf der Neutrino-Haube. Lazlars Markenzeichen. Der Mann kennt keine Scham.«

»Ich wurde mal von einem dieser Schlitten überholt, draußen am Axelnebel«, erzählte Ford. »Ich flog volle Pulle, und das Ding da zischte einfach an mir vorbei, sein Sternendrive fast im Leerlauf.

Einfach unglaublich.«

Zaphod pfiff kennerhaft.

»Zehn Sekunden später«, erzählte Ford, »fetzte es mitten in den dritten Mond von Jaglan Beta.«

»Ach, wirklich?«

»Sieht trotzdem phantastisch aus, das Schiffchen. Sieht aus wie ein Fisch, bewegt sich wie ein Fisch, lenkt sich wie 'ne Kuh.«

Ford sah es sich von der anderen Seite an.

»He, guck doch mal«, rief er, »hier ist ein großes Bild drauf. Eine explodierende Sonne – das Label von Desaster Area. Dann muß es Hotblacks Schiff sein. Ein Glückspilz, dieser Lumpenhund. Sie haben doch diesen gräßlichen Song drauf, du weißt doch, der damit endet, daß ein Show-Raumschiff in die Sonne donnert. Einfach ein verblüffendes Spektakel. Aber natürlich teuer mit den ganzen Raumschiffen.«

Doch Zaphods Aufmerksamkeit war ganz woanders. Seine Aufmerksamkeit war völlig von dem Raumschiff neben Hotblack Desiatos Limousine eingenommen. Ihm hingen die Unterkiefer runter.

»Das«, sagte er, »das . . . ist aber gar nicht gut für die Augen . . .«

Ford guckte. Auch ihm blieb der Mund offen stehen.

Es war ein Raumschiff von ganz klassischem, einfachem Design, wie ein abgeflachter Lachs, zwanzig Meter lang, sehr pur, sehr glatt. Nur eins war bemerkenswert daran.

»Mann, ist das . . . *schwarz!«* sagte Ford Prefect. »Man kann ja kaum seine Konturen erkennen . . . das Licht versackt einfach darin!«

Zaphod sagte nichts. Er hatte sich schlicht und einfach verliebt.

Die Schwärze des Schiffes war so extrem, daß man fast nicht sagen konnte, wie nahe man davor stand.

»Die Augen gleiten einfach davon ab . . .«, sagte Ford verwundert. Es war ein gefühlvoller Augenblick. Er nagte an der Lippe.

Zaphod ging langsam, wie ein Besessener darauf zu – oder genauer, wie einer, der besitzen will. Er streckte die Hand aus, um es zu streicheln. Die Hand hielt inne. Wieder streckte er die Hand aus, um es zu streicheln. Wieder hielt die Hand inne.

»Fühl doch bloß mal diese Oberfläche«, flüsterte er lautlos.

Ford streckte die Hand aus, um zu fühlen. Seine Hand hielt inne.

»Es . . . es geht gar nicht . . .«, sagte er.

»Na?« sagte Zaphod. »Es hat einfach absolut keine Reibung. Das muß ja losgehen wie die Pest . . .«

Er drehte sich um und sah Ford ernst an. Das heißt, einer seiner Köpfe tat das – der andere glotzte das Schiff weiter starr vor Ehrfurcht an.

»Was denkst du, Ford?« sagte er.

»Du meinst . . . äh . . .« Ford sah über seine Schulter. »Du meinst, damit abhauen? Meinst du, wir sollten?«

»Nein.«

»Ich auch nicht.«

»Aber wir machen's, oder?«

»Wir können ja gar nicht anders.«

Sie starrten noch ein bißchen, dann riß Zaphod sich plötzlich zusammen.

»Wir kratzen besser bald die Kurve«, sagte er, »jeden Augenblick endet das Universum, und dann kommen all die Sonntagsfahrer zu ihren Wohlstandskutschen runtergeströmt.«

»Zaphod?« sagte Ford.

»Ja?«

»Wie kommen wir denn da rein?«

»Ganz einfach«, sagte Zaphod. Er drehte sich um. »Marvin!« rief er.

Langsam, mühvoll und mit einer Unmenge kleiner Klirr- und Quietschgeräusche, die er inzwischen prima nachmachen konnte, drehte sich Marvin um.

»Komm doch mal her«, sagte Zaphod, »wir haben was für dich zu tun.«

Marvin schleppte sich zu ihnen hin.

»Macht mir bestimmt keinen Spaß«, sagte er.

»Doch bestimmt«, versucht Zaphod ihn zu begeistern, »ein völlig neues Leben breitet sich vor dir aus.«

»Oh nein, nicht noch eins«, stöhnte Marvin.

»Halt die Klappe und hör zu!« zischte Zaphod. »Diesmal bringt es Spaß und Abenteuer und wirklich fetzige Sachen.«

»Klingt gräßlich«, sagte Marvin.

»Marvin! Ich versuche doch bloß, dich zu bitten ...«

»Sie wollen, daß ich das Raumschiff für Sie öffne?«

»Was? Äh ... ja. Ja, genau«, sagte Zaphod nervös. Mit mindestens drei Augen hing er jetzt am Eingang. Die Zeit war knapp.

»Naja, es wäre mit lieber, Sie sagten's mir einfach, statt zu versuchen, bei mir Begeisterung zu wecken«, sagte Marvin. »Ich habe nämlich keine.«

Er wackelte an das Raumschiff heran, berührte es, und eine Luke sprang auf.

Ford und Zaphod starrten auf die Öffnung.

»Nicht der Rede wert«, sagte Marvin. »Ach so, Sie haben nichts gesagt.« Er trottete wieder davon.

Arthur und Trillian kamen neugierig näher.

»Was ist denn hier los?« fragte Arthur.

»Sieh dir das an«, sagte Ford, »guck mal in das Raumschiff rein.«

»Merkwürdig und immer merkwürdiger«, stieß Zaphod hervor.

»Es ist schwarz«, sagte Ford, »alles da drin ist einfach absolutschwarz ...«

Im Restaurant näherten sich die Dinge rasch dem Augenblick, nach dem es keine Augenblicke mehr geben würde.

Aller Augen waren auf die Kuppel gerichtet, bloß die von Hotblack Desiatos Leibwächter nicht, die auf Hotblack Desiato gerichtet waren, und natürlich die von Hotblack Desiato nicht, die der Leibwächter ihm aus Rücksicht zugedrückt hatte.

Der Leibwächter lehnte sich nach vorn über den Tisch. Wäre Hotblack Desiato am Leben gewesen, dann hätte er das wahrscheinlich für den richtigen Moment gehalten, sich zurückzulehnen oder sogar einen kleinen Spaziergang zu machen. Denn sein Leibwächter war kein Mann, der in der Nähe sehr gewann. Seines bedauerlichen Zustandes wegen blieb Hotblack Desiato aber total indifferent.

»Mr. Desiato? Sir?« flüsterte der Leibwächter. Wenn er sprach, sah es immer so aus, als kletterten die Muskeln zu beiden Seiten seines Mundes übereinander, um den Weg freizumachen.

»Mr. Desiato? Können Sie mich hören?«

Hotblack Desiato sagte natürlich nichts.

»Hotblack?« zischte der Leibwächter.

Natürlich antwortete Hotblack Desiato wieder nicht. Übernatürlich aber tat er es.

Auf dem Tisch vor ihm klirrte ein Weinglas, und eine Gabel erhob sich ungefähr einen Zoll hoch in die Luft und klopfte gegen das Glas. Dann legte sie sich wieder auf den Tisch.

Der Leibwächter gab ein zufriedenes Grunzen von sich.

»Es ist Zeit zu gehen, Mr. Desiato«, murmelte der Leibwächter. »Möchte nicht, daß wir im Gedränge steckenbleiben. Nicht in ihrem Zustand. Sie wollen doch zum nächsten Auftritt hübsch entspannt erscheinen. War ein wirklich tolles Publikum da. Eins der besten. Kakrafoon. Vor fünfhundertsechsundsiebzigtausend und zwei Millionen Jahren. Werden Sie sich nicht darauf gefreut gehabt gewesen sein?«

Die Gabel erhob sich wieder, schwankte irgendwie unentschieden und fiel wieder herab.

»Na, lassen Sie mal«, sagte der Leibwächter, »es wird phantastisch gewesen worden haben. Sie werden die Leute doch einfach umgehauen gehabt worden sein.«

Der Leibwächter hätte Dr. Dan Streetmaker an den Rand eines Schlaganfalls gebracht.

»Das schwarze Raumschiff, das in die Sonne fegt, haut sie immer um, und das neue ist einfach sagenhaft schön. Tut mir richtig leid, es wegzugeben. Wenn wir runterkommen, schalte ich das schwarze Raumschiff auf automatischen Piloten um, und wir schippern in der Limo davon. Okay?«

Die Gabel schlug nochmals zustimmend ans Glas, und das Weinglas leerte sich auf mysteriöse Weise von selbst.

Der Leibwächter rollte Hotblack Desiatos Stuhl aus dem Restaurant.

»Und nun, meine Damen und Herren«, rief Max Quordelplien aus der Bühnenmitte, »der Augenblick, auf den Sie alle gewartet haben!« Er warf seine Arme in die Luft. Die Band hinter ihm geriet in einen Taumel aus Schlagzeugrhythmen und rollenden Synthochorden. Max hatte sich mit ihnen darüber gestritten, aber sie hatten behauptet, das stünde so in ihrem Vertrag. Na, sein Agent würde das zu klären haben.

»Der Himmel beginnt zu kochen!« schrie er. »Die Natur stürzt in die gellende Leere! In zwanzig Sekunden ist das Universum am Ende! Und da, das Licht der Unendlichkeit bricht über uns herein!«

Eine entsetzliche Zerstörungswut tobte um sie her – und in dem Moment hörte man leise und zaghaft eine Trompete wie aus unendlicher Ferne tönen. Maxens Blick drehte sich zur Band. Aber keiner schien Trompete zu spielen. Plötzlich erschien flimmernd und wirbelnd ein Rauchwölkchen neben ihm auf der Bühne. Zu der einen Trompete gesellten sich weitere. Über fünfhundertmal hatte Max die Show geleitet, aber sowas war noch nie passiert. Bestürzt zog er sich von dem wirbelnden Rauch zurück, und während er das tat, materialisierte sich darin langsam eine Gestalt, die Gestalt eines uralten bärtigen Mannes in einem langen Gewand, der in Licht gehüllt war. In seinen Augen kreisten Sterne, und auf dem Kopf trug er eine goldene Krone.

»Was ist denn das?« flüsterte Max mit wildem Blick, »was ist denn jetzt los?«

Ganz hinten im Restaurant sprangen die Leute mit den versteinerten Gesichtern von der Kirche der Wiederkehr des Großen Propheten Zarquon verzückt auf, stimmten Choräle an und schrien.

Max blinkerte verdutzt mit den Augen. Er schleuderte seine Arme in Richtung Publikum.

»Einen herzlichen Applaus, meine Damen und Herren«, brüllte er, »für den Großen Propheten Zarquon! Er ist da! Zarquon ist wiedergekehrt!«

Donnernder Applaus brach los, als Max über die Bühne schritt und dem Propheten das Mikrofon reichte.

Zarquon hustete. Er ließ den Blick durch die versammelte Menge schweifen. Die Sterne in seinen Augen blinkten verlegen. Mit dem Mikrofon wußte er vor Verwirrung nicht, wohin.

»Äh . . .«, sagte er, »hallo. Äh, tja, ich komme leider ein bißchen spät. Habe 'ne gräßliche Zeit hinter mir, alle möglichen Dinge tauchen ja immer erst im letzten Moment auf.«

Die erwartungsvolle, ehrfürchtige Stille schien ihn zu ängstigen. Er räusperte sich.

»Äh, wie steht's mit der Zeit?« fragte er. »Ich habe bloß eine Min . . .«

Und so endete das Universum.

19

Einer der Hauptgründe, weshalb sich der durch und durch bemerkenswerte Reiseführer *Per Anhalter durch die Galaxis* so gut verkauft, ist, außer daß er relativ billig ist und auf seinem Umschlag in großen freundlichen Buchstaben die Worte KEINE PANIK stehen, sein umfangreiches und gelegentlich sogar verläßliches Register. Die statistischen Angaben über die geosozialen Strukturen des Universums zum Beispiel werden recht flink auf den Seiten neunhundertachtunddreißigtausenddreihundertvierundzwanzig bis neunhundertachtunddreißigtausenddreihundertsechsundzwanzig dargestellt. Und der etwas einfältige Stil, in dem sie geschrieben sind, ist zum Teil dadurch zu erklären, daß die Herausgeber, die den Erscheinungstermin des Buches einhalten wollten, alle Informationen von der Rückseite eines Pakets Frühstücksflocken abschrieben und sie in aller Eile mit ein paar Fußnoten garnierten, um sich der Verfolgung der unsagbar verworrenen galaktischen Copyright-Gesetze zu entziehen.

Es ist vielleicht nicht uninteressant, daß ein späterer und viel gerissenerer Verleger das Buch durch einen Zeitsprung mehrere Jahrtausende in die Vergangenheit zurückschickte und dann die Frühstücksflockenfirma wegen Verletzung derselben Copyright-Gesetze erfolgreich verklagte.

Hier ein Beispiel:

Das Universum – einige Informationen, die Ihnen das Leben dort erleichtern können.

1 *Ausdehnung:* Unendlich.
Der Reiseführer Per Anhalter durch die Galaxis *bietet folgende Definition des Wortes ›Unendlich‹.*
Unendlich: *Größer als das Allergrößte und dann noch ein bißchen mehr. Also, noch viel größer als das; wirklich wahnsinnig kolossal, eine absolut phantastisch lange, »echt, Mann, das ist riesig«-Zeit. Unendlich ist einfach so groß, daß im Vergleich dazu das Großsein selber richtig mickerig aussieht. Gigantisch multipliziert mit kolossal multipliziert mit überwältigend riesig, das ist ungefähr die Vorstellung, die wir hier begreiflich zu machen versuchen.*

2 *Importe:* Keine.
Es ist unmöglich, etwas in ein unendlich großes Gebiet zu importieren, weil es keine Umgebung gibt, aus der man etwas importieren könnte.

3 *Exporte:* Keine.
Siehe Importe.

4 *Bevölkerung:* Keine.
Es ist bekannt, daß es eine unendliche Anzahl Welten gibt, einfach weil es unendlich viel Raum gibt, in dem sie enthalten sein können. Doch nicht jede von ihnen ist bewohnt. Es muß daher eine endliche Anzahl bewohnter Welten geben. Jede endliche Zahl, die

man durch Unendlich teilt, ergibt fast nichts, was noch ins Gewicht fiele. Also kann man sagen, daß die Durchschnittbevölkerung aller Planeten des Universums Null ist. Daraus folgt, daß auch die Bevölkerung des ganzen Universums Null ist, und daß alle Leute, denen man von Zeit zu Zeit begegnet, lediglich Produkte einer gestörten Phantasie sind.

5 *Währungseinheiten:* Keine.
Das heißt, eigentlich gibt es in der Galaxis drei frei konvertierbare Währungen, aber keine ist viel wert. Der Atair-Dollar ist neulich zusammengebrochen, die flainianische Popelperle ist nur gegen andere flainianische Popelperlen tauschbar, und der triganische Pu hat so seine eigenen, ganz besonderen Probleme. Der Wechselkurs von acht Ningis für einen Pu ist zwar recht einfach, aber da der Ningi eine dreieckige Gummimünze von sechstausendachthundert Meilen Kantenlänge ist, hat nie jemand genügend Ningis zusammengebracht, um in den Besitz von einem Pu zu gelangen. Ningis sind auch keine Handelswährung, weil die Galaktikbanken es ablehnen, sich mit so fipsigem Kleingeld zu befassen. Von diesen Grundvoraussetzungen ausgehend ist sehr einfach zu beweisen, daß auch die Galaktikbanken lediglich das Produkt einer gestörten Phantasie sind.

6 *Kunst:* Keine.
Die Funktion der Kunst ist es, der Natur den Spiegel vorzuhalten, und es gibt einfach keinen Spiegel, der groß genug wäre – siehe auch Punkt 1.

7 *Sex:* Keiner.
Naja, eigentlich gibt's davon kolossale Mengen, vor allem deshalb, weil es absolut kein Geld, keinen Handel, keine Banken, keine Kunst oder sonst etwas gibt, was die ganze nichtexistierende Bevölkerung des Universums in Atem halten könnte.
Es lohnt sich allerdings nicht, sich jetzt auf eine lange Erörterung

darüber einzulassen, weil er wirklich wahnsinnig kompliziert ist. Zur weiteren Information siehe Anhalter *Kapitel sieben, neun, zehn, elf, vierzehn, sechzehn, siebzehn, neunzehn, einundzwanzig bis vierundachtzig einschließlich sowie eigentlich fast den ganzen Rest des Reiseführers.*

20

Das Restaurant existierte weiter, aber alles andere hatte aufgehört. Die zeitliche Relastatik hielt es von einem Nichts umfangen, das nicht nur kein Vakuum war: es war schlicht nichts – es gab dort nichts, worin ein Vakuum hätte existieren können.

Die kraftfeldgepanzerte Kuppel war wieder undurchsichtig geworden, die Party war vorüber, die Gäste brachen auf, Zarquon war zusammen mit dem übrigen Universum verschwunden, die Zeitturbinen schickten sich an, das Restaurant zum Mittagessen wieder über den Rand der Zeit zurückzuziehen, und Max Quordelplien war wieder in seiner kleinen, mit Gardinen verhängten Garderobe und versuchte, am Tempofon seinen Agenten aufzuhetzen.

Im Parkhaus stand das schwarze Raumschiff – geschlossen und still.

In das Parkhaus kam der verstorbene Hotblack Desiato, den sein Leibwächter auf dem Laufband entlangschob.

Sie fuhren durch eine der Röhren hinab. Als sie sich dem Limoschiff näherten, klappte an seiner Seite eine Luke herab, klinkte sich in die Räder des Rollstuhls ein und zog ihn nach innen. Der Leibwächter folgte, und als er sah, daß sein Boß sicher an sein Todeserhaltungssystem angeschlossen war, stieg er in das kleine Cockpit hinauf. Hier schaltete er das versteckte Kontrollsystem ein, das den automatischen Piloten im schwarzen Raumschiff neben der Limo in Betrieb setzte, womit er bei Zaphod Beeblebrox große Erleichterung hervorrief, der schon länger als zehn Minuten versucht hatte, das Ding zu starten.

Das schwarze Schiffchen glitt ruhig aus seinem Parkhafen, wendete und fuhr schnell und geräuschlos die mittlere Fahrbahn hinunter. An deren Ende nahm es rasch Tempo auf, schwenkte in die Zeitschleuderkammer ein und trat die lange Reise zurück in die ferne Vergangenheit an.

Die Speisekarte im Milliways zitiert mit freundlicher Genehmigung des Verlages einen Abschnitt aus dem Reiseführer *Per Anhalter durch die Galaxis.* Der Abschnitt lautet:

Die Geschichte jeder bedeutenderen galaktischen Zivilisation macht drei klar und deutlich voneinander getrennte Phasen durch – das bare Überleben, die Wissensgier und die letzte Verfeinerung, allgemein auch als die Wie-, Warum- und Wo-Phasen bekannt.

Die erste Phase zum Beispiel ist durch die Frage gekennzeichnet: »Wie kriegen wir was zu essen?«, die zweite durch die Frage: »Warum essen wir?« und die dritte durch die Frage: »Wo kriegen wir die besten Wiener Schnitzel?«

Die Speisekarte gibt dann des weiteren zu verstehen, daß Milliways, das Restaurant am Ende des Universums, doch eine sehr angenehme und kultivierte Antwort auf diese dritte Frage darstelle.

Was die Speisekarte verschweigt, ist die Tatsache, daß, obwohl große Zivilisationen gewöhnlich viele Jahrtausende brauchen, um die Wie-, Warum- und Wo-Phasen durchzumachen, es kleinen sozialen Gruppierungen in Streßzuständen gelingen kann, sie mit äußerster Schnelligkeit zu durcheilen.

»Wie läuft's?« fragte Arthur Dent.

»Schlecht«, sagte Ford Prefect.

»Warum?« fragte Arthur Dent.

»Schnauze«, legten ihm Zaphod Beeblebrox und Ford Prefect nahe.

»Wo fliegen wir denn hin?« fragte Trillian.

»Weiß ich nicht«, sagte Zaphod Beeblebrox.

»Ihr wollt also im Grunde nichts anderes sagen«, sagte Arthur

Dent, der den Vorschlag, den Mund zu halten, ignorierte, »als daß ihr das Raumschiff nicht unter Kontrolle habt.«

Das Raumschiff schaukelte und dümpelte zum Schlechtwerden, während Ford und Zaphod versuchten, dem automatischen Piloten die Kontrolle zu entreißen. Die Maschinen heulten und jaulten wie müde Kinder in einem Supermarkt.

»Es ist diese blödsinnige Farbgebung, die mich verrückt macht«, sagte Zaphod, dessen Liebesbeziehung zu dem Schiff etwa drei Minuten nach Beginn des Fluges abrupt geendet hatte. »Jedesmal, wenn man versucht, einen von diesen komischen schwarzen Schaltern zu bedienen, die schwarz auf schwarz beschriftet sind, leuchtet ein kleines schwarzes Licht auf, das einem anzeigt, daß man ihn bedient hat. Was ist denn das bloß? Sowas wie ein galaktischer Hyperleichenwagen?«

Die Wände der schwankenden Kabine waren ebenfalls schwarz, die Decke war schwarz, die Sitze – die nur andeutungsweise vorhanden waren, weil die einzige nennenswerte Reise, für die das Schiff gebaut war, unbemannt vonstatten gehen sollte – waren schwarz, das Armaturenbrett war schwarz, die Instrumente waren schwarz, die kleinen Schrauben, mit denen sie festgeschraubt waren, waren schwarz, der dünne, flauschige Nylonbodenbelag war schwarz, und als sie ihn an einer Ecke hochhoben, entdeckten sie, daß auch die Schaumgummiunterlage schwarz war.

»Vielleicht waren die Augen der Leute, die es gebaut haben, auf andere Wellenlängen eingestellt«, schlug Trillian vor.

»Oder sie hatten einfach nicht viel Phantasie«, brummte Arthur.

»Vielleicht«, sagte Marvin, »waren sie nur sehr deprimiert.«

In Wirklichkeit, obwohl sie das nie erfahren sollten, war die Ausstattung zu Ehren des traurigen, beklagenswerten und steuerabzugsfähigen Zustands seines Besitzers so gewählt worden.

Das Raumschiff machte eine besonders widerliche Schlingerbewegung.

»Sachte«, bat Arthur, »ihr macht mich ganz raumkrank.«

»Zeitkrank«, sagte Ford, »wir sausen rückwärts durch die Zeit.«

»Vielen Dank«, sagte Arthur, »jetzt wird mir, glaub ich, erst richtig schlecht.«

»Nur zu«, sagte Zaphod, »ein bißchen Farbe könnten wir hier drin doch wirklich vertragen.«

»Soll das 'ne höfliche Unterhaltung nach Tisch sein?« schnappte Arthur zurück.

Zaphod überließ es Ford, mit den Schaltern zu Rande zu kommen, und taumelte zu Arthur rüber.

»Sieh mal, Erdling«, sagte er ärgerlich, »du hast hier eine Aufgabe zu erfüllen, klar? Die Frage, die zur Großen Antwort gehört, verstanden?«

»Was, die olle Kamelle?« sagte Arthur. »Ich dachte, die hätten wir längst vergessen.«

»Ich nicht, Kleiner. Wie die Mäuse sagten: in den richtigen Himmelsgegenden ist sie 'ne Menge Geld wert. Und es steckt alles da in deinem Köpfchen drin.«

»Ja, aber . . .«

»Kein Aber! Denk darüber nach! Der Sinn des Lebens! Wir lassen durchsickern, daß wir jeden Psychiater der Galaxis gegen Lösegeld festhalten könnten, und das ist wahnsinnig viel wert. Meinem schulde ich ein Vermögen.«

Arthur holte tief Luft. Er war nicht sehr begeistert.

»Na schön«, sagte er, »aber wo fangen wir an? Wie soll ich die Frage wissen? Es heißt, die Große Antwort, oder was das auch ist, lautet Zweiundvierzig. Wie soll ausgerechnet ich wissen, wie die Frage lautet? Es könnte einfach alles sein. Ich meine, wieviel ist sechs mal sieben?«

Zaphod sah ihn einen Augenblick angestrengt an. Dann blitzte es in seinen Augen vor Aufregung.

»Zweiundvierzig!« rief er.

Arthur wischte sich mit der Hand über die Stirn.

»Ja«, sagte er geduldig, »das war mir klar.«

Zaphod machte lange Gesichter.

»Ich wollte bloß sagen, die Frage könnte einfach alles sein«, sagte

Arthur, »und ich verstehe nicht, warum ich sie kennen soll.«

»Weil«, giftete Zaphod, »du dort warst, als dein Planet Zunder kriegte.«

»Bei uns auf der Erde gibt es etwas . . .«, begann Arthur.

»Gab«, berichtigte ihn Zaphod.

» . . . was man Takt nennt. Na, macht nichts. Sieh mal, ich weiß sie einfach nicht.«

Eine leise Stimme echote träge durch die Kabine.

»Aber ich weiß sie«, sagte Marvin.

»Halt dich da raus, Marvin, wenn Organismen miteinander reden«, rief Ford ihm zu, der immer noch einen aussichtslosen Kampf mit den Schaltern führte.

»Sie ist in die Gehirnstrommuster des Erdlings eingeprägt«, fuhr Marvin fort, »aber ich glaube kaum, daß euch das sehr interessiert.«

»Du meinst«, sagte Arthur, »du meinst, du kannst mir ins Gehirn gucken?«

»Ja«, sagte Marvin.

Arthur starrte ihn verdutzt an.

»Und . . .?« fragte er.

»Ich finde es erstaunlich, wie du mit sowas Winzigem leben kannst.«

»Aha«, sagte Arthur, »du willst mich runtermachen.«

»Ja«, gab Marvin zu.

»Ach, beachte ihn gar nicht«, sagte Zaphod, »das denkt er sich bloß aus.«

»Ausdenken?« sagte Marvin, und sein Kopf drehte sich, als parodiere er Erstaunen. »Warum sollte ich mir denn was ausdenken wollen? Das Leben ist doch so schon schlimm genug, da muß man doch nicht noch was dazuerfinden.«

»Marvin«, sagte Trillian mit sanfter, freundlicher Stimme, was nur noch ihr im Gespräch mit diesem granteligen Wesen gelang, »wenn du's die ganze Zeit gewußt hast, warum hast du es uns dann nicht gesagt?«

Marvins Kopf drehte sich zu ihr.

»Ihr habt mich ja nicht gefragt«, sagte er schlicht.

»Schön, wir fragen dich jetzt, Blechmännchen«, sagte Ford, drehte sich um und sah ihn an.

In dem Moment hörte das Raumschiff plötzlich auf zu schaukeln und zu schwanken, und das Maschinengeräusch sank zu einem sanften Brummen ab.

»He, Ford«, sagte Zaphod, »das klingt gut. Bist du endlich aus den Schaltern klug geworden?«

»Nein«, sagte Ford, »ich habe bloß aufgehört, dran rumzuspielen. Ich denke, wir fliegen einfach dorthin, wohin das Schiff nun mal fliegt, und steigen dann schnell aus.«

»Ja, okay«, sagte Zaphod.

»Ich wußte ja, daß ihr nicht wirklich interessiert seid«, murmelte Marvin, ließ sich in eine Ecke plumpsen und schaltete sich ab.

»Das Verrückte ist«, sagte Ford, »daß das einzige Instrument im ganzen Raumschiff, von dem man was ablesen kann, mir wirklich Sorge macht. Wenn es das ist, wofür ich es halte, und wenn es das anzeigt, was ich vermute, dann sind wir schon viel zu weit in die Vergangenheit zurückgeflogen. Vielleicht so zwei Millionen Jahre vor unsere Zeit.«

Zaphod zuckte mit den Schultern.

»Zeit ist Quatsch«, sagte er.

»Ich möchte bloß wissen, wem das Raumschiff wohl gehört«, sagte Arthur.

»Mir«, sagte Zaphod.

»Nein, wem es wirklich gehört.«

»Wirklich mir«, beharrte Zaphod. »Sieh mal, Eigentum ist Diebstahl, stimmt's? Folglich ist Diebstahl Eigentum. Und folglich gehört dies Raumschiff mir. Okay?«

»Erzähl das mal dem Schiff«, sagte Arthur.

Zaphod ging hinüber zu den Armaturen.

»Schiff«, sagte er und trommelte auf die Instrumententafeln, »dein neuer Besitzer spricht mit . . .«

Er kam nicht weiter. Mehrere Dinge passierten gleichzeitig.

Das Raumschiff sackte aus der Zeitreise heraus und tauchte wieder in den realen Raum ein.

Alle Instrumente auf den Anzeigetafeln, die während der Zeitreise tot gewesen waren, leuchteten plötzlich auf.

Ein großer Monitor über den Aramturen erwachte blinkernd zum Leben und zeigte ihnen einen weiten Sternenhimmel und direkt vor ihnen eine einzelne riesige Sonne.

Keins dieser Dinge war jedoch dafür verantwortlich, daß Zaphod und die anderen genau in dem Moment nach hinten gegen die Rückwand der Kabine gefetzt wurden.

Ein einzelner Donnerschlag, der aus den Monitorlautsprechern um den Bildschirm herum dröhnte, fetzte sie nach hinten.

21

Unten in der dürren, roten Welt von Kakrafoon, mitten in der weiten Rotlichtwüste, probierten die Bühnentechniker die Verstärkeranlagen aus.

Das heißt, die Verstärkeranlagen waren in der Wüste, nicht die Techniker. Sie hatten sich in den Schutz des gigantischen Kontrollraumschiffes von Desaster Area zurückgezogen, das in einer Umlaufbahn ungefähr vierhundert Meilen über dem Planeten hing, und von dort aus testeten sie die Verstärkeranlagen durch. Jedes Wesen innerhalb eines Kreises von fünf Meilen um die Lautsprechertürme hätte das Anspielen nicht überlebt.

Hätte Arthur Dent sich innerhalb des Kreises von fünf Meilen um die Lautsprechertürme befunden, dann wäre sein letzter Gedanke gewesen, daß die Übertragungstürme in Größe und Silhouette Manhattan doch wahnsinnig ähnlich sähen. Aus ihren Silos aufsteigend türmten sich die Neutron-Phasen-Lautsprecherberge gewaltig zum Himmel empor und verdeckten die langen Reihen von Plutoniumreaktoren und seismischen Amplifikatoren dahinter.

Tief unter dieser Lautsprecherstadt, in Betonbunkern vergraben, lagen die Instrumente, die die Musiker von ihrem Raumschiff aus spielen würden: die gewaltige Photon-Aquitarre, der Baß-Detonator und der Megaknall-Perkussions-Komplex.

Es würde eine krachige Show geben.

An Bord des gigantischen Kontrollschiffs lief alles geschäftig und aufgeregt durcheinander. Hotblack Desiatos Limoschiff, das daneben nur wie eine Kaulquappe wirkte, war angekommen und hatte angedockt, und der betrauerte Gentleman war durch die hochgewölbten Korridore zu seinem Medium transportiert worden, das seine seelischen Impulse auf das Aquitarrengriffbrett übertragen sollte.

Ein Arzt, ein Logiker und ein Meeresbiologe waren gleichfalls eingetroffen – mit einem sagenhaften Kostenaufwand aus Maximegalon eingeflogen –, um zu versuchen, den Lead Singer zur Vernunft zu bringen, der sich mit einer Dose Pillen ins Badezimmer eingeschlossen hatte und sich weigerte rauszukommen, bis man ihm nicht schlüssig beweisen könne, daß er kein Fisch sei. Der Bassist vertrieb sich die Zeit damit, sein Schlafzimmer mit einem Maschinengewehr zu durchlöchern, und der Drummer war nirgendwo an Bord zu finden.

Fieberhafte Nachforschungen führten zu der Entdeckung, daß er an einem Strand auf Santraginus V, über einhundert Lichtjahre entfernt, stand, wo er, wie er behauptete, nun schon über eine halbe Stunde glücklich sei und einen kleinen Stein gefunden habe, der jetzt sein Freund sei.

Der Bandmanager war außerordentlich erleichtert. Für ihn hieß das, daß zum siebzehnten Male auf dieser Tournee das Schlagzeug von einem Roboter gespielt würde und daß also der Einsatz der Beckenschläge genau richtig käme.

Über den Sub-Etha summten die Mitteilungen der Bühnentechniker, die die Lautsprecherkanäle testeten, und genau das war es, was ins Innere des schwarzen Raumschiffs übertragen wurde.

Dessen benommene Besatzung lag gegen die Rückwand der Kabine gelehnt und lauschte den Stimmen in den Monitorlautsprechern.

»Okay, Kanal neun hat Saft«, sagte eine Stimme, »teste jetzt Kanal fünfzehn . . .«

Wieder fuhr ein ohrenbetäubendes Knackgeräusch durch das Raumschiff.

»Kanal fünfzehn absolut okay«, sagte eine zweite Stimme.

Eine dritte Stimme schaltete sich ein.

»Schwarzes Show-Raumschiff jetzt in Stellung«, sagte sie. »Sieht prima aus. Wird ein sagenhafter Sonnensturz. Bühnencomputer auf Sendung?«

Eine Computerstimme antwortete.

»Auf Sendung«, sagte sie.

»Kontrolle über das schwarze Raumschiff übernehmen.«

»Schwarzes Raumschiff in Warteposition an Schußbahn-Programm gekoppelt.«

»Teste Kanal zwanzig.«

Zaphod machte einen Satz quer durch die Kabine und schaltete Frequenzen am Sub-Etha-Empfänger um, ehe der nächste hirnzermalmende Krach sie überrollte. Er stand da und zitterte.

»Was«, fragte Trillian mit leiser, ruhiger Stimme, »heißt eigentlich Sonnensturz?«

»Das heißt«, sagte Marvin, »daß dieses Raumschiff hier gleich in die Sonne stürzen wird. Sonne . . . Sturz. Das ist doch ganz einfach zu verstehen. Was erwartet ihr eigentlich, wenn ihr Hotblack Desiatos Show-Raumschiff klaut?«

»Wie kannst du wissen . . .«, sagte Zaphod mit einer Stimme, die einen Schneelurch von der Wega hätte frösteln lassen, »daß das hier Hotblack Desiatos Show-Raumschiff ist?«

»Ganz einfach«, sagte Marvin, »ich hab es für ihn eingeparkt.«

»Warum . . . hast . . . du . . . uns . . . das . . . nicht . . . gesagt?«

»Ihr habt gesagt, ihr wolltet Spannung und Abenteuer und echt fetzige Sachen erleben.«

»Ist ja gräßlich«, sagte Arthur völlig unnötigerweise in der Pause, die folgte.

»Das hab ich doch gleich gesagt«, bestätigte Marvin.

Auf einer anderen Frequenz hatte der Sub-Etha-Empfänger eine öffentliche Sendung drin, die jetzt durch die Kabine dröhnte.

». . . herrliches Wetter für das Konzert heute nachmittag. Ich stehe hier direkt vor der Bühne«, log der Reporter, »mitten in der Rotlichtwüste, und mit Hilfe meiner hyperbinoptischen Brille kann ich gerade eben noch die riesenhaften Zuschauermassen erkennen, die überall um mich herum dort hinten am Horizont hocken. Hinter mir erheben sich die gewaltigen Lautsprechertürme wie eine steile Felswand, und hoch über mir scheint die Sonne und weiß noch gar nicht, was gleich in sie einschlagen wird. Die Umweltschützerlobby aber weiß genau, was in die Sonne einschlagen wird, und sie behauptet, das Konzert werde Erdbeben, Springfluten, Hurrikane, irreparable Schäden an der Atmosphäre und all die üblichen Dinge verursachen, über die Umweltschützer sich üblicherweise erregen.

Soeben aber habe ich die Meldung erhalten, daß heute mittag ein Vertreter von Desaster Area mit den Umweltschützern zusammengetroffen ist und sie alle hat erschießen lassen, so daß dem Konzert nun nichts mehr im Wege . . .«

Zaphod schaltete den Empfänger aus. Er drehte sich zu Ford um.

»Weißt du, was ich denke?« fragte er.

»Ich denke, ja«, sagte Ford.

»Sag mir, was du denkst, was ich denke.«

»Ich denke, du denkst, es wird langsam Zeit, daß wir hier aussteigen.«

»Ich denke, du hast recht«, sagte Zaphod.

»Ich denke, *du* hast recht«, sagte Ford.

»Was ist?« fragte Arthur.

»Ruhe«, sagten Ford und Zaphod, »wir denken.«

»Also, das ist es«, sagte Arthur, »wir müssen sterben.«

»Ich möchte, daß du das nicht mehr sagst«, sagte Ford.

Es lohnt sich vielleicht an dieser Stelle, nochmal die Theorie zu wiederholen, die sich Ford Prefect nach seiner ersten Begegnung mit menschlichen Wesen zurechtlegte, um eine Erklärung für ihre sonderbare Angewohnheit zu finden, fortwährend das Alleroffenkundigste von der Welt zu konstatieren und nochmals zu konstatieren, zum Beispiel: »Schönes Wetter heute!« oder »Du bist aber groß!« oder »Also, das ist es, wir müssen sterben!«

Seine erste Theorie war: »Wenn die menschlichen Wesen ihre Lippen nicht andauernd bewegen, rosten wahrscheinlich ihre Münder ein.«

Nach ein paar Monaten intensiver Beobachtung gab er diese Theorie zugunsten einer zweiten auf, die lautete: »Wenn die menschlichen Wesen nicht andauernd ihre Lippen bewegen, fangen ihre Gehirne an zu arbeiten.«

In Wirklichkeit trifft diese zweite Theorie weit eher auf das Volk der Belzerebonen auf Kakrafoon zu.

Die Belzerebonen riefen bei ihren Nachbarvölkern stets große Empörung und Unsicherheit hervor, weil sie eine der aufgeklärtesten, gebildetsten und vor allem schweigsamsten Kulturen der Galaxis waren.

Als Strafe für dieses Verhalten, das als geradezu beleidigend selbstgerecht und provozierend empfunden wurde, verhängte ein Galaktisches Tribunal die grausamste aller Volksseuchen über sie – die Telepathie. Um nun sich selbst daran zu hindern, jeden kleinsten Gedanken, der ihnen durch die Köpfe schwirrt, sofort allen Leuten im Umkreis von fünf Meilen zu übermitteln, müssen sie jetzt folglich andauernd sehr laut über das Wetter reden, über ihre kleinen Kümmerchen und Wehwehchen, das Fußballspiel am Nachmittag und darüber, wie grauenhaft laut es mit einemmal auf Kakrafoon geworden ist.

Eine andere Methode, ihre Gehirne vorübergehend zu blockieren, ist, als Publikum an einem Desaster-Area-Konzert teilzunehmen.

Der Zeitplan des Konzerts trat in seine kritische Phase.

Das Raumschiff hatte seinen Sturzflug zu beginnen, bevor das Konzert anfing, um in die Sonne sechs Minuten und siebenunddreißig Sekunden vor dem Höhepunkt des Songs einzuschlagen, zu dem diese Shownummer gehörte, damit das Licht der Sonneneruptionen Zeit hatte, bis nach Kakrafoon zu gelangen.

Das Schiff stürzte schon mehrere Minuten abwärts, als Ford Prefect seine Durchsuchung der anderen Abteile des schwarzen Raumschiffs beendet hatte. Er kam in die Kabine zurückgestürzt.

Die Sonne von Kakrafoon erschien grauenhaft riesig auf dem Monitor, ihr weiß glühendes Inferno aus verschmelzenden Wasserstoffatomen wuchs von einem Augenblick zum anderen, während das Raumschiff weiter nach unten sank und sich wenig um Zaphods Hände kümmerte, die auf den Instrumententafeln herumhämmerten. Arthur und Trillian hatten den starren Gesichtsausdruck von Kaninchen auf einer nächtlichen Straße, die glauben, die beste Art, mit näherkommenden Scheinwerfern fertigzuwerden, ist, sie zu hypnotisieren.

Zaphod drehte sich mit wilden Blicken um.

»Ford«, sagte er, »wieviele Fluchtkapseln gibt's hier?«

»Keine«, sagte Ford.

Zaphod schnatterte vor Angst.

»Hast du sie *gezählt?*« schrie er.

»Zweimal«, sagte Ford. »Hast du den Bühnenleuten über Funk ein bißchen Dampf machen können?«

»Jaja«, sagte Zaphod bitter, »ich sagte, hier wären 'ne ganze Menge Leute an Bord, und sie sagten, ich sollte alle schön grüßen.«

Ford glotzte ihn an.

»Hast du ihnen denn nicht gesagt, wer du bist?«

»Na klar. Sie sagten, es wäre ihnen eine große Ehre. Und dann noch was von einer Restaurantrechnung und meinen Testamentsvollstreckern.«

Ford schob Arthur heftig beiseite und beugte sich über die Instrumente.

»Funktioniert denn *gar keins*« sagte er wütend.

»Alle tot.«

»Haut doch den automatischen Piloten kaputt.«

»Erstmal finden. Nichts paßt zueinander.«

Einen Augenblick lang herrschte eisiges Schweigen.

Arthur stolperte im Hintergrund der Kabine rum. Plötzlich blieb er stehen.

»Nebenbei«, sagte er, »was heißt eigentlich Teleport?«

Noch eine Sekunde verging.

Langsam drehten die anderen ihm ihre Gesichter zu.

»Wahrscheinlich der falsche Moment zu fragen«, sagte Arthur. »Ich erinnere mich bloß, daß ihr das Wort vor kurzem benutzt habt, und ich frage nur, weil . . .«

»Wo«, sagte Ford Prefect ruhig, »steht Teleport?«

»Na hier«, sagte Arthur und zeigte auf einen dunklenSchaltkasten im hinteren Teil der Kabine, »genau unter dem Wort ›Soforthilfe‹, über dem Wort ›System‹ und neben dem Schild, auf dem ›Außer Betrieb‹ steht.«

In dem Höllenspektakel, das folgte, war das einzige, was man erkennen konnte, Ford Prefect, der einen Satz quer durch die Kabine zu dem kleinen Kästchen machte, auf das Arthur gezeigt hatte, und immer wieder auf den einen kleinen schwarzen Knopf einstach, der sich darauf befand.

Eine sechs Quadratfuß große Luke glitt auf, die zu einer Zelle führte, die wie eine Mehrpersonendusche aussah, die zum Trödelladen eines Elektrikers umfunktioniert worden war. Halbfertige Leitungen hingen von der Decke herab, ein Gewirr liegengelassener Teile lag über den Boden verstreut, und die Programmiertastatur baumelte aus der Öffnung in der Wand, in die sie hätte eingelassen werden sollen.

Ein jüngerer Buchhalter von Desaster Area, der die Werft besuchte, wo das Raumschiff gerade gebaut wurde, hatte vom Sprecher des Werks zu wissen verlangt, warum um alles in der Welt ein sagenhaft teurer Teleport in ein Raumschiff eingebaut werde, das nur eine einzige wichtige Reise zu machen habe, und die unbemannt. Der Werksprecher hatte erklärt, der Teleport werde mit einem Rabatt von zehn Prozent geliefert, und der Buchhalter hatte erklärt, das sei doch gleichgültig, worauf der Sprecher erklärt hatte, daß es sich um den allerbesten, stärksten und raffiniertesten Teleport handle, den Geld kaufen könne, und der Buchhalter hatte erklärt, schließlich wolle sich das Geld ihn nicht kaufen; der Sprecher hatte erklärt, dennoch müßten doch Leute das Raumschiff betreten und verlassen können, und der Buchhalter hatte erklärt, das Schiff habe doch eine ausgesprochen solide Tür; der Sprecher hatte erklärt, der Buchhalter könne gehen und seinen Kopf in kochendes Wasser stecken, und der Buchhalter hatte dem Werkssprecher erklärt, das Ding, das sich ihm wahnsinnig schnell von der linken Seite nähere, sei eine Ohrfeige. Nachdem alle Erklärungen abgegeben waren, wurde die Arbeit am Teleport eingestellt, der daraufhin unbemerkt auf der Rechnung aufkreuzte, und zwar als »Sonst. Lstgn.« und fünfmal so teuer.

»Himmeldonnerwetter«, fluchte Zaphod, als er und Ford versuchten, durch das Drähtegewirr hindurchzufinden.

Nach einer Weile sagte ihm Ford, er solle mal einen Schritt zurücktreten. Er steckte eine Münze in den Teleport und rüttelte an einem Schalter an der herabbaumelnden Programmiertastatur herum. Unter Rasseln und Lichtblitzen verschwand die Münze.

»Soweit funktioniert's ja«, sagte Ford, »aber es fehlt das Leitsystem. Ein Materieumwandlungs-Teleport ohne Leitprogrammierung könnte einen . . . naja, überall hinversetzen.«

Die Sonne von Kakrafoon leuchtete riesig vom Monitor.

»Wen interessiert's denn«, sagte Zaphod, »wir kommen dahin, wo wir eben hinkommen.«

»Und«, sagte Ford, »es fehlt das Automatiksystem. Wir könnten nicht alle weg. Jemand müßte bleiben und es bedienen.«

Ein feierlicher Augenblick schlurfte vorüber. Die Sonne drohte größer und größer.

»He, Marvin-Kleiner«, sagte Zaphod heiter, »wie geht's dir so?«

»Vermutlich sehr schlecht«, murmelte Marvin.

Einen winzigen Augenblick später erlebte das Konzert auf Kakrafoon einen ganz unerwarteten Höhepunkt.

Das schwarze Raumschiff mit seinem einzigen grämlichen Passagier war nach Zeitplan in den Atomschmelzofen der Sonne gestürzt. Ungeheure Sonneneruptionen züngelten Millionen von Meilen in den Raum hinaus und begeisterten und (in ein paar Fällen) entgeisterten etwa ein Dutzend Sonnenreiter, die in Erwartung des großen Moments nahe an die Sonnenoberfläche herangekurvt waren.

Augenblicke, bevor der Lichtblitz Kakrafoon erreichte, riß die donnernde Wüste entlang einer Verwerfungslinie tief auf. Ein gewaltiger und bis dahin unentdeckter Fluß, der tief unter der Oberfläche dahinfloß, kam heraufgeströmt, Sekunden später gefolgt von einer Eruption von Millionen Tonnen kochender Lava, die Hunderte von Metern in die Luft emporschoß und im selben Augenblick den Fluß sowohl über wie unter der Oberfläche in einer Detonation verdampfen ließ, die bis zum entgegengesetzten Ende des Sterns echote und wieder zurückschwappte.

Die – sehr wenigen –, die dem Ereignis beiwohnten und es überlebten, schwören, daß die gesamten hunderttausend Quadratmeilen der Rotlichtwüste wie ein kilometerdicker Pfannkuchen in die Luft stiegen, herumwirbelten und wieder runterfielen. In genau diesem Augenblick drang der Sonnenblitz der Eruptionen durch die Wolken aus verdampftem Wasser und traf den Boden.

Ein Jahr später waren die hunderttausend Quadratmeilen Wüste mit Blumen zugewachsen. Die Zusammensetzung der Atmosphäre um den Planeten hatte sich subtil verändert. Die Sonne schien weniger grausam im Sommer, die Kälte zwickte weniger bitter im Winter, es fiel öfter angenehmer Regen, und langsam wurde die Wüstenwelt von Kakrafoon ein Paradies. Selbst die telepathischen Kräfte, zu denen die Leute von Kakrafoon verdammt gewesen waren, lösten sich durch die Gewalt der Explosion für immer.

Ein Sprecher von Desaster Area – derselbe, der alle Umweltschützer hatte erschießen lassen – wurde später mit dem Spruch zitiert, es sei »eine gute Show« gewesen.

Viele Leute sprachen tief bewegt von den heilenden Kräften der Musik. Ein paar skeptische Wissenschaftler untersuchten die Schallplatten von dem Ereignis genauer und behaupteten, sie hätten schwache Anzeichen eines riesigen, künstlich erzeugten Unwahrscheinlichkeitsfeldes entdeckt, das aus einer nahegelegenen Raumregion hereingeschwebt sei.

22

Arthur wachte auf und bedauerte es sofort. Morgenkater hatte er schon diverse gehabt, aber nie einen von dem Kaliber. Dies war er, der gewisse solche, dies war der Riesenkater, dies war der Kater der untersten Hölle. Materieumwandlungsstrahlen, das war ihm klar, waren nicht so lustig wie, sagen wir mal, ein guter, satter Tritt an den Kopf.

Da er wegen dieses dumpfen, stampfenden Pochens keine Lust hatte, sich zu bewegen, blieb er eine Weile liegen und überlegte. Das Ärgerliche an den meisten Beförderungsmitteln, dachte er, ist doch im Grunde, daß sie die ganze Plackerei nicht wert sind. Auf der Erde – als es die Erde noch gab, bevor sie zerstört wurde, um einer Hyperraum-Umgehungsstraße Platz zu machen – hatte es das Problem mit den Autos gegeben. Alle Nachteile, die man auf sich nahm, indem man Riesenmengen schwarzen, klebrigen Schlamm aus der Erde zog, wo er sicher und gefahrlos versteckt gewesen war, ihn in Teer verwandelte, um das Land damit zuzudecken, in Rauch, um die Luft damit zu erfüllen, und den Rest ins Meer kippte, all das überwog doch den Vorteil, noch schneller von einem Ort zum anderen gelangen zu können – besonders wenn der Ort, an den man dann kam, wahrscheinlich als Ergebnis alles dessen, dem Ort ganz ähnlich geworden war, aus dem man gerade kam, d. h. mit Teer zugedeckt, voller Rauch und ohne Fisch.

Und wie stand es mit den Materieumwandlungsstrahlen? Jede

Form von Beförderung, die einen zumutete, daß man Atom für Atom auseinandergerissen wurde, daß diese Atome dann durch den Sub-Etha geschleudert und schließlich genau dann wieder zusammengeklebt wurden, wenn sie zum ersten Mal seit Jahren ein bißchen Freiheit schnüffelten, mußte sich einfach schlecht anhören.

Viele Leute hatten genau dasselbe schon vor Arthur Dent gedacht und waren sogar soweit gegangen, Songs darüber zu schreiben. Der folgende ist einer, der regelmäßig von riesigen Volksmassen vor der Teleportsystem-Fabrik der Sirius-Kybernetik-Corporation auf Heppi-Wörld III gesungen wurde:

Aldebaran ist schön, okay,
Algol will prächtig scheinen,
Die schönen Girls von Beteigeuze,
Die haun dich von den Beinen.
Sie machen alles, was gefällt,
Erst langsam und dann schön schnelle,
Aber wenn du mich für die Reise dorthin zerlegen mußt,
Rühr ich mich nicht von der Stelle.

Refrain:
Zerlege mich, zerlege mich,
Wie weit wird es noch sein?
Und wenn du mich für die Reise dorthin zerlegen mußt,
Dann bleibe ich daheim.

Auf Sirius ist alles Gold,
So hörte ich sie werben,
Die Narr'n, die weiter sagen:
»Die Wega sehn und sterben!«
Ich fröhlich werd' die Hauptallee,
Auch Nebenwege flitzen.
Doch wenn du mich für die Reise dorthin zerlegen mußt,
Bleib ich zu Hause sitzen.

Refrain:
Zerlege mich, zerlege mich,
Ich finde das nicht nett,
Und wenn du mich für die Reise dorthin zerlegen mußt,
Bleib ich in meinem Bett.

. . .und so weiter. Ein anderes sehr bekanntes Lied war viel kürzer:

Ich reiste mal per Teleport
Mit Jan und Klas und Hein.
Jan stahl der Paula ihr Herze weg,
Und ich nahm Klasens Bein.

Arthur fühlte, wie die Schmerzwellen langsam zurückwichen, obwohl er immer noch dieses dumpfe stampfende Pochen wahrnahm. Langsam und vorsichtig stand er auf.

»Hörst du auch dieses dumpfe stampfende Pochen?« fragte Ford Prefect.

Arthur drehte sich rasch um und wackelte unsicher auf den Beinen. Ford Prefect kam rotäugig und verquollen auf ihn zu.

»Wo sind wir?« keuchte Arthur.

Ford sah sich um. Sie standen auf einem langen, gebogenen Gang, in beiden Richtungen länger, als das Auge reichte. Die stählerne Außenwand – die in diesem kränklichen Blaßgrün gestrichen war, das man gern in Schulen, Krankenhäusern und Irrenanstalten verwendet, um die Insassen kirre zu machen – schlug einen Bogen über ihre Köpfe weg bis dahin, wo sie auf die senkrechte Innenwand stieß, die sonderbarerweise mit einer dunkelbraunem Rupfentapete bespannt war. Der Fußboden war aus dunkelgrünem geripptem Gummi.

Ford ging hing hinüber zu einem sehr dicken, dunklen, durchsichtigen Feld, das in die Außenwand eingelassen war. Es war mehrere Schichten dick, doch man konnte durch es hindurch die winzigen Lichter ferner Sterne erkennen.

»Ich glaube, wir sind in irgendeinem Raumschiff«, sagte er.

Durch den Gang war das dumpfe stampfende Pochen zu hören.

»Trillian?« rief Arthur ängstlich. »Zaphod?«

Ford zuckte die Schultern.

»Sind nirgends«, sagte er, »ich hab schon nachgesehen. Sie könnten überall sein. Ein unprogrammierter Teleport kann einen Lichtjahre weit in jede Richtung schleudern. Wenn ich danach gehe, wie ich mich fühle, sind wir, glaub ich, wirklich sehr weit gereist.«

»Wie fühlst du dich?«

»Schlecht.«

»Meinst du, sie sind . . .«

»Wo sie sind, wie es ihnen geht – wir werden es nicht erfahren, und wir können auch nichts dran ändern. Tu dasselbe wie ich.«

»Was denn?«

»Denk nicht darüber nach.«

Arthur ließ sich den Gedanken durch den Kopf gehen, erkannte widerstrebend, daß er vernünftig war, faltete ihn zusammen und steckte ihn weg. Er holte tief Luft.

»Schritte!« rief Ford plötzlich.

»Wo?«

»Dieses Geräusch. Das dumpfe Pochen. Stampfende Füße. Hör doch!«

Arthur lauschte. Das Geräusch drang aus unbestimmter Ferne durch den Korridor zu ihnen. Es war das gedämpfte Geräusch stampfender Schritte, und es war deutlich lauter.

»Los, schnell«, sagte Ford hastig. Beide rannten los – in verschiedene Richtungen.

»Nicht da lang«, sagte Ford, »da kommen sie doch her.«

»Stimmt nicht«, sagte Arthur, »sie kommen von dort.«

»Nicht doch, sie . . .«

Beide hielten inne. Beide drehten sich um. Beide lauschten gespannt. Beide gaben sich gegenseitig recht. Beide liefen wieder in entgegengesetzte Richtungen los.

Furcht ergriff sie.

Aus beiden Richtungen wurde das Geräusch lauter.

Ein paar Meter links von ihnen ging im rechten Winkel zur Innenwand ein anderer Korridor ab. Sie liefen hin und rannten ihn hinunter. Er war dunkel, ungeheuer lang, und sie hatten beim Rennen den Eindruck, als werde er kälter und kälter, je länger sie liefen. Andere Gänge zweigten links und rechts ab, alle sehr dunkel, und aus allen kam ihnen beim Vorbeilaufen eisigkalte Luft entgegengeweht.

Einen Moment lang blieben sie ängstlich stehen. Je weiter sie den Gang entlangliefen, desto lauter wurde das Geräusch der stampfenden Füße.

Sie drückten sich mit den Rücken gegen die eiskalte Wand und lauschten zitternd. Die Kälte, die Finsternis und das Pochen der körperlosen Füße machten sie langsam fix und fertig. Ford schlotterte teils vor Kälte, aber teils auch, weil er sich an Geschichten erinnerte, die seine Lieblingsmutter ihm immer erzählt hatte, als er noch ein Winzling von einem Beteigeuzianer war und einem arkturanischen Megagrashüpfer nur bis an die Knöchel reichte: Geschichten von Totenschiffen, Gespensterwracks, die mit Dämonen oder den Geistern längst vergessener Besatzungen vollgepfropft in den dunkleren Gegenden tief im Raum ruhelos herumschwirrten; Geschichten auch von waghalsigen Reisenden, die diese Schiffe fanden und betraten; Geschichten von . . . Dann erinnerte Ford sich an die braune Rupfen-Wandbespannung vorn im ersten Gang und riß sich zusammen. Ganz egal, wie Dämonen und Geister sich ihre Totenschiffe auch ausstraffieren mochten, dachte er im stillen, er würde jede Summe wetten, daß sie es nicht mit Rupfentapete machten. Er packte Arthur am Arm.

»Zurück, woher wir gekommen sind«, sagte er entschlossen, und sie gingen denselben Weg wieder zurück.

Einen Augenblick später rasten sie wie erschrockene Eidechsen den nächstbesten Gang runter, als mit einemmal direkt vor ihnen die Besitzer der stampfenden Füße auftauchten.

Hinter einer Ecke versteckt machten sie erstaunte Augen, als ungefähr zwei Dutzend übergewichtiger Männer und Frauen in Trainingsanzügen an ihnen vorbeistampften, -keuchten und -schnauften, daß es einem Herzchirurgen vor Begeisterung die Sprache verschlagen hätte.

Ford Prefect starrte ihnen hinterher.

»Jogger!« zischte er, als der Lärm ihrer hin und her stampfenden Füße durch das Netz der Gänge verhallte.

»Jogger?« flüsterte Arthur Dent.

»Jogger«, sagte Ford Prefect achselzuckend.

Der Gang, in dem sie sich versteckt hatten, war nicht wie die anderen. Er war sehr kurz und endete an einer großen Stahltür. Ford untersuchte sie, entdeckte den Öffnungsmechanismus und stieß sie weit auf.

Das erste, was ihnen in die Augen fiel, war etwas, das wie ein Sarg aussah.

Und die nächsten viertausendneunhundertneunundneunzig Dinge, die ihnen in die Augen fielen, waren auch Särge.

23

Das Gewölbe war niedrig, trübe beleuchtet und gigantisch. Am entgegengesetzten Ende, etwa dreihundert Meter entfernt, führte eine Toröffnung in einen Raum, der ganz ähnlich aussah und ähnlich bestückt war.

Ford Prefect pfiff leise durch die Zähne, als er in das Gewölbe runterstieg.

»Irre«, sagte er.

»Was ist denn an toten Leuten so irre?« fragte Arthur, der ihm ängstlich hinterherstieg.

»Weißichnicht«, sagte Ford. »Laß es uns doch rausfinden, ja?«

Bei näherer Untersuchung erschienen die Särge mehr wie Sarkophage. Sie reichten ihnen ungefähr bis an die Taille und waren aus einem Material, das wie weißer Marmor wirkte – was es bestimmt auch war: etwas, das nur wie weißer Marmor wirkte. Die Deckel waren halb durchsichtig, und man konnte vage die Gesichter ihrer verstorbenen und vermutlich betrauerten Bewohner erkennen. Sie waren humanoid und hatten zweifellos alle Mühen gleich welcher Welt, aus der sie kamen, weit hinter sich gelassen, aber darüber hinaus war wenig zu sehen.

Zwischen den Sarkophagen wälzte sich ein schweres, öliges, weißes Gas langsam über den Fußboden hin, was, wie Arthur zuerst dachte, dem Ort vielleicht ein bißchen Atmosphäre geben sollte, bis er entdeckte, daß es seine Knöchel gefrieren ließ. Auch die Sarkophage waren empfindlich kalt, wenn man sie berührte.

Ford hockte sich plötzlich neben einen dieser Sarkophage. Er zog eine Ecke seines Handtuchs aus dem Ranzen und rieb wütend an was rum.

»Guck mal, an dem hier ist eine Namenstafel«, erklärte er Arthur. »Sie ist zugefroren.«

Er rieb den Reif ab und besah sich die eingravierten Lettern. Für Arthur sahen sie wie die Fußspuren einer Spinne aus, die einen zuviel gehabt hatte, egal, wovon Spinnen einen zuviel haben, wenn sie einen Abend aus sind, aber Ford erkannte darin sofort eine Frühform galaktischer Sy-Ther-Lin.

Da steht: ›Archenflotte Golgafrincham, Schiff B, Deck 7, Telefondesinfizierer zweiter Klasse‹ – und eine Seriennummer.«

»Ein Telefondesinfizierer?« sagte Arthur. »Ein toter Telefondesinfizierer?«

»Bestenfalls.«

»Aber was macht der hier?«

Ford spähte durch den Deckel auf die Gesalt darin.

»Nicht viel«, sagte er und ließ plötzlich sein spezielles Grinsen los, das die Leute stets annehmen ließ, er hätte die Dinge in der letzten Zeit wohl etwas übertrieben und sollte vielleicht versuchen, ein bißchen Ruhe zu bekommen.

Er sauste weiter zu einem anderen Sarkophag. Ein Augenblick lebhaftes Arbeiten mit dem Handtuch, dann verkündete er:

»Das hier ist ein Frisör. Hoopy!«

Der nächste Sarkophag erwies sich als die letzte Ruhestätte eines Werbefachmanns; der daneben enthielt einen Gebrauchtwagenhändler dritter Klasse.

Eine in den Boden eingelassene Inspektionsluke zog plötzlich Fords Aufmerksamkeit auf sich, und er kauerte sich hin, um sie zu öffnen, wobei er die Wolken gefrierenden Gases fortwedelte, die ihn einzuhüllen drohten.

Ein Gedanke ging Arthur durch den Kopf.

»Wenn das bloß Särge sind«, sagte er, »warum hält man sie dann so kühl?

»Oder warum behält man sie überhaupt«, sagte Ford und stemmte die Luke mit Mühe auf. Das Gas strömte durch sie hinab. »Warum nimmt eigentlich jemand all diese Mühen und Kosten auf sich und karrt fünftausend Leichen durch den Weltraum?«

»Zehntausend«, sagte Arthur und zeigte auf das Tor, durch das der nächste Raum vage zu erkennen war.

Ford steckte den Kopf in die Luke am Boden. Dann sah er wieder hoch.

»Fünfzehntausend«, sagte er, »da unten sind noch viel mehr.«

»Fünfzehn Millionen«, sagte eine Stimme.

»Das ist 'ne Menge«, sagte Ford, »das ist 'ne Menge.«

»Langsam umdrehen«, kommandierte die Stimme, »und Hände hoch. Keine weitere Bewegung, oder ich schieße euch in klitzekleine Stückchen.«

»Hallo«, sagte Ford, drehte sich langsam um, nahm die Hände hoch und machte keine weitere Bewegung.

»Warum«, sagte Arthur Dent, »ist eigentlich nie jemand erfreut, uns zu sehen?«

In der Tür, durch die sie das Gewölbe betreten hatten, stand als Silhouette der Typ, der nicht erfreut war, sie zu sehen. Sein Mißfallen war zum Teil seinem Geschnauze und Rumkommandieren zu entnehmen und zum Teil der Bösartigkeit, mit der er mit einer langen silbernen Kill-O-Zap in ihre Richtung fuchtelte. Der Designer des Gewehrs war ganz offensichtlich nicht angewiesen worden, beim Entwerfen wie die Katze um den heißen Brei herumzugehen. »Mach es böse«, hatte man ihm gesagt, »mach absolut klar, daß dieses Gewehr eine richtige und eine falsche Seite hat. Mach jedem, der auf der falschen Seite steht, absolut klar, daß die Dinge für ihn schlecht stehen. Wenn das heißt, überall Stacheln und Spitzen und geschwärzte Eisen daran anzubringen, dann soll's mir recht sein. Das ist kein Gewehr zum Über-den-Kamin-hängen oder zum In-den-Schirmständer-stellen, das ist ein Gewehr, mit dem man rausgeht und Leute unglücklich macht.«

Ford und Arthur blickten unglücklich auf das Gewehr.

Der Mann mit dem Gewehr kam näher und ging im Kreis um sie herum. Als er ins Licht trat, konnten sie seine schwarzgoldene Uniform sehen, an der die Knöpfe so wahnsinnig poliert waren, daß ein herannahender Autofahrer belästigt seine Scheinwerfer aufgedreht haben würde.

Er zeigte auf die Tür.

»Raus«, sagte er. Leute, die eine so gewaltige Feuerkraft einsetzen können, brauchen nicht auch noch viele Worte einzusetzen. Ford und Arthur gingen also hinaus, dicht gefolgt vom falschen Ende der Kill-O-Zap und den Knöpfen.

Als sie in den Gang einbogen, wurden sie von zwei Dutzend entgegenkommenden Joggern fast über den Haufen gerannt, die, nun geduscht und umgezogen, an ihnen vorbei in das Gewölbe trabten. Arthur drehte sich um und sah ihnen verwirrt hinterher.

»Weitergehen!« schrie der Kerl, der sie gefangen hatte.

Arthur ging weiter.

Ford zuckte die Schultern und ging weiter.

Im Gewölbe traten die Jogger an vierundzwanzig leere Sarkophage an der Seitenwand, öffneten sie, kletterten hinein und fielen vierundzwanzigmal in einen traumlosen Schlaf.

24

»Äh, Käptn . . .«

»Ja, Nummer Eins?«

»Habe gerade sowas wie eine Meldung von Nummer Zwei erhalten.«

Ach, du meine Güte.«

Hoch oben im Kontrollraum des Raumschiffs starrte der Kommandant leicht gereizt in die unendlichen Weiten des Weltraums hinaus. Er saß zurückgelehnt unter einer gewaltigen gewölbten Blase und konnte vor sich und über sich das weite Panorama der Sterne sehen, durch das sie hindurchflogen – ein Panorama, das sich im Laufe der Reise merklich gelichtet hatte. Als er sich umdrehte und nach hinten über den kolossalen, zwei Meilen langen Rumpf des Raumschiffs zurückblickte, konnte er die viel dichteren Sternenmassen sehen, die beinahe ein festes Band zu bilden schienen. Das war der Blick durch den Mittelpunkt der Galaxis, von wo sie kamen, und nun waren sie eigentlich schon Jahre unterwegs, und das mit einer Geschwindigkeit, an die er sich im Moment nicht recht erinnern konnte, aber er wußte, sie war wahnsinnig hoch. Sie näherte sich der Geschwindigkeit von irgendwas, oder war es die dreifache Geschwindigkeit von was anderem? Irre eindrucksvoll jedenfalls. Er spähte in die helleuchtende Ferne hinter dem Schiff und schien etwas zu suchen. Er tat das alle paar Minuten, fand aber nie, wonach er suchte. Trotzdem machte er sich deshalb keine Sorgen. Die Wissenschaftler hatten sehr darauf gedrungen, daß alles perfekt seinen Gang gehe, wenn nur keiner in Panik gerate und alle weitermachten und ordentlich das Ihre dazu beitrügen.

Er geriet nicht in Panik. Soweit die Dinge ihn betrafen, lief alles fabelhaft. Er betupfte sich die Schulter mit einem großen schaumigen Schwamm. Vage kam ihm wieder zu Bewußtsein, daß er über irgendwas leicht gereizt war. Was war das denn bloß? Ein kleines Hüsteln machte ihn darauf aufmerksam, daß sein Erster Offizier noch immer in der Nähe stand.

Netter Kerl, Nummer Eins. Nicht das Allerklügste, sein wunder Punkt ist seine Schwierigkeit, sich die Schnürsenkel zuzubinden, aber ansonsten großartiges Offiziersmaterial. Der Kommandant war nicht der Typ, der jemandem in den Hintern trat, wenn er sich bückte, um sich die Schuhe zuzubinden, egal, wie lange er dazu brauchte. Ganz was anderes als dieser grauenhafte Kerl, Nummer Zwei, der andauernd im ganzen Schiff herumscharwenzelte, seine Knöpfe polierte und jede Stunde Berichte lieferte: »Raumschiff fliegt immer noch, Käptn.«»Noch immer auf Kurs, Käptn.« »Sauerstoffspiegel noch immer gehalten, Käptn.« »Lassen Sie das doch«, war die Ansicht des Kommandanten dazu. Ah ja, das war es, was ihn leicht gereizt hatte. Er sah zu Nummer Eins hinunter.

»Ja, Käptn, er schrie irgendwas wie, er hätte ein paar Gefangene gemacht . . .«

Der Kommandant dachte darüber nach. Es schien ihm ziemlich unwahrscheinlich, aber er war nicht der Typ, der seinen Offizieren im Wege stand.

»Naja, vielleicht macht ihn das für 'ne kleine Weile glücklich«, sagte er. »Er hat sich ja immer welche gewünscht.«

Ford Prefect und Arthur Dent schleppten sich mühsam die anscheinend endlosen Gänge des Raumschiffs entlang. Nummer Zwei marschierte hinter ihnen her und schnauzte gelegentlich Befehle, keine falschen Bewegungen zu machen oder irgendwelche komischen Schoten zu probieren. Ihnen kam es so vor, als seien sie mindestens eine Meile ununterbrochen an dunkelbrauner Rupfen-Wandbespannung entlanggegangen. Schließlich gelangten sie an eine große Stahltür, die aufglitt, als Nummer Zwei sie anbrüllte.

Sie traten ein.

Für Ford Prefect und Arthur Dent war das Bemerkenswerteste im Kontrollraum des Schiffes nicht die fünfzehn Meter weite halbkugelförmige Kuppel, die ihn nach oben abschloß und durch die glitzernd die Sterne auf sie runterschienen – für Leute, die im Restaurant am Ende des Universums gegessen haben, verstehen sich solche Wunder von selbst. Es war auch nicht das verwirrende Aufgebot an Instrumenten an den Wänden um sie herum. Für Arthur war das genau das, wie Raumschiffe üblicherweise auszusehen hatten, und für Ford sah es hoffnungslos veraltet aus: es bestätigte seinen Verdacht, daß das Show-Schiff von Desaster Area sie mindestens eine, wenn nicht zwei Millionen Jahre vor ihre eigene Zeit zurückgeschossen hatte.

Nein, was sie wirklich aus den Pantinen kippen ließ, war die Badewanne.

Sie stand auf einem sechs Fuß hohen Sockel aus rau behauenem blauem Wasserkristall und war von einer barocken Scheußlichkeit, wie man ihr außerhalb des Museums für Krankhafte Ideen in Maximegalon nicht oft begegnet. Ein gedärmeartiges Rohrgewirr hatte man mit Blattgold hübsch hervorgehoben, statt es um Mitternacht dezent in einem anonymen Grab zu versenken. Die Hähne und die Dusche hätten einen Wasserspeier vor Freude zum Hüpfen gebracht.

Als das alles beherrschende Mittelstück einer Raumschiffbrücke schien sie fürchterlich fehl am Platz, und mit der verbitterten Miene eines Mannes, der das weiß, näherte Nummer Zwei sich ihr.

»Käptn! Sir!« brüllte er durch die zusammengebissenen Zähne hindurch – ein schwieriger Trick, aber er hatte ihn im Laufe der Jahre zu vervollkommnen gewußt.

Ein großes freundliches Gesicht und ein freundlicher, schaumbedeckter Arm tauchten über dem Rand der monströsen Wanne auf.

»Oh, hallo, Nummer Zwei«, sagte der Kommandant und wedelte fröhlich mit dem Schwamm, »geht's Ihnen gut?«

Nummer Zwei gierte also noch mehr nach Beachtung als bisher schon.

»Ich habe Ihnen die Gefangenen gebracht, die ich im Tiefkühldeck Sieben gefunden habe, Sir!« kläffte er.

Ford und Arthur husteten verlegen.

»Äh . . . hallo«, sagten sie.

Der Kommandant strahlte sie an. Also hatte Nummer Zwei tatsächlich ein paar Gefangene aufgetrieben. Na, schön für ihn, dachte der Kommandant, prima, wenn man einen Burschen das tun sieht, was er am besten kann.

»Oh, hallo Leute«, sagte er zu ihnen, »entschuldigt, daß ich nicht aufstehe, ich nehme bloß schnell ein Bad. Tja, also Jynnan Tonnyx für alle. Gucken Sie mal dort in den Kühlschrank, Nummer Eins.«

»Gewiß doch, Sir.«

Es ist eine merkwürdige Tatsache, und niemand weiß so recht, wieviel Bedeutung ihr beizumessen ist, daß ungefähr 85 % aller bekannten Welten in der Galaxis, seien sie primitiv oder hochentwikkelt, einen Drink namens Jynnan Tonnyx erfunden haben – oder Dschi-N'N-T'N-ix oder Jinnunt-O-Nicks oder irgendeine von tausend oder mehr Variationen über dasselbe phonetische Thema. Die Drinks aber sind nicht dieselben und variieren zwischen dem sivolvianischen Chinunto/Mnigs, der normales Wasser ist, das ein klein wenig über Zimmertemperatur serviert wird, und dem gagrakackanischen Tzjin-Anton-X, der Kühe auf hundert Schritt Entfernung umhaut. Und tatsächlich ist das einzige, was die Drinks gemeinsam haben, außer der Tatsache, daß ihre Namen gleich klingen, daß sie alle erfunden und getauft wurden, *bevor* die betreffenden Welten mit irgendwelchen anderen Welten in Kontakt traten.

Was kann man mit dieser Tatsache anfangen? Sie existiert völlig für sich und isoliert. In irgendwelchen Theorien der Strukturallinguistik steht sie nicht zur Debatte, und dennoch existiert sie weiter. Alte Strukturallinguisten werden sehr böse, wenn junge Strukturallinguisten sich weiter mit ihr beschäftigen. Junge Strukturallinguisten geraten darüber völlig aus dem Häuschen und bleiben bis spät in die Nacht wach, überzeugt, daß sie ganz kurz vor irgendwas ungeheuer Wichtigem stehen, und dann endet es damit, daß sie vor ihrer Zeit alte Strukturallinguisten werden, die sehr böse auf die jungen sind. Die Strukturallinguistik ist eine erbittert zerstrittene und unglückliche Disziplin, und viele ihrer Anhänger verbringen viel zu viele Nächte damit, ihre Probleme in Ouisghiz Odah zu ersäufen.

Nummer Zwei stand vor der Badewanne des Kommandanten und zitterte vor Enttäuschung.

»Wollen Sie die Gefangenen denn nicht verhören, Sir?« quiekte er.

Der Kommandant sah ihn verwirrt an.

»Warum um alles in Golgafrincham sollte ich das tun?« fragte er.

»Um Informationen aus ihnen rauszuholen, Sir! Um rauszukriegen, warum sie hergekommen sind!«

»Oh neinneinnein«, sagte der Kommandant, »ich nehme an, sie sind einfach auf einen schnellen Jynnan Tonnyx vorbeigekommen, stimmt's?«

»Aber Sir, sie sind meine Gefangenen! Ich muß sie verhören!«

Der Kommandant sah ihn zweifelnd an.

»Na schön«, sagte er, »wenn Sie das müssen. Fragen Sie sie, was sie trinken möchten.«

Ein hartes, kaltes Glimmen trat in die Augen von Nummer Zwei. Langsam ging er auf Ford und Arthur zu.

»Okay, ihr Dreckskerle«, knurrte er, »ihr Würmer . . .« Er stieß Ford mit seiner Kill-O-Zap an.

»Nu mal sachte, Nummer Zwei«, mahnte der Kommandant freundlich.

»*Was wollt ihr trinken?!!!!*« schrie Nummer Zwei.

»Also, Jynnan Tonnyx hört sich, finde ich, sehr nett an«, sagte Ford. »Wie steht's mit dir, Arthur?«

Arthur blinzelte ihn an.

»Was? Oh, äh, ja«, sagte er.

»*Mit Eis oder ohne?!!!*« schnauzte Nummer Zwei.

»Oh, bitte mit«, sagte Ford.

»*Zitrone??!!!!*«

»Ja, bitte«, sagte Ford, »und hätten Sie vielleicht ein paar von diesen Keksen, Sie wissen schon, die mit Käse?«

»*Ich stelle hier die Fragen!!!!*« schrie Nummer Zwei, dessen Körper vor Wut apoplektisch zitterte.

»Äh, Nummer Zwei . . .«, sagte der Kommandant sanft.

»Sir?!«

»Zieh Leine, ja? Sei 'n netter Bursche. Ich versuche gerade, mich hier im Bad ein bißchen zu entspannen.«

Die Augen von Nummer Zwei wurden schmal, sie wurden das, was in der Schreier- und Killerbranche als eiskalte Schlitze bekannt ist, wobei der Gedanke wahrscheinlich der ist, dem Gegner den Eindruck zu vermitteln, man habe seine Brille verloren oder man habe Schwierigkeiten, wach zu bleiben. Warum das furchteinflößend ist, ist ein bis jetzt ungelöstes Problem.

Er trat auf den Kommandanten zu, sein (der von Nummer Zwei) Mund nur eine schmale, harte Linie. Wiederum schwer zu verstehen, warum das als Kampfhaltung angesehen wird. Falls man, während man gerade durch den Dschungel von Traal wandert, plötzlich auf den legendären Gefräßigen Plapperkäfer stoßen sollte, hätte man alle Veranlassung, dankbar zu sein, wenn dessen Mund eine schmale, harte Linie wäre und nicht das, was er normalerweise ist: eine weit aufgesperrte Masse triefender Giftzähne.

»Dürfte ich Sie daran erinnern, Sir«, zischte Nummer Zwei den Kommandanten an, »daß Sie jetzt schon *über drei Jahre* in der Badewanne sitzen?!« Und nach dieser Breitseite drehte Nummer Zwei sich auf den Hacken um und stelzte in eine Ecke davon, um vor einem Spiegel das Mit-den-Augen-Pfeile-Schleudern zu üben.

Der Kommdant wand sich in seiner Badewanne. Er lächelte Ford Prefect verlegen an.

»Tja, man braucht 'ne Menge Entspannung bei einem Job wie meinem«, sagte er.

Ford nahm langsam die Hände runter. Das führte zu keiner Reaktion. Auch Arthur nahm seine runter.

Sehr langsam und vorsichtig bewegte sich Ford hinüber zu dem Badewannensockel. Er tätschelte ihn.

»Hübsch«, schwindelte er.

Er fragte sich, ob es wohl ungefährlich wäre, wenn er lachte. Sehr langsam und vorsichtig lachte er. Es war ungefährlich.

»Äh . . .«, sagte er zum Kommandanten.

»Ja?« sagte der Kommandant.

»Dürfte ich«, sagte er, »Sie fragen, was für einen Job Sie eigentlich haben?«

Eine Hand gab ihm einen Klaps auf die Schulter. Er fuhr herum.

Es war der Erste Offizier.

»Ihre Drinks«, sagte er.

»Oh danke«, sagte Ford. Er und Arthur nahmen ihren Jynnan Tonnyx entgegen. Arthur nippte an seinem und stellte mit Erstaunen fest, daß er ganz wie Whisky Soda schmeckte.

»Ich meine, die Leichen«, sagte Ford und nippte auch mal, »sind ja einfach nicht zu übersehen. Im Laderaum.«

»Leichen?« fragte der Kommandant überrascht.

Ford zögerte und dachte erst mal nach. Nichts als selbstverständlich voraussetzen, dachte er. Könnte es sein, daß der Kommandant nicht weiß, daß er fünfzehn Millionen Leichen an Bord hat?

Der Kommandant nickte ihm fröhlich zu. Er schien mit einer kleinen Gummiente zu spielen.

Ford sah sich um. Nummer Zwei starrte ihn im Spiegel an, aber nur einen kurzen Moment: seine Augen waren fortwährend in Bewegung. Der Erste Offizier stand einfach da, hatte das Tablett mit den Drinks in der Hand und lächelte freundlich.

»Leichen?« sagte der Kommandant wieder.

Ford beleckte seine Lippen.

»Ja«, sagte er, »alle diese toten Telefondesinfizierer und Werbefachleute, verstehen Sie, unten im Frachtraum.«

Der Kommandant glotzte ihn an. Plötzlich warf er seinen Kopf zurück und lachte.

»Ach, die sind doch nicht tot«, sagte er. »Großer Gott, nein, nein, sie sind tiefgefroren. Sie werden wieder zum Leben erweckt.«

Ford tat etwas, was er sehr selten tat. Er blinkerte mit den Augen.

Arthur schien aus einer Trance zu erwachen.

»Wollen Sie damit sagen, daß Sie einen ganzen Frachtraum voll mit tiefgekühlten Frisören haben?« fragte er.

»Aber ja«, sagte der Kommandant, »ganze Millionen davon. Frisöre, frustrierte Fernsehproduzenten, Versicherungsagenten, Unternehmensberater, was nicht noch alles. Wir wollen einen neuen Planeten besiedeln.«

Ford schwankte ein klein wenig.

»Aufregend, nicht?« sagte der Kommandant.

»Was denn, mit dieser Mischpoche?« fragte Arthur.

»Ach, verstehen Sie mich bitte nicht falsch«, sagte der Kommandant, »wir sind nur eins von den Raumschiffen der Archenflotte. Wir sind die Arche B, verstehen Sie? Pardon, dürfte ich Sie bitten, ein bißchen heißes Wasser nachlaufen zu lassen?«

Arthur tat ihm den Gefallen, und ein Schwall schäumendes, rosafarbenes Wasser wirbelte in der Wanne herum. Der Kommandant stieß einen Wonneseufzer aus.

»Vielen herzlichen Dank, mein lieber Freund. Sie bedienen sich doch natürlich mit Drinks.«

Ford goß seinen Drink in einem Zug runter, nahm die Flasche vom Tablett des Ersten Offiziers und schenkte sich sein Glas bis zum Rand voll.

»Was«, sagte er, »ist denn eine Arche B?«

»Das hier«, sagte der Kommandant und plätscherte mit der Gummiente munter in dem schaumigen Wasser herum.

»Ja«, sagte Ford, »aber . . .«

»Also, es passierte nämlich folgendes, verstehen Sie«, sagte der Kommandant, »unser Planet, die Welt, von der wir kommen, war sozusagen dem Untergang geweiht.«

»Dem Untergang geweiht?«

»Genau. Also meinten alle, dann packen wir eben die ganze Bevölkerung in ein paar riesige Raumschiffe und lassen uns auf einem anderen Planeten nieder.«

Als er in seiner Geschichte so weit gekommen war, lehnte er sich wieder mit einem zufriedenen Grunzen zurück.

»Sie meinen, einen weniger dem Untergang geweihten

Planeten?« half ihm Arthur ein.

»Was sagten Sie, lieber Freund?«

»Einen weniger dem Untergang geweihten Planeten. Auf dem wollten Sie sich niederlassen.«

»Wollen wir uns niederlassen, ja. Also beschloß man, drei Raumschiffe zu bauen, verstehen Sie, drei Raumarchen, und . . . ich langweile Sie doch nicht etwa?«

»Nein, nein«, sagte Ford entschieden, »ich find's faszinierend.«

»Wissen Sie, es ist doch ein Vergnügen«, stellte der Kommandant fest, »zur Abwechslung mal mit jemand anderem zu plaudern.«

Wieder schossen die Augen von Nummer Zwei wie zwei Pfeile hektisch im Raum herum und kehrten dann wieder in den Spiegel zurück wie zwei Fliegen, die für eine Sekunde von ihrem monatealten Lieblingsfleischstück abgelenkt waren.

»Der Kummer bei einer so langen Reise wie dieser«, fuhr der Kommandant fort, »ist, daß man schließlich sehr viel mit sich selber redet, und das wird einfach furchtbar langweilig, denn die Hälfte der Zeit weiß man schon, was man als nächstes sagt.«

»Nur die Hälfte der Zeit?« fragte Arthur überrascht.

Der Kommandant dachte einen Augenblick nach.

»Ja, ungefähr die Hälfte, würde ich sagen. Na egal – wo ist denn die Seife?« Er fischte im Wasser herum und fand sie.

»Ja, also schön«, nahm er den Faden wieder auf, »die Idee war, daß in das erste Raumschiff, die Arche A, all die genialen Führungspersönlichkeiten kommen sollten, die Wissenschaftler, die bedeutenden Künstler, verstehen Sie, alle die großen Macher; und ins dritte Schiff, die Arche C, kamen alle Leute, die die ganze Arbeit machen, die die Sachen tun und die Dinge machen; und schließlich in die Arche B – das sind wir – kamen alle übrigen, die Mittelsmänner und Agenten, verstehen Sie?«

Er lächelte sie glücklich an.

»Und wir wurden als erste losgeschickt«, schloß er und summte eine kleine Badewannenmelodie.

Diese kleine Badewannenmelodie, die einer der aufregendsten

und produktivsten Werbemelodienschreiber der Welt für ihn komponiert hatte (der im Augenblick in Frachtraum sechsunddreißig, an die neunhundert Meter hinter ihnen, schlief), überbrückte, was sonst ein Augenblick verlegenen Schweigens gewesen wäre. Ford und Arthur scharrten mit den Füßen und vermieden es, sich gegenseitig anzusehen.

»Äh . . .«, sagte Arthur nach einer Weile, »was genau war es denn, was an Ihrem Planeten nicht in Ordnung war?«

»Naja, er war dem Untergang geweiht, wie ich ja schon sagte«, erwiderte der Kommandant. »Offenbar sollte er in die Sonne stürzen oder sowas. Oder vielleicht war es auch, daß der Mond auf uns herunterstürzen sollte. Irgend sowas. Eine absolut grauenhafte Aussicht, egal, was es war.«

»Oh«, sagte der Erste Offizier plötzlich, »ich meine, daß der Planet von einem Riesenschwarm zwölf Fuß großer Piranha-Bienen überfallen werden sollte. War's nicht das?«

Nummer Zwei fuhr herum, aus den Augen flammte ein kaltes, hartes Licht: das kann man nur mit den vielen Übungsstunden erreichen, die er dranzusetzen bereit war.

»Das ist nicht das, was man mir gesagt hat!« zischte er. »Mein Regimentskommandeur hat mir gesagt, daß dem ganzen Planeten die Gefahr drohte, von einer riesigen mutierten Sternenziege gefressen zu werden!«

»Ach wirklich . . .«, sagte Ford Prefect.

»Ja! Ein widerliches Vieh vom Grunde der Hölle mit zehntausend Meilen langen Sensenzähnen, mit einem Atem, der die Meere zum Kochen bringt, mit Klauen, die Erdteile aus ihren Wurzeln reißen können, mit eintausend Augen, die wie die Sonne brennen, mit geifernden Kiefern, die eine Million Meilen von einem Ende zum andern messen, ein Ungeheuer, wie man es noch nie . . . nie . . . jemals . . .«

»Und man stellte sicher, daß ihr als erste wegkamt, stimmt's?« erkundigte sich Arthur.

«Aber ja«, sagte der Kommandant, »tja, alle sagten – sehr reizend, wie ich finde –, daß es doch sehr wichtig für die Moral ist, das

Gefühl zu haben, man kommt auf einen anderen Planeten und kann sich darauf verlassen, daß man dort einen guten Haarschnitt erhält und daß die Telefone sauber sind.«

»Oh ja«, stimmte Ford ihm zu, »das verstehe ich, das ist sehr wichtig. Und die anderen Schiffe, äh . . . sind Ihnen dann gefolgt, nicht wahr?«

Einen Augenblick antwortete der Kommandant nicht. Er drehte sich in seiner Badewanne um und stierte nach hinten über den gigantischen Rumpf des Raumschiffs hinweg in den helleuchtenden Mittelpunkt der Galaxis. Er blinzelte in die unbegreifliche Ferne.

»Ach. Tja, komisch, daß Sie darauf zu sprechen kommen«, sagte er und erlaubte sich ein leichtes Stirnrunzeln zu Ford hinüber, »denn merkwürdigerweise haben wir keinen Piep mehr von ihnen gehört, seit wir vor fünf Jahren losgeflogen sind . . . Aber sie müssen irgendwo hinter uns sein.«

Er spähte wieder in die Ferne.

Ford spähte mit ihm gemeinsam und runzelte gedankenvoll die Stirn.

»Es sei denn natürlich . . .«, sagte er sanft, »sie wurden von der Ziege gefressen . . .«

»Ach ja«, sagte der Kommandant, und ein leichtes Zögern kam in seine Stimme, »die Ziege . . .« Sein Blick schweifte über die kompakten Konturen der Instrumente und Computer, mit denen der Kontrollraum vollgestopft war. Sie zwinkerten ihm weiter nichtssagend zu. Er starrte hinaus auf die Sterne, aber keiner von ihnen sagte ein Wort. Er sah auf seinen Ersten und seinen Zweiten Offizier, aber sie schienen im Augenblick in eigenen Gedanken versunken zu sein. Er sah auf Ford Prefect, der die Augenbrauen hob.

»Ist ja ulkig, nicht?« sagte der Kommandant schließlich. »Aber jetzt, wo ich die ganze Geschichte wirklich mal jemand anderem erzähle . . . ich meine, kommt sie Ihnen auch so seltsam vor, Nummer Eins?«

»Ääääähhhh . . .«, sagte Nummer Eins.

»Na schön«, sagte Ford, »ich sehe, Sie haben noch viel auf dem

Herzen, worüber Sie gern reden würden. Also dann, danke für die Drinks, und wenn Sie uns am nächstbesten Planeten irgendwie absetzen könnten . . .«

»Ach ja, das ist ein bißchen schwierig, nicht wahr«, sagte der Kommandant, »weil unser Flugbahn-Dingsbums im voraus programmiert wurde, ehe wir Golgafrincham verließen, ich glaube, zum Teil, weil ich nicht sehr gut im Rechnen bin . . .«

»Sie meinen, wir sitzen hier in diesem Raumschiff fest?« rief Ford, der plötzlich die Geduld mit der ganzen Scharade verlor. »Wann gedenken Sie denn den Planeten zu erreichen, den Sie besiedeln sollen?«

»Oh, wir sind fast da, glaube ich«, sagte der Kommandant, »jede Sekunde jetzt. Es ist vielleicht an der Zeit, daß ich aus der Wanne steige. Das heißt, ich weiß nicht, warum aufhören, wenn's gerade am schönsten ist?«

»Also wir landen wirklich bald?« fragte Arthur.

»Naja, nicht eigentlich *landen,* nein, nicht richtig landen, nein . . . äh . . .«

»Was soll das heißen?« fragte Ford scharf.

»Nun ja«, sagte der Kommandant und bahnte sich vorsichtig seinen Weg durch die Worte hindurch, »ich glaube, soweit ich mich erinnern kann, wurden wir so programmiert, daß wir mit ihm zusammenstoßen.«

»Zusammenstoßen?« riefen Ford und Arthur.

»Äh, ja«, sagte der Kommandant, »ja, das gehörte alles mit zum Plan, glaube ich. Es gab einen wahnsinnig plausiblen Grund dafür, an den ich mich im Moment nicht recht erinnern kann. Es hing damit zusammen, daß . . . äh . . .«

Ford explodierte.

«Ihr seid ja nichts als eine Fuhre komplett verrückter Irrer!« schrie er.

»Ja klar, das war's«, strahlte der Kommandant. »Das war der Grund«.

25

Der Reiseführer *Per Anhalter durch die Galaxis* hat folgendes über den Planeten Golgafrincham zu berichten: *Es ist ein Planet mit einer uralten, rätselvollen Geschichte, reich an Legenden, rot und gelegentlich auch grün vom Blut derer, die ihn in längst vergangenen Zeiten zu erobern suchten; ein Land voller dürrer, öder Gegenden, mit wohlriechender, schwerer Luft, die berauscht ist vom Duft balsamischer Quellen, die über die heißen, staubigen Felsen rieseln und die dunklen, nach Moschus duftenden Flechten darunter nähren; ein Land voller fiebrig erregter Gesichter und trunkener Ideen, besonders bei denen, die von den Flechten essen; ein Land auch voller kühler und nuancierter Gedanken bei denen, die gelernt haben, den Flechten zu entsagen, und einen Baum finden, unter dem man sitzen kann; ein Land auch voller Stahl und Blut und Heldentum; ein Land des Körpers und der Seele. Das war seine Geschichte.*

Und in dieser ganzen uralten und rätselvollen Geschichte waren die allerrätselvollsten Gestalten ganz ohne Zweifel die Großen Kreisenden Dichter von Arium. Diese Kreisenden Dichter lebten auf entlegenen Gebirgspässen, wo sie kleinen Gruppen ahnungsloser Reisender auflauerten, sie umkreisten und mit Steinen bewarfen.

Und wenn die Reisenden riefen, warum sie nicht abhauten und lieber noch ein paar Gedichte schrieben, anstatt die Leute mit diesem ganzen Steinegeschmeiße zu ärgern, hörten sie immer ganz plötzlich damit auf und stimmten einen der siebenhundertvierundneunzig großen Liederzyklen aus Vassillian an. Diese Lieder waren alle von besonderer Schönheit und vor allem von besonderer Länge, und alle waren sie nach genau demselben Muster gestrickt.

Der erste Teil des Liedes pflegte zu erzählen, wie einst aus der Stadt Vassillian eine Schar von fünf klugen Prinzen mit vier Rössern gezogen kam. Die Prinzen, die natürlich tapfer, edel und weise sind, reisen weit in ferne Lande, kämpfen gegen Riesenmenschenfresser, hängen fremdartigen Philosophien an, trinken Tee mit seltsamen Göttern und erlösen schöne Ungeheuer aus der Gewalt blutgieriger Prinzessinnen, ehe sie schließlich verkünden, daß sie die Erleuchtung gefunden haben und ihre Reisen also beendet sind.

Der zweite und viel längere Teil jedes Liedes erzählte dann von allen ihren Streitereien über das Problem, wer von ihnen zu Fuß nach Hause laufen muß.

All das lag weit zurück in der Vergangenheit des Planeten. Es war aber ein Abkömmling eines dieser exzentrischen Dichter, der die falschen Geschichten von dem drohenden Untergang erfand, die den Leuten von Golgafrincham ermöglichten, sich eines total nutzlosen Drittels ihrer Bevölkerung zu entledigen. Die anderen zwei Drittel blieben treu zu Hause und führten ein reiches, erfülltes und glückliches Leben, bis sie plötzlich alle von einer bösartigen Krankheit dahingerafft wurden, die sie sich an einem schmutzigen Telefon geholt hatten.

26

In derselben Nacht machte das Raumschiff Bruch, und zwar auf einem absolut unbedeutenden, kleinen blaugrünen Planeten, der weit draußen in den unerforschten Einöden eines total aus der Mode gekommenen Ausläufers des westlichen Spiralarms der Galaxis um eine unbeachtete, kleine gelbe Sonne kreiste.

In den Stunden vor der Bruchlandung hatte Ford Prefect wütend, aber ergebnislos versucht, die Steuerung des Schiffes von der vorprogrammierten Flugbahn abzukoppeln. Schnell war ihm aber klargeworden,daß das Raumschiff so programmiert war, daß es seine Ladung sicher, wenn auch unsaft in der neuen Heimat absetzen würde, daß es dabei selber so beschädigt würde, daß es keine Hoffnung gäbe, es zu reparieren.

Bei dem kreischenden, hellglühenden Sturz durch die Atmosphäre waren seine Aufbauten und die Außenpanzerung zum größten Teil abgerissen worden, und sein schließlich unrühmlicher Bauchklatscher in einen trüben Sumpf hatte der Mannschaft in der Dunkelheit nur wenige Stunden Zeit gelassen, die tiefgefrorene, unerwünschte Fracht zum Leben zu erwecken und auszuladen, denn das Schiff begann fast augenblicklich zu sinken, wobei es seinen gigantischen Rumpf in dem zähen Schlamm langsam aufrichtete. Ein- oder zweimal in der Nacht war seine starre Silhouette gegen den Himmel zu erkennen, als glühende Meteore – die Trümmer von dem Absturz – über den Himmel sausten.

Im grauen Licht der frühen Morgendämmerung gab es schließlich ein ungeheures obszönes Gurgeln von sich und versank für immer in der stinkenden Tiefe.

Als die Sonne an diesem Morgen aufging, verbreitete sie ihr spärliches, wässeriges Licht über eine weite Fläche, auf der es von jammernden Frisören, Werbeleuten, Meinungsforschern und allem übrigen wimmelte, die verzweifelt aufs Trockene krabbelten.

Eine weniger unerschütterliche Sonne wäre wahrscheinlich gleich wieder untergegangen, sie aber stieg weiter am Himmel empor, und nach einer Weile taten die wärmenden Strahlen bei den kraftlos herumstrampelnden Kreaturen ihre Wirkung.

Zahllose Massen von ihnen waren – nicht überraschend – in der Nacht im Morast untergegangen, und weitere Millionen waren mit dem Schiff in die Tiefe gesunken, aber die Überlebenden zählten immer noch Hunderttausende, und während der Tag sich hinzog, krochen sie tiefer in das Land um sie herum, jeder auf der Suche nach ein paar Quadratmetern festem Boden, auf dem er niedersinken und sich von dem schrecklichen Alptraum erholen konnte.

Zwei Gestalten zogen weiter fort.

Von einem nahegelegenen Hügel aus beobachteten Ford Prefect und Arthur Dent die Schreckensszenen, zu denen sie sich nicht zugehörig fühlten.

»Uns so einen dreckigen, gemeinen Streich zu spielen«, murmelte Arthur.

Ford kratzte mit einem Stöckchen auf der Erde rum und zuckte die Achseln.

»Eine phantastische Lösung des Problems, würde ich meinen«, sagte er.

»Warum können Leute einfach nicht lernen, in Frieden und Eintracht miteinander zu leben?« sagte Arthur.

Ford stieß ein lautes, dumpfes Lachen aus.

»Zweiundvierzig!« sagte er mit einem boshaften Grinsen. »Nein, es funktioniert nicht. Mach dir nichts draus.«

Arthur sah ihn an, als wäre er verrückt geworden, und da ihn nichts vom Gegenteil überzeugte, wurde ihm klar, daß es absolut vernünftig wäre anzunehmen, daß genau das eingetreten sei.

»Was meinst du, was mit denen allen dort passiert?« fragte er nach einer Weile.

»In einem unendlichen Universum kann alles passieren«, sagte Ford. »Sogar, daß sie überleben. Komisch, aber wahr.«

Ein seltsamer Blick trat in seine Augen, als sie über die Landschaft glitten und dann wieder an den Elendsszenen unten hängenblieben.

»Ich glaube, eine Weile werden sie schon durchhalten«, sagte er.

Arthur sah gereizt auf.

»Warum sagst du das?« fragte er.

Ford zuckte die Achseln.

»Nur so eine Ahnung«, sagte er und lehnte jede weitere Frage ab.

»Guck mal«, sagte er plötzlich.

Arthur folgte seinem Zeigefinger. Zwischen den lagernden Massen unten bewegte sich eine Gestalt – sie schwankte, wäre eine genauere Beschreibung. Sie schien irgendwas auf der Schulter zu tragen. Während sie von einer hingestreckten Gestalt zur anderen torkelte, winkte sie anscheinend mit diesem Ding, was es auch sein mochte, den Leuten irgendwie betrunken zu. Nach einer Weile gab sie den Kampf auf und fiel um.

Arthur hatte keine Ahnung, was das bedeuten sollte.

»Filmkamera«, sagte Ford. »Festhalten des historischen Augenblicks.«

»Tja, ich weiß nicht, was mit dir ist«, sagte Ford wieder nach einer Weile, »aber ich bin draußen.«

Er saß eine Zeitlang schweigend da.

Nach einer Weile schien das eine Bemerkung zu erfordern.

»Äh, wenn du sagst, du bist draußen, was genau meinst du damit?« fragte Arthur.

»Gute Frage«, sagte Ford, »ich kriege nur absolutes Schweigen rein.«

Arthur blickte über seine Schulter und sah, daß Ford an den Knöpfen eines kleinen schwarzen Kästchens herumfummelte. Ford hatte Arthur schon mal erklärt, daß dieses Kästchen ein Sub-Etha-Sens-O-Matic sei, aber Arthur hatte bloß geistesabwesend genickt und die Angelegenheit nicht weiter verfolgt. In seiner Vorstellung zerfiel das Universum immer noch in zwei Teile – erstens die Erde und zweitens alles andere. Nachdem die Erde zerstört war, um einer Hyperraum-Umgehungsstraße Platz zu machen, war seine Einstellung zu den Dingen notgedrungen etwas einseitig, aber Arthur neigte dazu, an dieser Einseitigkeit als letzter ihm bleibenden Verbindung mit seiner Heimat festzuhalten. Sub-Etha-Sens-O-Matics gehörten zweifellos in die »Alles andere«-Kategorie.

»Nicht mal irgend welcher Käse«, sagte Ford und schüttelte das Ding.

Käse, dachte Arthur und starrte gleichgültig in die primitive Welt um sich her, was würde er jetzt nicht für einen guten Erden-Käse geben!

»Würdest du das glauben«, sagte Ford empört, »daß es innerhalb von Lichtjahren von diesem gottverlassenen Winkel hier keine Übertragungen gibt? Hörst du mir überhaupt zu?«

»Was?« sagte Arthur.

»Wir sitzen in der Tinte«, sagte Ford.

»Oh«, sagte Arthur. Das hörte sich für ihn wie eine Monate alte Neuigkeit an. »Bis wir nicht irgendwas in diesen Apparat reinkriegen«, sagte Ford, »sind unsere Chancen, von diesem Planeten hier wegzukommen, gleich Null. Vielleicht ist es irgendein komischer Effekt durch stehende Wellen im Magnetfeld des Planeten – weißt du was, wir reisen einfach herum, bis wir in eine Gegend mit klarem Empfang kommen. Kommst du mit?«

Er hob seinen Ranzen auf und schlenderte davon.

Arthur sah den Hügel hinunter. Der Mann mit der Filmkamera hatte sich gerade rechtzeitig wieder hochgerappelt, um einen seiner Gefährten dabei zu filmen, wie er hinfiel.

Arthur steckte sich einen Grashalm zwischen die Zähne und zokkelte hinter Ford her.

27

»Ich hoffe, Ihr Essen war reizend«, sagte Zarniwoop zu Zaphod und Trillian, als sie sich im Kontrollraum des Sternenschiffs »Herz aus Gold« wieder materialisierten und keuchend am Boden lagen.

Zaphod öffnete ein paar Augen und sah ihn finster an.

»Ach, Sie«, fauchte er. Er rappelte sich mühsam auf die Beine und stampfte davon, um sich einen Sessel zu suchen, in den er plumpsen konnte. Er fand einen und plumpste hinein.

»Ich habe den Computer mit den für unsere Reise wichtigen Unwahrscheinlichkeitskoordinaten programmiert«, sagte Zarniwoop, »wir werden sehr bald dort ankommen. Warum ruhen Sie sich inzwischen nicht ein bißchen aus, um sich auf die Begegnung vorzubereiten?«

Zaphod sagte nichts. Er stand wieder auf und marschierte rüber zu einem kleinen Schrank, aus dem er eine Flasche Alten Janx-Geist holte. Er nahm einen langen Schluck daraus.

»Und wenn das alles erledigt ist«, sagte Zaphod grimmig, »dann ist es vorbei, okay? Dann bin ich frei und kann gehen und tun, was mir verdammt nochmal gefällt, und auf Stränden rumliegen und alles sowas, ja?«

»Das hängt davon ab, wieviel von der Begegnung durchsickert«, sagte Zarniwoop.

»Zaphod, wer ist dieser Mann?« fragte Trillian unsicher und stand wackelnd auf ihren Beinen. »Was macht er hier? Warum ist er in unserem Raumschiff?«

»Er ist ein furchtbar dußliger Kerl«, sagte Zaphod, »der dem Mann begegnen will, der das Universum regiert.«

»Aha«, sagte Trillian, nahm Zaphod die Flasche weg und bediente sich, »ein gesellschaftlicher Streber.«

28

Das Hauptproblem – *eines* der Hauptprobleme, denn es gibt mehrere – eines der vielen Hauptprobleme beim Regieren von Leuten ist, von wem man sich das gefallen läßt; oder vielmehr, wer es schafft, die Leute soweit zu kriegen, daß sie sich's gefallen lassen.

Zusammenfassend: Es ist eine allseits bekannte Tatsache, daß die Leute, die sich am meisten *wünschen,* Leute zu regieren, gerade deshalb diejenigen sind, die am wenigsten dazu geeignet sind. Um die Zusammenfassung zusammenzufassen: Jeder, der imstande ist, sich zum Präsidenten wählen zu lassen, sollte um alles in der Welt daran gehindert werden, daß er seinen Job ausübt. Um die zusammengefaßte Zusammenfassung zusammenzufassen: Leute sind ein Problem.

Und folglich ist das die Situation, die wir vorfinden: eine lange Reihe Galaktischer Präsidenten, die den Spaß und das ganze Drum und Dran, an der Macht zu sein, derart genießen, daß sie nur sehr selten bemerken, daß sie's gar nicht sind.

Und irgendwo im Dunkel hinter ihnen – wer?

Wer kann denn regieren, wenn jeder, der es will, um alles in der Welt daran gehindert werden muß?

29

Auf einem kleinen, unbedeutenden Stern irgendwo inmitten von nirgendwo Besonderem – nirgendwo, das heißt, nirgends, wohin man je gelangen könnte, da der Stern von einem gewaltigen Unwahrscheinlichkeitsfeld abgeschirmt ist, zu dem nur sechs Männer in der Galaxis einen Schlüssel besitzen – regnete es.

Es goß nur so, und das schon seit Stunden. Der Regen peitschte das Meer zu gischtigem Nebel hoch, er trommelte gegen die Bäume, er zerwühlte ein ödes Stück Land in der Nähe des Meeres zu einem Schlammbad.

Der Regen prasselte und tanzte auf das Wellblechdach der kleinen Hütte, die mitten auf diesem öden Stück Land stand. Er schwemmte den kleinen, holperigen Pfad weg, der von der Hütte hinunter an den Strand führte und spülte die Haufen interessanter Muschelschalen fort, die dort ordentlich aufgeschichtet lagen.

Drinnen war das Geräusch des Regens auf dem Dach der Hütte ohrenbetäubend laut, wurde aber von ihrem Bewohner so gut wie nicht beachtet, dessen Aufmerksamkeit auf andere Dinge gerichtet war.

Er war ein großer Mann mit langsamen Bewegungen, dessen zerzaustes strohblondes Haar feucht war von dem Wasser, das durch das Dach tropfte. Seine Kleider waren abgetragen, sein Rücken gebeugt, und seine Augen, obwohl offen, schienen geschlossen zu sein.

In seiner Hütte befanden sich ein alter, abgewetzter Armsessel, ein alter, zerkratzter Tisch, eine alte Matratze, ein paar Kissen und ein Ofen, der klein, aber warm war.

Außerdem war da noch eine alte, vom Wetter etwas mitgenommene Katze, und sie war offenbar der Gegenstand der Aufmerksamkeit des Mannes. Er beugte sich langsam zu ihr herunter.

»Muschmuschmusch«, sagte er, »kutschikutschikutschiku . . . will Kätzchen ihren Fisch? Feines Fischchen . . . will Kätzchen es haben?«

Die Katze schien in der Angelegenheit noch etwas unentschieden. Sie langte mit der Pfote ziemlich herablassend nach dem Stück Fisch, das der Mann ihr hinhielt, und wurde dann von einer Staubflocke auf dem Fußboden abgelenkt.

»Ißt Kätzchen ihren Fisch nicht, wird Kätzchen dünn werden und vom Fleisch fallen, glaube ich«, sagte der Mann. Zweifel schlichen sich in seine Stimme.

»Ich meine jedenfalls, daß das passieren wird«, sagte er, »aber woher soll ich es wissen?«

Er hielt ihr den Fisch wieder hin.

»Denk nach, Kätzchen«, sagte er, »iß deinen Fisch oder iß ihn nicht. Ich glaube, es ist besser, wenn ich mich da raushalte.« Er seufzte.

»Ich denke, Fisch ist was Schönes, aber dann denke ich, daß Regen was Nasses ist, also wer bin ich schon, daß ich mir da ein Urteil erlauben kann?«

Er ließ den Fisch für die Katze auf dem Boden liegen und zog sich zu seinem Sessel zurück.

»Aha, ich meine, ich sehe dich ihn essen«, sagte er schließlich, als die Katze die Unterhaltungsmöglichkeiten der Staubflocke erschöpft hatte und sich auf den Fisch stürzte.

»Mir gefällt es, wenn ich dich den Fisch essen sehe«, sagte der Mann, »denn meiner Meinung nach fällst du vom Fleisch, wenn du's nicht tust.«

Er nahm vom Tisch ein Stück Papier und einen Bleistiftstummel. Das eine hielt er in der einen und das andere in der anderen Hand und probierte die verschiedenen Möglichkeiten aus, sie zusammenzubringen. Er probierte, den Bleistift unter das Papier zu halten, dann über das Papier, dann neben das Papier. Er versuchte, das Papier um den Bleistift zu wickeln, er versuchte, mit dem stumpfen Ende des Bleistifts am Papier zu reiben, und dann versuchte er, mit dem spitzen Ende des Bleistifts am Papier zu reiben. Das hinterließ einen

Strich, und er war über die Entdeckung entzückt, wie er das jeden Tag war. Er nahm ein zweites Blatt Papier vom Tisch. Darauf war ein Kreuzworträtsel. Er musterte es kurz und füllte ein paar Lösungswörter aus, ehe er das Interesse verlor.

Er versuchte, auf einer seiner Hände zu sitzen, und war fasziniert davon, seine Hüftknochen zu spüren.

»Der Fisch kommt von weither«, sagte er, »oder man hat mir das erzählt. Oder ich bilde mir ein, daß man mir das erzählt hat. Wenn die Männer kommen, oder wenn vielmehr meiner Meinung nach die Männer in ihren sechs blanken, schwarzen Raumschiffen kommen, kommen sie dann auch deiner Meinung nach? Was siehst du eigentlich, Kätzchen?«

Er warf einen Blick auf die Katze, die viel mehr damit beschäftigt war, den Fisch so schnell wie möglich runterzuschlingen, als solche Überlegungen anzustellen.

»Und wenn ich ihre Fragen höre, hörst du auch Fragen? Was sagen dir ihre Stimmen? Vielleicht denkst du einfach, sie singen dir Lieder vor.« Er dachte darüber nach und entdeckte den Fehler in der Überlegung.

Vielleicht singen sie dir Lieder vor«, sagte er, »und ich glaube, sie stellen mir Fragen.«

Er hielt wieder inne. Manchmal hielt er tagelang inne, bloß um zu sehen, wie das war.

»Glaubst du, sie waren heute hier?« sagte er. »Ich glaube es. Es ist Dreck auf dem Fußboden, Zigaretten und Whisky stehen auf dem Tisch, Fisch liegt für dich auf einem Teller, und in meinen Gedanken habe ich eine Erinnerung an sie. Kaum ein logischer Beweis, das ist mir klar, aber dann sind alle Beweise nebensächlich. Und schau mal, was sie mir noch dagelassen haben.«

Er langte über den Tisch und nahm ein paar Dinge hoch.

»Kreuzworträtsel, Wörterbücher und einen Taschenrechner.«

Eine Stunde lang spielte er mit dem Taschenrechner, während sich die Katze schlafenlegte und der Regen draußen weiter herabströmte. Schließlich legte er den Taschenrechner beiseite.

»Ich glaube, ich habe recht mit meiner Meinung, daß sie mir Fragen stellen«, sagte er.

»Von so weit herzukommen und alle die Dinge hierzulassen, bloß um dir Lieder vorsingen zu dürfen, wäre doch ein sehr sonderbares Verhalten. Jedenfalls erscheint mir das so. Aber wer weiß, wer weiß.«

Er nahm eine Zigarette vom Tisch und zündete sie sich mit einem brennenden Span aus dem Ofen an. Er sog den Rauch tief ein und lehnte sich zurück.

»Ich glaube, ich habe heute noch ein anderes Raumschiff am Himmel gesehen«, sagte er schließlich. »Ein großes, weißes. Ich habe noch nie ein großes weißes Raumschiff gesehen, nur die sechs schwarzen. Und die sechs grünen. Und die anderen, die sagen, daß sie von so weit herkommen. Nie ein großes, weißes. Vielleicht können sechs kleine, schwarze zu bestimmten Zeiten wie ein großes, weißes aussehen. Vielleicht möchte ich gern ein Glas Whisky. Ja, das scheint wir wahrscheinlicher.«

Er stand auf und fand ein Glas am Boden neben seiner Matratze liegen. Er goß sich einen Schluck aus seiner Whiskyflasche ein. Er setzte sich wieder.

»Vielleicht kommen irgendwelche anderen Leute mich besuchen«, sagte er.

Hundert Meter entfernt lag in dem gießbachartigen Regen die »Herz aus Gold«.

Ihre Luke ging auf, und drei Gestalten, die sich dicht zusammendrängten, um ihre Gesichter gegen den Regen zu schützen, traten heraus.

»Da drin?« schrie Trillian über den Lärm des Regens weg.

»Ja«, sagte Zarniwoop.

»In dieser Hütte da?«

»Ja.«

»Merkwürdig«, sagte Zaphod.

»Aber das ist doch hier mitten von nirgendwo«, sagte Trillian,

»wir müssen am falschen Ort gelandet sein. Man kann das Universum doch nicht von einer Hütte aus regieren.«

Sie liefen durch den strömenden Regen und kamen, naß bis auf die Haut, an der Tür an. Sie klopften. Sie zitterten.

Die Tür ging auf.

»Hallo«, sagte der Mann.

»Äh, Entschuldigung«, sagte Zarniwoop, »ich habe Grund zur Annahme . . .«

»Regierst du das Universum?« platzte Zaphod heraus.

Der Mann lächelte ihn an.

»Ich versuche, es nicht zu tun«, sagte er. »Seid ihr naß?«

Zaphod sah ihn erstaunt an.

»Naß?« rief er. »Siehst's nicht so aus, als wären wir naß?«

»Es scheint mir so«, sagte der Mann, »aber welcher Ansicht ihr darüber seid, das könnte eine ganz andere Geschichte sein. Wenn ihr meint, Wärme trocknet euch, dann kommt ihr besser rein.«

Sie gingen hinein.

Sie blickten sich in der winzigen Hütte um – Zarniwoop mit leichtem Abscheu, Trillian mit Interesse, Zaphod mit Entzücken.

»He, äh . . .«, sagte Zaphod, »wie heißt du denn?«

Der Mann sah sie zweifelnd an.

»Das weiß ich nicht. Wieso? Meint ihr, ich sollte einen Namen haben? Es erscheint mir sehr merkwürdig, einem Bündel vager Sinneswahrnehmungen einen Namen zu geben.«

Er lud Trillian ein, im Sessel Platz zu nehmen. Er setzte sich auf die Sesselkante, Zarniwoop lehnte steif am Tisch, und Zaphod legte sich auf die Matratze.

»Mannomann!« sagte Zaphod. »Der Sitz der Macht!« Er kitzelte die Katze.

»Hör zu«, sagte Zarniwoop, »ich muß dir ein paar Fragen stellen.«

»In Ordnung«, sagte freundlich der Mann, »du kannst meiner Katze vorsingen, wenn du möchtest.«

»Würde sie das mögen?« fragte Zaphod.

»Frag sie am besten selbst«, sagte der Mann.

»Kann sie sprechen?« sagte Zaphod.

»Ich erinnere mich nicht daran, ob sie sprechen kann«, sagte der Mann, »aber auf mich ist überhaupt kein Verlaß.«

Zarniwoop zog ein paar Zettel aus der Tasche.

»Also«, sagte er, »du regierst das Universum, stimmt's?«

»Woher soll ich das wissen?« sagte der Mann.

Zarniwoop hakte eine Frage auf dem Zettel ab.

»Wie lange machst du das schon?«

»Ach«, sagte der Mann, »das ist eine Frage nach der Vergangenheit, oder?«

Zarniwoop sah ihn verdutzt an. Es war nicht ganz das, was er erwartet hatte.

»Ja«, sagte er.

»Woher soll ich wissen«, sagte der Mann, »ob die Vergangenheit keine Fiktion ist, die nur erfunden ist, um den Zwiespalt zwischen meinen augenblicklichen Sinneswahrnehmungen und meiner Geistesverfassung zu erklären?«

Zarniwoop starrte ihn an. Aus seinen durchgeweichten Sachen stieg Dampf auf.

»Beantwortest du eigentlich alle Fragen so?« fragte er.

Der Mann antwortete schnell.

»Ich sage, was mir in den Sinn kommt, wenn ich meine, Leute etwas sagen zu hören. Mehr weiß ich nicht.«

Zaphod lachte glücklich.

»Darauf trinke ich«, sagte er und zog die Flasche Alten Janx-Geist hervor. Er sprang auf und reichte die Flasche dem Beherrscher des Universums, der sie mit Freuden entgegennahm.

»Alles Gute, großer Meister«, sagte er, »ich sag's, wie's ist.«

»Nein, hör doch mal zu«, sagte Zarniwoop, »es kommen doch Leute zu dir, stimmt's? In Raumschiffen . . .«

»Ich denke, ja«, sagte der Mann und reichte Trillian die Flasche.

»Und sie bitten dich«, sagte Zarniwoop, »ihnen Entscheidungen abzunehmen? Über das Leben von Leuten, über Welten, über Wirtschaftsfragen, über Kriege, über alles, was da draußen im Universum geschieht?«

»Da draußen?« fragte der Mann. »Wo draußen?«

»Dort draußen!« sagte Zarniwoop und zeigte auf die Tür.

»Woher weißt du, daß da draußen irgendwas ist?« sagte der Mann höflich. »Die Tür ist doch zu.«

Der Regen trommelte weiter auf das Dach. In der Hütte war es warm.

»Aber du weißt, daß da draußen ein ganzes Universum ist!« rief Zarniwoop. »Du kannst deiner Verantwortung nicht einfach entgehen, indem du sagst, es gibt sie nicht!«

Der Beherrscher des Universums dachte lange nach, während Zarniwoop vor Wut zitterte.

»Du bist dir deiner Tatsachen sehr gewiß«, sagte er endlich. »Ich würde der Vorstellung eines Mannes nicht trauen, der das Universum – wenn es eins gibt – als selbstverständlich voraussetzt.«

Zarniwoop zitterte immer noch, war aber still.

»Ich entscheide nur über mein Universum«, fuhr der Mann ruhig fort. »Mein Universum sind meine Augen und meine Ohren. Alles andere ist nur Gerücht.«

»Aber glaubst du denn an gar nichts?«

Der Mann zuckte die Schultern und nahm seine Katze hoch.

»Ich verstehe nicht, was du meinst«, sagte er.

»Du verstehst nicht, daß das, was du hier in deiner Hütte entscheidest, das Leben und Schicksal von Millionen von Leuten beeinflußt? Das ist doch alles absurd und falsch!«

»Ich weiß es nicht. Ich bin all den Leuten, von denen du sprichst, nie begegnet. Und du, nehme ich an, auch nicht. Sie existieren nur in Worten, die wir hören. Es ist Unsinn, zu sagen, du wüßtest, was anderen Leute widerfährt. Nur sie wissen es, falls es sie gibt. Sie haben ihr eigenes Universum ihrer Augen und Ohren.«

Trillian sagte: »Ich glaube, ich mach mal eben einen Sprung nach draußen.«

Sie lief hinaus in den Regen.

»Glaubst du, es existieren andere Leute?« bohrte Zarniwoop.

»Ich habe dazu keine Meinung. Wie soll ich das wissen?«

»Ich seh besser mal nach, was mit Trillian ist«, sagte Zaphod und schlüpfte hinaus.

Draußen sagte er zu ihr: »Ich glaube, das Universum ist wirklich in guten Händen, was?«

»In sehr guten«, sagte Trillian. Sie spazierten durch den Regen davon.

Drinnen ließ Zarniwoop nicht locker.

»Begreifst du denn nicht, daß auf dein Wort hin Leute leben oder sterben?«

Der Beherrscher des Universums wartete so lange wie möglich. Als er leise hörte, wie die Maschinen des Raumschiffs gestartet wurden, sprach er, um das Geräusch zu übertönen.

»Das hat nichts mit mir zu tun«, sagte er, »ich habe mit den Leuten nichts zu schaffen. Gott weiß, daß ich nicht grausam bin.«

»Aha!« belferte Zarniwoop. »Du sagst ›Gott‹. Du glaubst also doch an was.«

»Meine Katze«, sagte der Mann liebevoll, nahm sie wieder hoch und streichelte sie, »ich nenne sie Gott. Ich bin freundlich zu ihr.«

»Okay«, sagte Zarniwoop beharrlich, »woher weißt du, daß sie existiert? Woher weißt du, daß sie dich als freundlich empfindet oder daß sie genießt, was sie für deine Freundlichkeit hält?«

»Ich weiß es nicht«, sagte der Mann mit einem Lächeln, »ich habe keine Ahnung. Es macht mir nur Freude, mich auf eine ganz bestimmte Art und Weise jemanden gegenüber zu verhalten, der eine Katze zu sein scheint. Verhältst du dich denn anders? Bitte, ich glaube, ich bin müde.«

Zarniwoop stieß einen durch und durch unzufriedenen Seufzer aus und sah sich um.

»Wo sind denn die anderen beiden?« fragte er plötzlich.

»Welche anderen beiden?« sagte der Beherrscher des Universums, machte sich's in seinem Sessel bequem und schenkte sich sein Whiskyglas wieder voll.

»Beeblebrox und das Mädchen! Die beiden, die hier waren!«

»Ich erinnere mich an niemanden. Die Vergangenheit ist eine Fiktion, die erklären soll . . .«

»Schnauze!« kläffte Zarniwoop und rannte hinaus in den Regen. Kein Raumschiff war zu sehen. Der Regen weichte den Matsch immer tiefer auf. Kein Spur war da, um ihm zu zeigen, wo das Schiff gelegen hatte. Er schrie in den Regen hinein. Er kehrte um und lief zu der Hütte zurück. Sie war verschlossen.

Der Beherrscher des Universums döste in seinem Sessel vor sich hin. Nach einer Weile spielte er wieder mit dem Bleistift und dem Papier und war entzückt, als er entdeckte, wie man mit dem einen auf dem anderen einen Strich macht. Draußen tönten irgendwelche Geräusche, aber er wußte nicht, ob sie wirklich waren oder nicht. Dann redete er eine Woche lang zu seinem Tisch, um mal zu sehen, wie er reagieren würde.

30

Die Sterne kamen am Abend strahlend vor Glanz und Klarheit heraus. Ford und Arthur waren mehr Meilen gewandert, als sie zu sagen vermochten, und machten schließlich halt, um zu rasten. Die Nacht war kühl und mild, die Luft rein, und der Sub-Etha-Sens-O-Matic sagte keinen Piep.

Eine wundervolle Stille schwebte über der Welt, eine zauberische Ruhe, die sich mit den sanften Wohlgerüchen der Wälder, dem behaglichen Gesumme der Insekten und dem strahlendhellen Licht der Sterne verband, um ihre überreizten Sinne zu beruhigen. Selbst Ford Prefect, der mehr Welten gesehen hatte, als er an einem langen Nachmittag aufzählen konnte, fragte sich so allmählich, ob das nicht doch die schönste von allen sei, die er gesehen hatte. Den ganzen Tag waren sie durch wellige grüne Hügel und Täler gestreift, die üppig mit Gräsern, wilden, wohlriechenden Blumen und hohen, dicht belaubten Bäumen bestanden waren, die Sonne hatte sie gewärmt, sanfte Winde hatten sie gekühlt, und Ford Prefect hatte seinen Sub-Etha-Sens-O-Matic immer weniger oft befragt und war über dessen beharrliches Schweigen immer weniger verärgert gewesen. So allmählich meinte er, daß es ihm hier gefalle.

Obgleich die Nachtluft kalt war, schliefen sie gesund und erholsam im Freien und wachten ein paar Stunden später, als der Tau fiel, erfrischt, aber hungrig auf. Ford hatte in Milliways ein paar kleine Brötchen in seinen Ranzen gestopft, und die frühstückten sie jetzt, bevor sie weiterzogen.

Bis jetzt waren sie völlig nach Gutdünken gelaufen, nun aber schlugen sie ihren Weg genau in Richtung Osten ein, der Meinung, wenn sie diese Welt erkunden wollten, müßten sie schon eine klare Vorstellung davon haben, woher sie gekommen waren und wohin sie zu gehen gedächten.

Kurz vor Mittag fanden sie einen Hinweis darauf, daß die Welt, in der sie gelandet waren, nicht unbewohnt sei: ein flüchtig wahrgenommenes Gesicht zwischen den Bäumen, das sie beobachtete. Es verschwand im selben Augenblick, als sie beide es bemerkten, aber der Eindruck, den beide behielten, war der eines humanoiden Wesens, das neugierig, doch nicht erschreckt auf ihren Anblick reagierte. Eine halbe Stunde später erblickten sie ein zweites solches Gesicht, und zehn Minuten darauf noch eins.

Eine Minute später stolperten sie auf eine weite Lichtung und blieben wie angewurzelt stehen.

Vor ihnen, in der Mitte der Lichtung, stand eine Gruppe von ungefähr zwei Dutzend Männern und Frauen. Sie standen still und schweigend da und sahen Ford und Arthur an. Um einige der Frauen drängten sich ein paar kleine Kinder, und hinter der Gruppe befand sich eine wackelige Ansammlung kleiner, aus Schlick und Zweigen erbauter Behausungen.

Ford und Arthur hielten den Atem an.

Der längste der Männer war wenig über einen Meter fünfzig groß, alle waren sie leicht nach vorn gebeugt, hatten ziemlich lange Arme und niedrige Stirnen und klare, leuchtende Augen, mit denen sie den Fremden aufmerksam entgegenblickten.

Als Ford und Arthur sahen, daß sie keine Waffen trugen und keine Anstalten machten, auf sie loszugehen, wurde ihnen etwas wohler zumute.

Eine Weile starrten die beiden Gruppen einander einfach an, und keine Seite machte irgendeine Bewegung. Die Eingeborenen schienen über die Eindringlinge verwundert zu sein, und wenn sie auch keine Anzeichen von Aggression zeigten, so gaben sie auch ganz deutlich nichts Einladendes zu erkennen.

Nichts geschah.

Volle zwei Minuten geschah immer noch nichts.

Nach zwei Minuten war Ford der Ansicht, daß es Zeit sei, daß etwas geschehe.

»Hallo«, sagte er.

Die Frauen zogen ihre Kinder etwas näher an sich heran.

Die Männer machten kaum eine wahrnehmbare Bewegung, und doch ließ ihre ganze Haltung deutlich erkennen, daß Fords Gruß nicht willkommen war – er wurde keineswegs besonders übel aufgenommen, er war nur einfach nicht willkommen.

Einer der Männer, der ein wenig vor dem Rest der Gruppe gestanden hatte und also ihr Anführer sein mochte, kam näher. Sein Gesicht war friedlich und sanft, fast heiter.

»Ugghhhuuggghhhrrr uh uh ruh uurgh«, sagte er mit ruhiger Stimme.

Das erstaunte Arthur sehr. Er hatte sich derart daran gewöhnt, von dem Babelfisch in seinem Ohr sofort und unwillkürlich eine Übersetzung von allem zu bekommen, was er hörte, daß er ihn völlig vergessen hatte und erst jetzt wieder an seine Anwesenheit erinnert wurde, da er offenbar nicht funktionierte. Vage Bedeutungsspuren waren ganz hinten durch sein Bewußtsein geflackert, aber sie ergaben nichts, woraus er sich einen Reim machen konnte. Er riet – richtig, wie sich herausstellte –, daß diese Leute bis jetzt nicht mehr als die kümmerlichsten Anfangsgründe von Sprache entwickelt hatten, und daß der Babelfisch daher nicht die Macht hatte, ihm zu helfen. Er sah Ford an, der in solchen Sachen unendlich mehr Erfahrung hatte.

»Ich glaube«, sagte Ford aus dem Mundwinkel, »er fragt uns, ob wir was dagegen hätten, um das Dorf einen Bogen zu machen.«

Eine Geste des Mensch-Wesens schien das wenig später zu bestätigen.

»Ruurggghhh urrgggh; urgh urgh (uh ruh) rruurruuh ug«, sagte der Mann.

»Das Wesentliche«, sagte Ford, »soweit ich es rauskriege, ist, daß wir herzlich gern unsere Reise ganz nach Belieben fortsetzen können, aber wenn wir um sein Dorf herumgehen würden, statt durch es hindurch, würde es sie alle sehr glücklich machen.«

»Was machen wir?«

»Ich denke, wir machen sie glücklich«, sagte Ford.

Langsam und vorsichtig gingen sie um den Rand der Lichtung herum. Das schien den Eingeborenen sehr zu gefallen, die sich ganz leicht gegen sie verbeugten und sich dann wieder an ihre Arbeit machten.

Ford und Arthur wanderten weiter durch den Wald. Ein paar hundert Meter hinter der Lichtung stießen sie plötzlich auf einen kleinen Haufen Früchte, der auf ihrem Weg lag – Beeren, die Himbeeren und Brombeeren auffallend ähnlich sahen, und weiche Früchte mit grüner Schale, die Birnen auffallend ähnlich sahen.

Bis jetzt hatten sie die Früchte und Beeren, die sie gesehen hatten, gemieden, obwohl die Bäume und Büsche voll davon waren.

»Sieh's mal so«, hatte Ford Prefect gesagt, »Früchte und Beeren auf fremden Planeten lassen einen entweder leben oder sterben. Folglich ist der Augenblick, an dem man anfangen kann, mit ihnen zu liebäugeln, dann, wenn man sterben würde, wenn man's nicht täte. So bleibt man immer einen Schritt voraus. Das Geheimnis, als Anhalter gesund zu bleiben, ist, nur Abgepacktes zu essen.«

Argwöhnisch betrachteten sie die Früchte, die auf ihrem Weg lagen. Sie sahen so gut aus, daß ihnen vor Hunger fast schlecht wurde.

»Sieh's mal so an«, sagte Ford, »äh . . .«

»Ja?« sagte Arthur.

«Ich versuche, eine Möglichkeit rauszufinden, die Sache so zu betrachten, daß wir sie essen können«, sagte Ford.

Die durch die Laubwipfel tanzenden Sonnenstrahlen leuchteten auf der dicken Schale der Dinger, die wie Birnen aussahen. Diejenigen, die wie Himbeeren und Brombeeren aussahen, waren größer und reifer, als Arthur sie je zu Gesicht bekommen hatte, selbst in der Eiscremewerbung.

»Warum essen wir sie nicht und denken hinterher darüber nach?« sagte er.

»Vielleicht wollen sie, daß wir genau das tun.«

»Ja schön, sieh's doch mal so an . . .«

»Hört sich gut an bisher.«

»Sie liegen da, damit wir sie essen. Entweder sind sie gut oder schlecht, entweder wollen sie uns was zu essen geben oder uns vergiften. Wenn die Sachen giftig sind und wir sie nicht essen, dann kriegen sie uns eben irgendwie anders an den Kanthaken. Wenn wir sie nicht essen, ziehen wir so oder so den kürzeren.«

»Mir gefällt, wie du denkst«, sagte Ford. »Nun iß eins.«

Zögernd griff Arthur zu einem von den Dingern, die wie Birnen aussahen.

»Genauso habe ich auch immer über die Geschichte vom Garten Eden gedacht«, sagte Ford.

»Eh?«

»Garten Eden. Baum. Apfel. Diese Sache da, erinnerst du dich?«

»Ja, natürlich.«

»Euer Gott stellt einen Apfelbaum mitten in einen Garten und sagt: ›Macht, was euch Spaß macht, Leute, oh, aber eßt keinen Apfel.‹ O Wunder, o Wunder, sie essen natürlich einen, und er springt hinter einem Busch hervor und schreit: ›Hab ich euch endlich!‹ Es hätte die Sache überhaupt nicht geändert, wenn sie ihn nicht gegessen hätten.«

»Warum nicht?«

»Weil, wenn du mit jemandem zu tun hast, der so eine Gesinnung hat, Hüte auf dem Bürgersteig liegenläßt, unter denen Backsteine versteckt sind, und dann weißt du ganz genau, daß er einfach nicht nachgeben wird. Er kriegt dich am Ende doch.«

»Wovon redest du eigentlich?«

»Mach dir nichts draus, iß die Frucht.«

»Weißt du, hier sieht es fast so aus wie im Garten Eden.«

»Iß die Frucht.«

»Hört sich auch ganz so an.«

Arthur biß in das Ding, das wie eine Birne aussah.

»Es ist eine Birne«, sagte er.

Als sie wenige Augenblicke später alles aufgegessen hatten, drehte sich Ford Prefect um und rief:

»Danke. Vielen Dank. Ihr seid sehr freundlich.«

Dann gingen sie weiter.

Während der nächsten fünfzig Meilen ihrer Reise noch Osten fanden sie immer wieder das gelegentliche Obstgeschenk auf ihrem Weg liegen, und obwohl sie ein oder zweimal ganz flüchtig einen von den Eingeborenen zwischen den Bäumen sahen, bekamen sie nie wieder direkt Kontakt mit ihnen. Sie kamen zu dem Schluß, daß ihnen ein Volksstamm, der deutlich machte, daß er dankbar sei, wenn man ihn einfach in Frieden ließe, ziemlich angenehm war.

Die Früchte und Beeren hörten nach fünfzig Meilen auf, denn da fing das Meer an.

Da ihre Zeit nicht drängte, bauten sie sich ein Floß und fuhren damit über das Meer. Es war verhältnismäßig ruhig, nur ungefähr sechzig Meilen breit, und ihre Überfahrt war leidlich angenehm. Sie landeten in einer Gegend, die mindestens so schön war, wie die, aus der sie kamen.

Kurzum, das Leben war lächerlich einfach, und für eine Weile wenigstens waren sie in der Lage, mit den Problemen der Ziellosigkeit und des Alleinseins fertigzuwerden, indem sie beschlossen, sie zu ignorieren. Wenn das Verlangen nach Gesellschaft überhand nehmen sollte, wüßten sie ja, wo sie sie finden könnten, aber für den

Augenblick waren sie glücklich bei dem Gefühl, die Leute aus Golgafrincham hundert Meilen hinter sich zu haben.

Trotzdem begann Ford Prefect, seinen Sub-Etha-Sens-O-Matic wieder öfter zu benutzen. Nur einmal fing er ein Signal auf, aber es war so schwach und kam aus einer so enormen Ferne, daß es ihn deprimierter machte als die Stille, die ansonsten ununterbrochen anhielt.

Auf eine plötzliche Laune hin wendeten sie sich nach Norden. Nach wochenlangem Unterwegssein kamen sie wieder an ein Meer, bauten sich wieder ein Floß und fuhren hinüber. Diesmal hatten sie es schwerer, und das Klima wurde kälter. Arthur vermutete langsam einen masochistischen Zug an Ford Prefect – die wachsenden Strapazen der Reise schienen ihm eine Zielstrebigkeit zu verleihen, die ihm sonst fehlte. Er marschierte unerbittlich weiter.

Ihre Wanderung in Richtung Norden führte sie in schroffe Berggegenden von atemberaubender Macht und Schönheit. Die hohen, zerklüfteten, schneebedeckten Gipfel brachten sie fast um ihre Sinne. Die Kälte begann, ihnen tief ins Fleisch zu schneiden.

Sie wickelten sich in Tierhäute und Felle, die Ford Prefect mit einer Technik zu beschaffen wußte, die er einmal bei ein paar ehemaligen Pralitinermönchen erlernt hatte, die einen Gedanken-Surfbrettverleih in den Bergen von Hunian leiteten.

Die Galaxis ist mit ehemaligen Pralitinermönchen übersät, die alle wahnsinnig viel Kohle machen, weil die geistigen Disziplinierungsmethoden, die der Orden als eine Form Andachtsübung entwickelt hat, offen gesagt sensationell sind – und ungeheuer viele Mönche verlassen den Orden, wenn sie ihr Andachtstraining beendet haben kurz vor den letzten Weihen, um den Rest ihres Lebens in kleine Blechbüchsen eingesperrt zu verbringen.

Fords Technik schien hauptsächlich darin zu bestehen, eine Weile schweigend zu verharren und zu lächeln.

Nach kurzer Zeit kam dann ein Tier – vielleicht ein Reh – hinter den Bäumen vor und betrachtete ihn aufmerksam. Ford lächelte es weiter an, seine Augen wurden sanft und leuchtend, und er schien eine tiefe und allumfassende Liebe auszustrahlen, eine Liebe, die die gesamte Schöpfung umfing. Ein ergreifendes Schweigen senkte sich dann über das Land ringsumher, eine friedliche, heitere Stille, die von diesem verklärten Mann ausging. Langsam kam das Reh näher, Schritt für Schritt, bis es ihn fast mit der Nase berührte, worauf Ford Prefect es packte und ihm den Hals umdrehte.

»Pheromonsteuerung«, sei das, sagte er, »man braucht bloß zu wissen, wie man den richtigen Geruch hinkriegt.«

31

Wenige Tage, nachdem sie in dieser Berggegend gelandet waren, stießen sie auf eine Küste, die sich vor ihnen diagonal von Südwesten nach Nordosten hinzog, eine Küste von monumentaler Großartigkeit: tiefe, majestätische Schluchten, erhabene Eisgipfel – Fjorde.

Die nächsten zwei Tage krochen und kletterten sie über die Felsen und Gletscher, von Ehrfurcht ergriffen vor solcher Schönheit.

»Arthur!« schrie Ford plötzlich.

Es war am Nachmittag des zweiten Tages. Arthur saß auf einem hohen Felsen und sah zu, wie die donnernde See gegen die Felsvorsprünge toste.

»Arthur!« schrie Ford wieder.

Arthur blickte dorthin, woher Fords Stimme kam, die in dem Wind nur leise zu ihm drang.

Ford war dabei, sich einen Gletscher näher anzusehen, und Arthur sah ihn vor der massiven Wand aus blauem Eis hocken. Ford platzte beinahe vor Aufregung – sein Blick kam heraufgeschossen, um dem Arthurs zu begegnen.

»Sieh mal«, rief er, »sieh doch bloß.«

Arthur schaute hin. Er sah die massive Wand aus blauem Eis.

»Ja«, sagte er, »das ist ein Gletscher. Hab ich schon gesehen.«

»Nein«, sagte Ford, »du hast ihn dir angesehen, aber gesehen hast du ihn nicht. Guck doch mal.«

Ford zeigte tief ins Innere des Eises.

Arthur guckte – er sah nichts als vage Schatten.

»Tritt ein paar Schritte zurück«, beharrte Ford, »und guck nochmal.«

Arthur trat zurück und guckte nochmal.

»Nein«, sagte er achselzuckend. »Wonach soll ich denn gucken?«

Und plötzlich sah er es.

»Siehst du es?«

Er sah es.

Sein Mund fing an zu sprechen, aber sein Gehirn war der Meinung, der Mund habe noch nichts zu sagen, und schloß ihn wieder. Dann fing das Gehirn an, mit dem Problem zu kämpfen, was die Augen ihm eigentlich erzählten, was sie sähen, aber als es das tat, verlor es die Kontrolle über den Mund, der prompt aufklappte. Als das Gehirn die Kiefer wieder nach oben zog, verlor es die Herrschaft über die linke Hand, die ziellos in der Gegend herumfuchtelte. Eine Sekunde lang versuchte das Gehirn, die linke Hand wieder einzufangen, ohne den Mund loszulassen, und gleichzeitig versuchte es, darüber nachzudenken, was dort in dem Eis verborgen war, was wahrscheinlich der Grund dafür war, warum die Beine plötzlich losliefen und Arthur hinfiel.

Was dies ganze Nerventohuwabohu verursachte, war ein Netz aus Schatten im Eis, ungefähr einen halben Meter unter der Oberfläche. Wenn man aus dem richtigen Winkel hinsah, fügten sie sich zu den festen Umrissen von Buchstaben aus einem fremden Alphabet zusammen, von denen jeder etwa einen Meter hoch war. Und für diejenigen, die wie Arthur nicht Magratheanisch lesen konnten, befand sich über den Buchstaben im Eis die Kontur eines Gesichts.

Es war ein altes Gesicht, mager und vornehm, sorgenvoll, doch nicht unfreundlich.

Es war das Gesicht des Mannes, der einen Preis für den Entwurf der Küste bekommen hatte, auf der sie, wie sie jetzt erkannten, standen.

32

Ein piepsiges Greinen erfüllte die Luft. Es jaulte und heulte durch die Bäume und versetzte die Eichhörnchen in Panik. Ein paar Vögel flogen angeekelt davon. Das Geräusch kreiste und wirbelte um die Lichtung. Es kreischte, es keuchte, kurzum, es beleidigte und verletzte.

Der Kommandant jedoch betrachtete den einsamen Dudelsackpfeifer mit nachsichtigem Auge. Seinen Gleichmut störte wenig; ja, als er erstmal über den Verlust seiner prachtvollen Badewanne bei jenen Mißhelligkeiten im Sumpf – viele Monate war es inzwischen her – hinweggekommen war, hatte er allmählich herausgefunden, daß sein neues Leben dem alten erstaunlich gleich war. In einen riesigen Felsblock, der mitten auf der Lichtung stand, hatte man eine Vertiefung gemeißelt, und darin sonnte er sich täglich, während seine Leute ihn mit Wasser übergossen. Nicht besonders warmes Wasser, das mußte man schon sagen, denn ihnen war noch immer keine Methode eingefallen, wie man es warm machen könnte. Aber egal, das würde schon noch kommen, und bis dahin durchstreiften Suchpatrouillen die Umgebung nah und fern nach einer heißen Quelle, möglichst auf einer hübschen, laubreichen Lichtung, und wenn sie noch in der Nähe einer Seifenmine läge – vortrefflich. Diejenigen, die sagten, sie hätten so ein Gefühl, als finde man Seife nicht in Minen, hatte der Kommandant darauf hinzuweisen gewagt, daß das wohl daran liege, daß niemand genau genug hingesehen habe, und dieser Möglichkeit hatte man widerstrebend zugestimmt.

Nein, das Leben war sehr angenehm, und das Phantastische daran war, wenn die heiße Quelle erst mal gefunden wäre, komplett mit laubreicher Lichtung *en suite*, und wenn dann zur rechten Zeit auch der Ruf über die Hügel widerhallte, daß man die Seifenmine gefunden habe und fünfhundert Stück pro Tag herstelle, dann wäre das Leben noch angenehmer. Es war sehr wichtig, Dinge zu haben, auf die man sich freuen konnte.

Jammerjammer quietsch jammer heul kreisch quäk machte der Dudelsack, wobei er die ohnehin schon riesige Freude des Kommandanten dadurch steigerte, daß er jetzt jeden Augenblick aufhören konnte zu spielen. Das war ebenfalls etwas, worauf der Kommandant sich sehr freute.

Was war denn noch angenehm, fragte er sich. Ach, so vieles: das Rot und Gold der Bäume, nun, da der Herbst herankam; das friedliche Scherengeklapper wenige Schritte von seiner Badewanne entfernt, wo ein paar Frisöre ihr Können an einem vor sich hindösenden Bühnenbildner und seinem Assistenten übten; das Sonnenlicht, das sich in den sechs blanken Telefonen spiegelte, die auf dem Rand seiner Felsenbadewanne aufgereiht standen. Das einzige, was schöner war als ein Telefon, das nicht andauernd klingelte (das heißt, im Grunde überhaupt nicht), waren sechs Telefone, die nicht andauernd klingelten (das heißt, im Grunde überhaupt nicht).

Das schönste von allem war das glückliche Gemurmel der vielen hundert Leute, die sich allmählich auf der Lichtung um ihn herum einfanden, um der nachmittäglichen Ausschußsitzung beizuwohnen.

Der Kommandant gab seiner Gummiente einen neckischen Stups auf den Schnabel. Die nachmittäglichen Ausschußsitzungen waren ihm das Allerliebste.

Noch andere Augen beobachteten die zusammenströmenden Massen. Im Wipfel eines Baumes am Rand der Lichtung saß Ford Prefect, kürzlich aus fremden Himmelstrichen zurückgekehrt. Nach seiner sechsmonatigen Reise wirkte er drahtig und gesund, seine Augen glänzten, er trug einen Mantel aus Rentierhaut, und sein Bart war so dick und sein Gesicht so sonnengegerbt, als gehörten sie einem Countryrocksänger.

Er und Arthur hatten die Leute aus Golgafrincham jetzt fast eine Woche beobachtet, und Ford hatte beschlossen, daß es nun Zeit sei, die Dinge ein bißchen in Schwung zu bringen.

Die Lichtung hatte sich gefüllt. Hunderte von Männern und Frauen lagerten auf ihr, plauderten, aßen Früchte, spielten Karten und ließen es alles in allem recht gemächlich angehen. Ihre Trainingsanzüge waren mittlerweile alle schmutzig oder zerrissen, aber alle hatten sie tadellos frisiertes Haar. Ford machte stutzig, daß sie ihre Trainingsjacken mit Blättern vollgestopft hatten, und er fragte sich, ob das irgendeine Art von Isolierung gegen die kommende Winterkälte darstellen sollte. Fords Augen wurden schmal. Sie interessierten sich doch nicht etwa plötzlich für Botanik?

Mitten in diese Überlegungen hinein erhob sich die Stimme des Kommandanten über das allgemeine Getöse.

»Okay«, sagte er, »ich würde die Versammlung jetzt gerne irgendwie zur Ordnung rufen, wenn das überhaupt möglich ist. Seid ihr alle dafür?« Er lächelte freundlich. »In einer Minute. Wenn ihr alle bereit seid.«

Das Reden versickerte allmählich, und die Lichtung wurde still, von dem Dudelsackpfeifer mal abgesehen, der sich in irgendeiner nur ihm zugänglichen wilden und unbewohnbaren musikalischen Welt aufzuhalten schien. Ein paar Leute unmittelbar um ihn herum warfen einige Blätter nach ihm. Wenn es dafür irgendeinen vernünftigen Grund gab, so entging er Ford Prefect im Augenblick.

Eine kleine Gruppe von Leuten hatte sich um den Kommandanten geschart, und einer davon bereitete sich offenbar auf eine Rede vor. Er tat das, indem er aufstand, sich räusperte und dann in die Ferne blickte, als wolle er der Menge damit zu verstehen geben, daß er in einer Minute soweit sei.

Die Menge war natürlich gespannt und wandte ihm die Blicke zu.

Einen Moment lang war es still, und Ford kam zu der Überzeugung, jetzt sei der richtige dramatische Moment für seinen Auftritt. Der Mann hob an zu sprechen.

Ford ließ sich aus dem Baum zur Erde fallen.

»Hallo, Leute«, sagte er.

Die Menge fuhr herum.

»Ach, mein lieber Freund«, rief der Kommandant, »hast du etwa Streichhölzer bei dir? Oder ein Feuerzeug? Irgendwas in dieser Richtung?«

»Nein«, sagte Ford, und es hörte sich so an, als wäre ihm der Schwung ein bißchen abhanden gekommen. Darauf war er nicht vorbereitet. Er beschloß, sein Thema etwas entschiedener anzugehen.

»Nein, ich habe«, fuhr er fort, »keine Streichhölzer. Aber ich bringe euch eine Nachricht . . .«

»Schade«, sagte der Kommandant, »uns allen sind sie ausgegangen, verstehst du? Habe schon wochenlang kein heißes Bad mehr gehabt.«

Ford hatte nicht vor, sich ablenken zu lassen.

»Ich bringe euch Neuigkeiten«, sagte er, »von einer Entdeckung, die euch vielleicht interessieren wird.«

»Steht das auf der Tagesordnung?«fiel ihm der Mann ins Wort, den Ford unterbrochen hatte.

Ford lächelte sein breites Countryrocksängerlächeln.

»Na komm, Junge«, sagte er.

»Nein, tut mir leid«, sagte der Mann gereizt, »aber in meiner Eigenschaft als Unternehmensberater mit langjähriger Erfahrung muß ich darauf bestehen, daß die Geschäftsordnung im Ausschuß eingehalten wird.«

Ford blickte sich in der Menge um.

»Er ist doch verrückt, nicht?« sagte er. »Das hier ist ein prähistorischer Planet.«

»Wenden Sie sich an den Herrn Vorsitzenden!« schnauzte der Unternehmensberater.

»Ich sehe keinen Vorsitzenden«, erklärte ihm Ford, »ich sehen da bloß einen Felsen.«

Der Unternehmensberater kam zu der Überzeugung, daß Gereiztheit genau die Stimmung sei, die die Situation jetzt erfordere.

»Na, dann nennen Sie eben ihn ›Herr Vorsitzender‹«, sagte er gereizt.

»Und warum ihn nicht Felsen nennen?« fragte Ford.

»Sie haben offensichtlich keine Ahnung«, sagte der Unternehmensberater, wobei er seine Gereiztheit nicht etwa zugunsten der guten altmodischen Überheblichkeit aufgab, »von modernen Geschäftsmethoden.«

»Und Sie haben keine Ahnung, wo Sie sich hier befinden?« sagte Ford.

Ein Mädchen mit schriller Stimme sprang auf und benutzte sie.

»Haltet die Klappe, ihr beiden«, sagte sie, »ich möchte einen Vorschlag auf den Tisch des Hauses legen.«

»Du meinst wohl, auf den Stein des Hauses«, kicherte ein Frisör.

»Zur Sache! Zur Sache!« kläffte der Unternehmensberater.

»Okay«, sagte Ford, »sehn wir mal, wie ihr zu Rande kommt.« Er haute sich hin, um mal zu sehen, wie lange er ruhig bleiben könnte.

Der Kommandant ließ sowas wie ein versöhnliches Räuspern los.

»Ich möchte«, sagte er liebenswürdig, »die fünfhundertdreiundsiebzigste Sitzung des Ausschusses zur Besiedlung des Planeten Fintelwudelwix eröffnen . . .«

Zehn Sekunden, dachte Ford, als er wieder aufsprang.

»Das ist doch zwecklos«, rief er, »fünfhundertdreiundsiebzig Ausschußsitzungen, und ihr habt noch nicht mal das Feuer entdeckt!«

»Wenn Sie die Güte hätten«, sagte das Mädchen mit der schrillen Stimme, »sich mal das Blatt mit der Tagesordnung anzusehen . . .«

»Stein mit der Tagesordnung«, trillerte fröhlich der Frisör.

»Danke, ich hab's jetzt langsam spitzgekriegt«, murmelte Ford.

» . . . dann . . . werden . . . Sie . . . sehen . . .«, fuhr das Mädchen unverdrossen fort, »daß wir heute vom Feuerentwicklungs-Unterausschuß der Frisöre einen Bericht erhalten.«

»Oh . . . äh . . .«, sagte der Frisör und guckte dämlich, was in der ganzen Galaxis »Äh, reicht's nicht bis nächsten Donnerstag?« bedeutet.

»Na schön«, sagte Ford und fuhr ihn an: »Und was hast du bis jetzt gemacht? Was wirst du demnächst tun? Was hältst du von der Entwicklung des Feuers?«

»Ach, ich weiß nicht«, sagte der Frisör, »sie haben mir nichts weiter als zwei Stöckchen gegeben . . .«

»Und was hast du damit gemacht?«

»Der Frisör grub ängstlich in seiner Trainingsjacke und reichte Ford die Früchte seiner Arbeit.

Ford hielt sie in die Höhe, damit alle sie sehen konnten.

»Eine Lockenschere«, sagte er.

Die Menge applaudierte.

»Macht nichts«, sagte Ford, »auch Rom wurde nicht an einem Tag niedergebrannt.«

Die Menge hatte nicht die leiseste Idee, wovon er sprach, aber es gefiel ihr trotzdem. Sie spendete Beifall.

»Also, ihr seid zweifellos vollkommen naiv«, sagte das Mädchen. »Wenn ihr in der Absatzpolitik schon so lange tätig wärt wie ich, dann wüßtet ihr, daß man jedes neue Produkt erst eingehend erforschen muß, bevor man es entwickeln kann. Wir müssen rausfinden, was sich die Leute vom Feuer versprechen, welches Verhältnis sie dazu haben, welche Bedeutung es für sie hat.«

Die Menge hörte gespannt zu. Sie erwartete irgendwas Großartiges von Ford. »Das kannst du dir hinter den Spiegel stecken«, sagte er.

»Was genau das ist, was wir wissen müssen«, beharrte das Mädchen. »Wollen die Leute ein Feuer, das auch spiegelmäßig verwendbar ist?«

»Wollt ihr das?« fragte Ford die Menge.

»Ja!« schrien einige.

»Nein!« schrien andere fröhlich.

Sie wußten's nicht, sie dachten einfach, es sei eine irre Gaudi.

»Und das Rad«, sagte der Kommandant, »wie steht's mit diesem Rad-Dingsbums? Das hört sich nach einem wahnsinnig interessanten Projekt an.«

»Ach«, sagte das Mädchen aus der Absatzpolitik, »tja, da haben wir noch ein paar Schwierigkeiten.«

»Schwierigkeiten?« rief Ford. »Schwierigkeiten? Was soll das heißen, Schwierigkeiten? Das ist doch die absolut simpelste Konstruktion im ganzen Universum!«

Die Absatzpolitikerin spießte ihn mit einem Blick auf.

»Na schön, Herr Naseweis«, sagte sie, »wenn Sie so wahnsinnig klug sind, sagen Sie uns doch, welche Farbe es haben soll.«

Die Menge geriet außer Rand und Band. Eins zu Null für die Heimmannschaft, dachte sie. Ford zuckte die Schultern und setzte sich wieder hin.

»Allmächtiger Zarquon«, seufzte er, »hat denn keiner von denen was zustandegebracht?«

Wie als Antwort auf seine Frage entstand plötzlich ein ungeheures Getöse am Eingang zur Lichtung. Die Menge konnte den Aufwand an Unterhaltung schier nicht fassen, den sie an diesem Nachmittag serviert bekam: Hereinmarschiert kam ein Trupp von ungefähr zwölf Mann, bekleidet mit den Überresten der Uniformen des golgafrinchamischen 3. Regiments. Etwa die Hälfte hatte noch immer Kill-O-Zap-Gewehre, der Rest trug Speere, die sie beim Marschieren aneinanderschlugen. Sie sahen braungebrannt, gesund und äußerst erschöpft und dreckig aus. Rasselnd kamen sie zum Stehen und ballerten in die Luft, um die Aufmerksamkeit der Leute zu erregen. Einer von ihnen kippte um und bewegte sich nie wieder.

»Käptn! Sir!« schrie Nummer Zwei – denn er war ihr Anführer –, »bitte, berichten zu dürfen, Sir!«

»Ja schön, Nummer Zwei, willkommen zu Hause und so weiter. Irgendwelche heißen Quellen gefunden?« fragte der Kommandant kleinlaut.

»Nein, Sir!«

»Hab ich mir gleich gedacht.«

Nummer Zwei marschierte durch die Menge und salutierte vor der Badewanne.

»Wir haben einen anderen Erdteil entdeckt!«

»Wann war das?«

»Er liegt jenseits des Meeres . . .«, sagte Nummer Zwei und machte seine Augen bedeutsam schmal, « . . . in Richtung Osten!«

»Aha.«

Nummer Zwei drehte sich zu der Menge um. Er hob sein Gewehr über den Kopf. Das wird ja phantastisch, dachte die Menge.

»Wir haben ihm den Krieg erklärt!« Ein wilder, hemmungsloser Jubel brach an allen Ecken der Lichtung aus – das ging einfach über alle Erwartung.

»Halt doch mal!« schrie Ford Prefect, »Halt doch mal!«

Er sprang auf und forderte Schweigen. Nach einer Weile erhielt er es, oder zumindest das beste Schweigen, das er sich unter diesen Umständen erhoffen durfte: die Umstände waren die, daß der Dudelsackpfeifer spontan eine Nationalhymne improvisierte.

»Müssen wir den Pfeifer dahaben?« fragte Ford.

»Na sicher«, sagte der Kommandant, »wir haben ihn subventioniert.«

Ford überlegte, ob er das nicht zur Debatte stellen solle, dann wurde ihm schnell klar, daß in der Richtung der Wahnsinn lag. Statt dessen schleuderte er einen wohlgezielten Stein auf den Dudelsackpfeifer und wendete sich Nummer Zwei zu.

»Krieg?« fragte er.

»Ja!« Nummer Zwei starrte Ford Prefect verächtlich an.

»Dem Nachbarkontinent?«

»Ja! Totalen Krieg. Den Krieg, zu enden alle Kriege!«

»Aber da lebt doch noch niemand!«

Aha, interessant, dachte die Menge, guter Einwand.

Der starre Blick von Nummer Zwei schwirrte unbeeindruckt auf der Stelle. Das heißt, seine Augen waren wie zwei Moskitos, die einem entschlossen zehn Zentimeter vor der Nase herumschwirren und es ablehnen, sich von herumfuchtelnden Armen, Fliegenklatschen oder zusammengerollten Zeitungen beeindrucken zu lassen.

»Das weiß ich«, sagte er, »aber eines Tages wird da jemand leben! Darum haben wir ein unbefristetes Ultimatum hinterlassen.«

»Was?«

»Und ein paar militärische Einrichtungen in die Luft gesprengt.«

Der Kommandant lehnte sich aus seiner Badewanne vor.

»Militärische Einrichtungen, Nummer Zwei?« sagte er.

Einen Augenblick wichen ihm die Augen aus.

»Ja Sir, naja, potentielle militärische Einrichtungen. Also schön ... Bäume.«

Der Augenblick der Unsicherheit ging vorüber – seine Augen zuckten wie Peitschenhiebe über sein Publikum weg.

»Und«, dröhnte er, »wir verhörten eine Gazelle!«

Er klemmte sich seine Kill-O-Zap schneidig unter den Arm und marschierte durch das Höllenspektakel davon, das sich jetzt in der gesamten völlig hingerissenen Menge erhoben hatte. Ein paar Schritte waren alles, was er schaffte, dann holte man ihn ein und trug ihn auf den Schultern in einer Ehrenrunde um die Lichtung.

Ford saß da und schlug geistesabwesend ein paar Steinchen gegeneinander.

»Und was habt ihr noch gemacht?« erkundigte er sich, als die Hochrufe verebbt waren.

»Wir haben eine Kultur begründet«, sagte die Absatzpolitikerin.

»Ach ja?« sagte Ford.

»Ja. Einer unserer Filmproduzenten stellt bereits einen faszinierenden Kulturfilm über den eingeborenen Höhlenmenschen dieser Gegend her.«

»Das sind keine Höhlenmenschen.«

»Sie sehen aber wie Höhlenmenschen aus.«

»Leben sie denn in Höhlen?«

»Naja ...«

»Sie leben in Hütten.«

»Vielleicht haben sie ihre Höhlen bloß umdekoriert«, rief ein Spaßvogel aus der Menge.

Ford ging wütend auf ihn los.

»Sehr witzig«, sagte er, »aber habt ihr vielleicht bemerkt, daß sie am Aussterben sind?«

Auf ihrer Wanderung zurück waren Ford und Arthur an zwei verlassenen Dörfern und den Leichen vieler Eingeborener im Wald vorbeigekommen, wohin sie sich zum Sterben verkrochen hatten. Diejenigen, die noch lebten, schienen niedergeschlagen und teilnahmslos, als litten sie mehr an irgendeiner Krankheit des Geistes als des Körpers. Sie bewegten sich müde und unendlich traurig. Ihre Zukunft war ihnen genommen.

»Sie sterben aus!« rief Ford wieder. »Wißt ihr, was das bedeutet?«

»Äh . . . da sollten wir ihnen keine Lebensversicherungen mehr verkaufen!« rief der Spaßvogel wieder.

Ford ignorierte ihn und wandte sich an die ganze Menge.

»Versucht doch zu begreifen«, sagte er, »erst seit wir hier sind, fangen sie an auszusterben!«

»Genau das kommt in dem Film phantastisch raus«, sagte die Absatzpolitikerin, »und verleiht ihm diese ergreifende Wendung, die das Kennzeichen jedes wirklich bedeutenden Dokumentarfilms ist. Der Produzent ist sehr engagiert.«

»Wenn er das doch wäre«, murmelte Ford.

»Ich habe gehört«, sagte das Mädchen und wendete sich jetzt an den Kommandanten, der langsam wegdöste, »daß er als nächstes einen über Sie machen will, Kommandant.«

»Ach wirklich?« fragte er und kam mit einem Schlag wieder zu sich. »Das ist ja furchtbar nett.«

»Er geht das Thema aus einer ganz ungewöhnlichen Perspektive an, verstehen Sie? Die Last der Verantwortung, die Einsamkeit des Befehlshabers . . .«

Der Kommandant stotterte einen Augenblick verlegen rum.

»Na, das würde ich vielleicht nicht allzu stark betonen«, sagte er schließlich, »man ist nie allein mit einer Gummiente.«

Er hielt die Ente in die Luft, und sie bekam von der Menge einen Achtungsapplaus.

Die ganze Zeit über hatte der Unternehmensberater in eisigem Schweigen dagesessen, die Fingerspitzen gegen die Schläfen gepreßt, wie um zu zeigen, daß er warte und den ganzen Tag warten werde, falls das nötig sei.

An dieser Stelle beschloß er, daß er doch nicht den ganzen Tag warten wolle, er werde einfach so tun, als hätte es die vergangene halbe Stunde nicht gegeben.

Er erhob sich.

»Vielleicht«, sagte er gereizt, »könnten wir für einen Moment mal auf das Thema Steuerpolitik zu sprechen kommen . . .«

»Steuerpolitik!« schrie Ford Prefect entsetzt auf. »Steuerpolitik?!«

Der Unternehmensberater bedachte ihn mit einem Blick, den nur ein Lungenfisch hätte nachmachen können.

»Steuerpolitik«, wiederholte er, »genau das habe ich gesagt.«

»Woher wollt ihr denn Geld haben«, fragte Ford, »wenn keiner von euch wirklich etwas produziert? Es wächst doch nicht auf Bäumen.«

»Dürfte ich vielleicht mal ausreden . . .?«

Ford nickte verächtlich.

»Vielen Dank. Seit wir vor einigen Wochen beschlossen, das Blatt als gesetzliches Zahlungsmittel einzuführen, sind wir natürlich alle ungeheuer reich geworden.«

Ford starrte die Menge ungläubig an, die zustimmend murmelte und gierig die Laubbündel befingerte, mit denen sie ihre Trainingsanzüge vollgestopft hatten.

»Aber wir sind«, fuhr der Unternehmensberater fort, »wegen der hohen Laubverfügbarkeitsrate in ein kleines Inflationsproblem geschlittert, was bedeutet, daß, wie ich gehört habe, der gegenwärtige Kurswert ungefähr drei Laubwälder für eine Erdnuß aus dem Schiffsproviant beträgt.«

Erschrecktes Murmeln war von der Menge zu hören. Der Unternehmensberater winkte ab.

»Um also dieses Problem zu beseitigen«, fuhr er fort, »und das Blatt wirksam aufzuwerten, sind wir gerade dabei, eine umfassende Entlaubungskampagne zu starten und . . . äh . . . alle Wälder niederzubrennen. Ich denke, Sie werden mir zustimmen, daß das unter den obwaltenden Umständen ein vernünftiger Schritt ist.«

Die Menge schien eine oder zwei Sekunden ein bißchen unsicher zu sein, bis sie jemand darauf hinwies, wie sehr das den Wert der Blätter in ihren Taschen steigern würde, worauf sie Entzückensschreie losließ und dem Unternehmensberater stehend Ovationen bereitete. Die Buchhalter in der Menge sahen einem profitablen Herbst entgegen.

»Ihr seid ja alle verrückt«, erklärte Ford Prefect.

»Ihr seid ja komplett wahnsinnig«, gab er zu verstehen.

»Ihr seid nichts weiter als ein Rudel tollwütiger Irrer«, stellte er fest.

Die allgemeine Meinung fing an, sich gegen ihn zu wenden. Was als phantastische Unterhaltung begonnen hatte, war nach Ansicht der Menge mittlerweile zu bloßen Beleidigungen heruntergekommen, und da diese Beleidigungen vor allem gegen sie gerichtet waren, waren sie sie leid.

Daß der Wind aus einer anderen Richtung blies, merkte auch das Mädchen aus der Absatzpolitik und fiel nun über Ford her.

»Ist es vielleicht erlaubt«, erkundigte sie sich, »zu fragen, was Sie all die Monate gemacht haben? Sie und diesen anderen Eindringling haben wir seit dem Tag unserer Ankunft nicht mehr gesehen.«

»Wir sind unterwegs gewesen«, sagte Ford, »wir haben versucht, etwas über diesen Planeten herauszufinden.«

»Na«, sagte das Mädchen kokett, »das hört sich aber nicht sehr produktiv an.«

»Nein? Na, ich hab 'ne Neuigkeit für dich, mein Herzchen. Wir haben die Zukunft dieses Planeten entdeckt.«

Ford wartete, daß diese Bemerkung ihre Wirkung täte. Sie tat keine. Sie wußten gar nicht, wovon er redete.

Er sprach weiter.

»Es ist absolut Wurscht, was ihr alle euch von jetzt an vorgenommen habt. Die Wälder niederbrennen, alles, es ist alles völlig egal. Eure Zukunft ist bereits geschehen. Zwei Millionen Jahre stehen euch zur Verfügung, und damit hat sich's. Am Ende dieser Zeit ist eure Rasse tot, weg und vorbei. Denkt dran, zwei Millionen Jahre!«

Die Menge murmelte gelangweilt vor sich hin. Leute, die plötzlich so reich wie sie geworden waren, hatten es doch nicht nötig, sich so ein Gefasel anzuhören. Vielleicht könnten sie dem Burschen ein, zwei Blätter als Trinkgeld geben, damit er verschwände.

Aber das brauchten sie gar nicht. Ford war schon dabei, die Lichtung zu verlassen. Nur einmal blieb er noch stehen und schüttelte den Kopf über Nummer Zwei, der mit seiner Kill-O-Zap in ein paar Bäume in der Nähe schoß.

Er drehte sich noch einmal um.

»Zwei Millionen Jahre!« sagte er und lachte.

»Na«, sagte der Kommandant und lächelte beruhigt, »genügend Zeit, um noch ein paarmal zu baden. Könnte mir jemand den Schwamm reichen? Er ist mir eben runtergefallen.«

33

Eine Meile oder so von der Lichtung entfernt im Wald war Arthur zu vertieft in das, was er gerade tat, um Ford Prefect kommen zu hören.

Was er tat, war ziemlich seltsam, und es war folgendes: in ein breites, flaches Stück Felsen hatte er ein großes Quadrat geritzt und in einhundertneunundsechzig kleinere Quadrate unterteilt, je dreizehn in der Breite und Höhe.

Außerdem hatte er einen Haufen kleiner, flacher Steine gesammelt und in jeden einen Buchstaben gekratzt. Und um den Felsen herum saßen mürrisch ein paar Überlebende der hiesigen Eingeborenen, denen Arthur Dent die merkwürdige Idee beizubringen versuchte, die diese Steinchen verkörperten.

Bisher hatten sie sich nicht sehr gescheit angestellt. Sie hatten versucht, ein paar von den Steinen zu essen, andere zu vergraben und den Rest wegzuwerfen. Arthur hatte schließlich einen von ihnen ermuntert, einige Steine auf das Spielfeld zu legen, das er aufgezeichnet hatte, und das war noch nicht mal so viel, wie er am Tag zuvor erreicht hatte. Mit dem rapiden moralischen Verfall dieser Kreaturen schien ein entsprechender Verfall ihrer unbestreitbaren Intelligenz einherzugehen.

In dem Versuch, sie ein bißchen anzufeuern, legte Arthur selber ein paar Buchstaben auf das Spielfeld und versuchte dann, die Eingeborenen dazu zu bewegen, selbst einige hinzuzufügen.

Es funktionierte überhaupt nicht.

Ford stand neben einem Baum in der Nähe und sah schweigend zu.

»Nein«, sagte Arthur zu einem der Eingeborenen, der gerade ein paar Buchstaben in abgrundtiefer Schwermut hin und hergeschoben hatte, »Q zählt zehn, verstehst du, und es liegt auf einem Feld mit dreifachem Wortwert, deshalb . . . schau mal, ich habe dir die Regeln doch erklärt . . . nein, nein, also bitte, leg den Kieferknochen wieder hin . . . na schön, ich fange nochmal von vorn an. Und versucht, euch diesmal zu konzentrieren.«

Ford stützte den Ellbogen gegen den Baum und die Hand gegen den Kopf.

»Was machst du denn da, Arthur?« fragte er ruhig.

Arthur sah erschrocken auf. Er hatte plötzlich das Gefühl, das Ganze könnte ziemlich albern aussehen. Er wußte nur, bei ihm hatte das wie im Traum funktioniert, als er ein Kind war. Aber damals war alles anders, oder vielmehr, es würde anders sein.

»Ich versuche, den Höhlenmenschen Scrabble beizubringen«, sagte er.

»Sie sind keine Höhlenmenschen«, sagte Ford.

»Sie sehen aber wie Höhlenmenschen aus.«

Ford ließ es dabei.

»Ich verstehe«, sagte er.

»Das ist vielleicht eine Schinderei«, sagte Arthur müde, »das einzige Wort, das sie kennen, ist ›Grunz‹, und das können sie nicht buchstabieren.«

Er seufzte und lehnte sich zurück.

»Und was willst du damit erreichen?« fragte Ford.

»Wir müssen ihnen Mut machen weiterzukommen! Sich zu entwickeln!« rief Arthur aufgebracht. Er hoffte, sein erschöpfter Seufzer und nun sein Zorn würden vielleicht helfen, etwas gegen das überwältigende Gefühl der Albernheit zu tun, das ihm im Augenblick zu schaffen machte. Sie halfen nicht. Er sprang auf.

»Kannst du dir vorstellen, wie die Welt aussähe, wenn sie von diesen . . . Idioten abstammte, mit denen wir angekommen sind?« sagte er.

»Vorstellen?« sagte Ford und zog die Augenbrauen hoch. »Wir brauchen sie uns nicht vorzustellen. Wir haben sie erlebt.«

»Aber . . .« Arthur fuchtelte verzweifelt mit den Armen rum.

»Wir haben sie erlebt«, wiederholte Ford, »es gibt kein Entrinnen.«

Arthur trat nach einem Stein.

»Hast du ihnen gesagt, was wir gefunden haben?« fragte er.

»Hmmmm?« fragte Ford, der nicht ganz bei der Sache war.

»Norwegen«, sagte Arthur. »Slartibartfaß' Signatur im Gletscher. Hast du ihnen das erzählt?«

»Welchen Sinn hat das denn?« sagte Ford. »Was sollte ihnen das bedeuten?«

»Bedeuten?« sagte Arthur. »Bedeuten? Du weißt doch genau, was es bedeutet. Es bedeutet, daß dieser Planet die Erde ist! Meine Heimat. Hier wurde ich geboren.«

»Wurde?« fragte Ford.

»Okay, hier werde ich geboren werden!«

»Ja, in zwei Millionen Jahren. Warum sagst du ihnen das denn nicht? Geh hin und sag ihnen: ›Entschuldigt, ich möchte euch bloß darauf hinweisen, daß ich in zwei Millionen Jahren nur ein paar Meilen von hier geboren werde.‹ Und dann sieh mal, was sie sagen werden. Sie werden dich auf einen Baum jagen und ihn anzünden.«

Arthur schluckte das traurig runter.

»Sei doch ehrlich«, sagte Ford, »diese Deppen da drüben sind deine Vorfahren, nicht diese armen Kreaturen hier.«

Er ging hinüber zu den Affenmenschen, die lustlos mit den Steinbuchstaben herumspielten, und schüttelte den Kopf.

»Steck dein Scrabble weg, Arthur«, sagte er, »es rettet die

menschliche Rasse nicht, weil diese Burschen hier nicht die menschliche Rasse sein werden. Die menschliche Rasse sitzt im Augenblick auf der anderen Seite des Hügels um einen Felsen herum und dreht Kulturfilme über sich selbst.«

Arthur zuckte zusammen.

»Aber es muß doch irgendwas zu machen sein«, sagte er. Eine schreckliche Verzweiflung bemächtigte sich seiner, daß er hier tatenlos auf der Erde sein sollte, auf der Erde, die in einer grauenhaften Willkürkatastrophe ihre Zukunft verloren hatte und nun dazu bestimmt zu sein schien, auch ihre Vergangenheit zu verlieren.

»Nein«, sagte Ford, »wir können gar nichts tun. Es ändert die Geschichte der Erde nicht, verstehst du? Das hier *ist* die Geschichte der Erde. Ob dir das gefällt oder nicht: du stammst von den Leuten aus Golgafrincham ab. In zwei Millionen Jahren werden sie von den Vogonen vernichtet. Die Geschichte ändert sich nie, verstehst du, eins greift ins andere wie beim Puzzle. 'ne komische Sache, das Leben, was?«

Er nahm den Buchstaben Q und schleuderte ihn in eine Ligusterhecke, wo er ein kleines Kaninchen traf. Das Kaninchen flitzte erschrocken davon und hörte nicht auf zu flitzen, bis ein Fuchs über es herfiel und es fraß, aber er verschluckte sich an einem der Knochen und starb am Ufer eines Flusses, der ihn später irgendwann fortspülte.

Während der folgenden Wochen versuchte Ford Prefect, seinen Stolz zu vergessen, und freundete sich mit einem Mädchen an, das in Golgafrincham Angestellte in einer Personalabteilung gewesen war, und es brachte ihn völlig aus der Fassung, als das Mädchen plötzlich starb, weil es Wasser aus einem Teich getrunken hatte, der von einem toten Fuchs vergiftet war. Die einzige Moral, die man aus dieser Geschichte ziehen kann, ist die, daß man nie ein Q in eine Ligusterhecke werfen soll, aber unglücklicherweise gibt es Zeiten, da ist das nicht zu vermeiden.

Wie die meisten wirklich wichtigen Dinge im Leben, blieb Ford Prefect und Arthur Dent diese Ereigniskette vollkommen verborgen. Sie blickten traurig auf einen der Eingeborenen, der niedergeschlagen die Buchstaben herumschob.

»Armer dummer Höhlenmensch«, sagte Arthur.

»Sie sind keine . . .«

»Was?«

»Ach, laß es gut sein«, sagte Ford.

Die unglückliche Kreatur ließ ein klägliches Heulen hören und hämmerte mit der Faust auf den Felsen.

»Für sie war es also die reine Zeitverschwendung, stimmt's?« sagte Arthur.

»Uh uh urghhh«, brummte der Eingeborene und hämmerte wieder auf den Felsen.

»Von Telefondesinfizierern aus der Evolution geschmissen.«

»Urgh grr grr gruh!« beharrte der Eingeborene und hämmerte weiter auf den Felsen ein.

»Warum haut er bloß andauernd auf den Stein?« sagte Arthur.

»Ich denke, er will wahrscheinlich, daß du wieder Scrabble mit ihm spielst«, sagte Ford, »er zeigt auf die Buchstaben.«

»Wahrscheinlich hat er wieder CRZJGRWLDIWDE gelegt, der arme Kerl. Und ich erzähle ihm dann die ganze Zeit, daß in CRZJGRWLDIWDE nur ein G vorkommt.«

Der Eingeborene hieb weiter auf den Felsen ein.

Sie sahen ihm über die Schulter.

Sie rissen die Augen auf.

In dem ganzen Buchstabendurcheinander lagen vierzehn Lettern deutlich in einer geraden Linie nebeneinander.

Sie ergaben drei Worte.

Und die drei Worte lauteten:

»ZWEI UND VIERZIG.«

»Grrrurgh guh guh«, erklärte der Eingeborene. Er fegte die Buchstaben wütend beiseite und trottete mit seinem Kumpel unter einen nahegelegenen Baum davon.

Ford und Arthur starrten ihn an. Dann starrten sie einander an.

»Stand da eben wirklich, wovon ich meine, daß es da stand?«

fragten beide sich gegenseitig.

»Ja«, sagten beide.

»Zweiundvierzig«, sagte Arthur.

»Zweiundvierzig«, sagte Ford.

Arthur rannte zu den beiden Eingeborenen hinüber.

»Was versucht ihr uns zu sagen?« rief er. »Was soll das bedeuten?«

Einer von ihnen machte einen Purzelbaum, streckte die Beine in die Luft, machte noch einen Purzelbaum und legte sich schlafen.

Der andere kletterte auf einen Baum und bewarf Ford Prefect mit Roßkastanien. Was immer sie auch zu sagen hatten, sie hatten es bereits gesagt.

»Du weißt, was das bedeutet«, sagte Ford.

»Nicht ganz.«

»Zweiundvierzig ist die Zahl, die Deep Thought uns als die Große Antwort gab.«

»Ja.«

»Und die Erde ist der Computer, den Deep Thought entwarf und baute, um die zur Großen Antwort gehörende Große Frage auszurechnen.«

»Das hat man uns jedenfalls gesagt.«

»Und das organische Leben war ein Bestandteil der Computermatrix.«

»Wenn du das sagst.«

»Ja, das sage ich. Das bedeutet aber, daß diese Eingeborenen, diese Affenmenschen hier, ein integraler Bestandteil des Computerprogramms sind, und daß wir und die Leute aus Golgafrincham es *nicht* sind.«

»Aber die Höhlenmenschen sterben aus, und die Leute aus Golgafrincham sind offenbar dazu bestimmt, sie zu ersetzen.«

»Genau. Verstehst du jetzt, was das bedeutet?«

»Was denn?«

»Totales Chaos«, sagte Ford Prefect.

Arthur sah sich um.

»Dieser Planet macht aber wirklich schlimme Sachen durch«, sagte er.

Ford dachte einen Moment angestrengt nach.

»Trotzdem muß sich dabei noch was anderes ergeben haben«, sagte er schließlich, »denn Marvin hat doch gesagt, er könne sehen, daß die Frage in deine Gehirnstrommuster eingeprägt ist.«

»Aber . . .«

»Möglicherweise die falsche oder eine Einstellung der richtigen. Sie könnte uns aber einen Hinweis geben, wenn wir sie fänden. Ich weiß bloß nicht, wie.«

Eine Weile saßen sie da und ließen die Köpfe hängen. Arthur saß auf der Erde und fing an, Grasbüschel auszureißen, fand aber, daß das keine Beschäftigung sei, die ihn wirklich fesseln könnte. Es war nicht bloß das Gras, an das er nicht glaubte, auch die Bäume erschienen ihm sinnlos, die wogenden Hügel schienen nirgendwo zu wogen, und die Zukunft wirkte einfach wie ein Tunnel, durch den man kriechen mußte.

Ford spielte mit seinem Sub-Etha-Sens-O-Matic rum. Der blieb stumm. Er seufzte und legte ihn weg.

Arthur nahm einen der Buchstabensteine seines selbstgemachten Scrabbles auf. Es war ein M. Er seufzte und legte es hin. Der Buchstabe, neben den er es legte, war ein I. Das ergab MI. Er schnippte zwei weitere Buchstaben in ihre Nähe. Sie waren zufällig ein S und ein T. Durch ein merkwürdiges Zusammentreffen drückte das Wort, das sich daraus ergab, ganz genau aus, was Arthur gerade empfand. Er starrte es eine Zeitlang an. Er hatte es nicht mit Absicht gelegt, es war einfach ein blinder Zufall. Sein Gehirn schaltete langsam in den ersten Gang.

»Ford«, sagte er plötzlich, »schau mal, wenn die Große Frage in meine Gehirnstrommuster eingeprägt ist, ich mir ihrer aber nicht bewußt bin, dann muß sie doch irgendwo in meinem Unterbewußtsein liegen.«

»Ja, das nehme ich auch an.«

»Es könnte eine Möglichkeit geben, dieses unbewußte Gehirnstrommuster hervorzuholen.«

»Ach ja?«

»Ja, indem man ein Zufallselement zu Hilfe nimmt, das von dem Muster in eine bestimmte Ordnung gebracht wird.«

»Zum Beispiel wie?«

»Zum Beispiel dadurch, daß ich blindlings Scrabblebuchstaben aus einem Beutel ziehe.«

Ford sprang auf.

»Grandios!« sagte er. Er zog das Handtuch aus seinem Ranzen und verwandelte es mit ein paar geschickten Knoten in einen Beutel.

»Total verrückt«, sagte er, »ausgemachter Blödsinn. Aber wir machen es, weil's ein grandioser Blödsinn ist. Mach schon, los.«

Die Sonne verschwand höflich hinter einer Wolke. Ein paar kleine, traurige Regentropfen fielen.

Sie suchten alle noch übrigen Buchstaben zusammen und steckten sie in den Beutel. Sie schüttelten sie durcheinander.

»Okay«, sagte Ford, »mach die Augen zu. Zieh die Buchstaben. Na los, nun mach schon.«

Arthur schloß die Augen und steckte die Hand in den Handtuchsack mit den Buchstaben. Er mischte sie durcheinander, zog drei Buchstaben und reichte sie Ford. Ford legte sie auf dem Boden in der Reihenfolge nebeneinander, wie er sie bekam.

»W«, sagte Ford, »I, E . . . Wie!«

Er blinkerte mit den Augen.

»Ich glaube, es funktioniert!« sagte er.

Arthur schob ihm wieder drei hin.

»V, I, E . . . Vie. Hm, vielleicht funktioniert's doch nicht«, sagte Ford.

»Hier, die nächsten drei.«

»L, I, S . . . Vielis . . . Das ergibt keinen Sinn, tut mir leid.«

Arthur zog neue Buchstaben aus dem Beutel. Ford legte sie an ihre Stelle.

»T, N, E . . . Vielistne? . . . Wieviel ist ne . . .!« rief Ford. »Es funktioniert! Das ist ja phantastisch, es funktioniert tatsächlich!

Wieviel ist ne . . .«

»Hier, nimm.« Arthur warf ihm die Buchstaben aufgeregt und so schnell er sie nur fassen konnte hin.

»U, N«, sagte Ford, »wieviel ist neun . . . M, U, L, T, I, P, L, I, Z, I, E, R, T . . . Wieviel ist neun multipliziert . . . M, I, T . . . mit . . . neun multipliziert mit . . . Wieviel ist neun multipliziert mit . . . S, E, C, H, S . . . Neun mal sechs . . .«

Er machte eine Pause. »Na komm, wo sind die nächsten?«

»Äh, das wär's, sagte Arthur, »das waren alle.«

Er lehnte sich verblüfft zurück.

Er suchte in dem zusammengeknoteten Handtuch nochmal nach, aber es waren keine Buchstaben mehr drin.

»Du meinst, das ist es?« fragte Ford.

»Das ist es.«

»Neun mal sechs. Zweiundvierzig.«

»Das ist es. Das ist alles.«

34

Die Sonne kam hervor und strahlte sie heiter an. Ein Vogel sang. Ein warmer Wind wehte durch die Bäume, ließ die Blumen ihre Köpfe heben und trug ihren Duft durch den Wald davon. Ein Insekt brummte vorbei, um etwas zu erledigen, ganz egal, was es ist, was Insekten am Spätnachmittag zu erledigen haben. Trällernde Stimmen waren zu hören, und einen Augenblick darauf folgten ihnen zwei Mädchen, die erschrocken stehenblieben, als sie Ford Prefect und Arthur Dent erblickten, die anscheinend mit dem Tode ringend am Boden lagen, in Wirklichkeit aber von Lachkrämpfen geschüttelt wurden.

»Nein, geht nicht weg«, rief Ford nach Luft schnappend, »wir sind gleich für euch da.«

»Was ist denn los?« fragte eins der Mädchen. Sie war die größere und schlankere von den beiden. In Golgafrincham war sie zweite Sachbearbeiterin im Personalbüro gewesen, es hatte ihr aber dort nicht sehr gefallen.

Ford nahm sich zusammen.

»Entschuldigt bitte«, sagte er. »Grüß euch. Mein Freund und ich haben eben bloß über den Sinn des Lebens nachgedacht. Einfach lächerlich.«

»Ach, du bist es«, sagte das Mädchen, »du bist ja ganz schön unangenehm aufgefallen heute nachmittag. Zu Anfang warst du ja ganz komisch, aber dann hast du ein bißchen zu sehr auf den Pudding gehauen.«

»Hab ich das? Na ja.«

»Ja, und wofür?« fragte das andere Mädchen, das etwas kleiner war und ein rundes Gesicht hatte. Sie war Zeichnerin bei einer kleinen Werbefirma in Golgafrincham gewesen. Was ihr auch immer in dieser neuen Welt fehlen mochte, sie schlief jetzt jede Nacht tief und war dankbar dafür, daß, ganz egal, wem sie am Morgen entgegentreten mußte, es nicht mehr hundert fast identische Fotos von dramatisch ausgeleuchteten Zahnpastatuben waren.

»Wofür? Für nichts. Nichts ist *für* irgendwas«, sagte Ford Prefect munter. »Los, unternehmen wir was zusammen. Ich bin Ford, das ist Arthur. Wir waren gerade drauf und dran, für 'ne Weile überhaupt nichts zu machen, aber das kann ja warten.«

Die Mädchen sahen sie zweifelnd an.

»Ich heiße Agda«, sagte die Größere, »und das ist Mella.«

»Hallo Agda, hallo Mella«, sagte Ford.

»Sprichst du überhaupt nicht?« sagte Mella zu Arthur.

»Och, gelegentlich«, sagte Arthur lächelnd, »aber nicht so viel wie Ford.«

»Gut.«

Es entstand eine kleine Pause.

»Was meintest du damit«, sagte Agda, »daß wir nur zwei Millionen Jahre Zeit haben? Ich habe überhaupt nicht verstanden, was du damit sagen wolltest.«

»Ach das«, sagte Ford, »das ist ganz belanglos.«

»Es ist nur, daß die Welt zerstört wird, um einer Hyperraum-Umgehungsstraße Platz zu machen«, sagte Arthur achselzuckend, »aber das ist noch zwei Millionen Jahre hin, und außerdem tun da die Vogonen auch bloß, was Vogonen eben tun.«

»Vogonen?« fragte Mella.

»Ja, aber die kennst du nicht.«

»Wo habt ihr denn das alles her?«

»Das spielt doch keine Rolle. Es ist nur wie ein Traum von der Vergangenheit oder von der Zukunft.« Arthur lächelte und sah weg.

»Ich will dir ja nicht nahetreten, aber weißt du, daß du bloß sinnloses Zeug redest?« sagte Agda.

»Ach weißt du, vergiß es«, sagte Ford, »vergiß das Ganze. Nichts ist wichtig. Sieh mal, es ist ein wunderschöner Tag, genieße ihn. Die Sonne, das Grün der Hügel, den Fluß unten im Tal, die brennenden Wälder.«

»Auch wenn's bloß ein Traum ist, es ist doch eine ganz grauenhafte Idee«, sagte Mella, »eine Welt zu zerstören, bloß um eine Umgehungsstraße zu bauen.«

»Ach, ich habe schon Schlimmeres gehört«, sagte Ford. »Ich hab mal von einem Planeten draußen in der siebenten Dimension gelesen, der wurde bei einem intergalaktischen Billardturnier als Ball benutzt. Er wurde genau in ein schwarzes Loch getrieben. Fazit: Zehn Billionen Tote.«

»Das ist ja Wahnsinn«, sagte Mella.

»Ja, und es brachte bloß dreißig Punkte.«

Agda und Mella sahen sich an.

»Hört mal«, sagte Agda, »nach der Ausschußsitzung heute abend gibt's 'ne Party. Ihr könnt ja kommen, wenn ihr Lust habt.«

»Ja, okay«, sagte Ford.

»Dazu hätte ich Lust«, sagte Arthur.

Viele Stunden später saßen Arthur und Mella da und sahen den Mond über dem matten roten Feuerschein der Bäume aufgehen.

»Diese Geschichte von der Welt, die zerstört wurde ...«, fing Mella an.

»In zwei Millionen Jahren, ja.«

»Du sagst das, als glaubtest du wirklich, sie ist wahr.«

»Ja, ich glaube, sie ist es. Ich glaube, ich war dort.«

Sie schüttelte verwirrt den Kopf.

»Du bist sehr merkwürdig«, sagte sie.

»Nein, ich bin ganz normal«, sagte Arthur, »aber mir sind ein paar sehr merkwürdige Sachen passiert.«

»Und diese andere Welt, von der dein Freund erzählt hat, die in ein schwarzes Loch geplumpst ist?«

»Ach, von der weiß ich nichts. Das hört sich wie etwas aus dem Buch an.«

»Was denn für ein Buch?«

Arthur zögerte.

»Per Anhalter durch die Galaxis«, sagte er schließlich.

»Was ist das?«

»Och, bloß irgendwas. Ich hab's heute abend in den Fluß geworfen. Ich glaube, ich brauche es nicht mehr«, sagte Arthur Dent.